Zur Autorin Ulrike Domenika Bolls
Moin Moin 1972 in Hamburg, Abitur, Grafik, München, Marketing, 20+ Jahre Webdesign, 2014 Webdesign logout, login@Altenheim: Betreuungskraft im psychogerontologischen Fachbereich. Parallel seit 1992 Selbsterfahrung & Meditation, Ergebnis: Selbstständiger Coach für Hochbegabte und Autorin. Seit 1998 verheiratet, fünf vierbeinige Kinder.
Bisher veröffentlicht fünf Titel zum Thema Meditation.
Heiße Pizza ist ihr erster Roman.

Heiße Pizza

1. Auflage 2017
Verfasser: Ulrike Domenika Bolls
Herstellung und Verlag: BoD - Books on Demand, Norderstedt
ISBN 9783741298370
Copyright 2017

KAPITEL 1

Ich bin so faul, irgendwie peinlich. Auch wenn es jetzt eine Kettenpizzeria ist, ist und bleibt es für mich die nächste Möglichkeit kostengünstig satt zu werden. Sicher, früher, mit Giovanni, selbstgemachte Pizza, das war eine ganz andere Atmosphäre, leer, dunkel, gemütlich, irgendwie heimelig und die Pizza immer etwas zu schwarz von unten, was über kurz oder lang wohl zum sicheren Untergang meiner warmen Küche führte. Vielleicht auch der anonyme Brief ans Gesundheitsamt, nachdem ich unter meiner Pizza eine verschmorte Schabe oder so fand. Aber irgendwas musste ich ja tun, um weiterhin verkostet zu werden, jetzt zu fettig, etwas lappig, bezahlbar.

Ich war nicht immer so faul, ich war mal ein ganz normaler Mensch. Bin in einer Kleinstadt aufgewachsen und sobald ich das Abi in der Tasche hatte, auf und davon, egal wohin, Hauptsache in eine Stadt. Der Kanarienvogel verlässt den goldenen Käfig Elternhaus in der Spießerei, endlich das Leben beginnen, worauf ich all die Jahre gewartet hatte!

In der Freiheit, ein Genuss,
Erwarte ich den Musenkuss

So dachte ich damals zumindest. Was ich studieren wollte hatte ich zwar keine Ahnung, irgendetwas Geisteswissenschaftliches, etwas, wobei man eine Ausrede zum Lesen hat. Das grenzte die Sache nur rudimentär ein, aber diese Orientierungslosigkeit barg zumindest den Vorteil, dass ich bei der Wahl meines zukünftigen Wohnorts sehr flexibel bis hin zu indifferent war, solange die Einwohnerzahl größer gleich 500.000 war.

So fand ich mich eines Tages mit meiner Futon-Sushirolle, einem alten Akkordeon im militärgrünen Instrumentenkoffer, mit abgestoßenen Ecken, einem mit „Gläser und Geschirrtücher" betitelten Umzugskarton voller LPs (ja, Vinyl!), CDs und Bücher und einem Müllsack voller Klamotten vor der Wohnungstür vom alten Herrn Arndt ein. „Arndt" stand auf dem beinahe blinden Metallschildchen an der Tür, das ich betrachtete, während ich wartete, dass mein Klingeln beantwortet wurde.

> Ein ehern Schild
> auf hölzern Tür.
> Wer nur stillt
> mein Mageng'schwür?

Das Herz schlug mir bis zum Hals und das nicht nur, weil ich meinen Krempel bis in den zweiten Stock hatte schleppen müssen. Ich hatte nur das Nötigste von zuhause mitgenommen, das war ja erst die erste Fuhre, Stereo-Anlage und restliche Klamotten mussten bis nächstes Mal warten. Das ganze lief über die Studenten-Zimmervermittlung. Der alte Herr Arndt hatte ein Zimmer in seiner kleinen, muffigen Renterwohnung frei, die er immer an Landflüchtlinge vermietete. So fühlte ich mich in etwa, wie ein Flüchtling. All meine Habe um mich drapiert. Voller Vorfreude auf das neue Land, was hinter dieser Tür warten mochte, die Freiheit, ein besseres Leben! Und gleichzeitig ein Kloß im Hals, ob der Angst, vor dem Unbekannten, dem Unvertrauten, neuen Regeln und Gesetzen, die es erst zu erkunden galt. Wie ein Vöglein, das das Nest verlässt, ha, das passt ja! Doch bevor ich mich an der ungewollt humorvollen Metapher ergötzen konnte, sprang die Wohnungstür schlagartig auf. Dort stand ein alter Mann in einer ausgebeulten Jogginghose, die für diesen Zwecke sicherlich keinerlei Verwendung fand, in ebenso verbrauchten Pantoffelslippern und einer weinroten Strickjacke, die um einen Knopf falsch zugeknöpft war und ein Hemd versteckte, was seinem Kragen nach in den 70ern produziert worden war. Auf dem Kopf war deutlich weniger los als auf dem Hemd, ein paar vereinzelte graue Haare starrten ebenso verwirrt in die Gegend, wie die etwas trüben Augen, die mich aus dem faltigen, fleckigen Gesicht anblickten. Wie alt der alte Mann sein mochte, vermochte ich überhaupt nicht zu sagen. Alle alten Menschen über, sagen wir mal, 60 sind alt, ob 80 oder 100, keine Ahnung. Irgendwo zwischen 60 und 100 Jahren, damit konnte ich nicht falsch liegen. Noch bevor ich mein eingeübtes Sprüchlein loswerden konnte, grunzte der alte Mann, schlurfte seitlich von der Tür weg und deutete ohne jegliche Erklärungen auf einen etwas, was von mir aus uneinsehbar hinter der Wohnungstüre lag.

„Ja, äh, danke!", stammelte ich dann und schleifte meinen Futon umständlich über die Türschwelle in den kleinen Flur, der mit einer japanischen Matratze, einem Rentner und mir definitiv an seine räumlichen Grenzen kam, und umkurvte die Wohnungstür um zu sehen, worauf der alte Herr Arndt, um den es sich hier wohl handelte, denn ich bezweifelte, dass gleich zwei Rentenempfänger in dieser Wohnung zu finden wären, denn nun deutete. Auf eine Tür. Die zu meinem Zimmer, vermutete ich und stieß sie auf. Ui, nett! Das Zimmer war schön hell, ganz anders als der freudlose Flur, die Sonne warf einen freundlichen Schatten auf das betagte Parkett, durch ein altes Fenster, das auf den Hinterhof blickte, wo ich andere Hinterhäuser sehen konnte und unten im Hof fristete ein Baum sein trauriges Dasein. Ja, Stadtleben, perfekt! Auf den zweiten Blick war dieses Zimmer eher ein Zimmerchen. Es war kaum breiter als mein Futon, wenn ich ihn entrollen würde. Ein Tisch würde nicht mehr reinpassen, aber lesen und schreiben mache ich eh auf dem Bett und sollte akuter Schreibtischmangel auftreten, gibt es ja die Uni-Bibliothek. Ich schob meine XXL-Sushirolle in das Zimmerchen, trat ans Fenster, guckte mich um, brabbelte etwas, von wegen schön, hell, Sonne und so. Herr Arndt sagte nach wie vor nichts, starrte mich vom Flur aus an, gab noch einmal ein Grunzen ab, ein zufriedenes möchte ich meinen, und verschwand dann wortlos und schlagartig hinter einer anderen Tür. Ok, so weit so gut, hätte schlimmer laufen können.

In den nächsten Tagen arrangierten wir uns weiterhin ohne viele Worte ganz gut. Seine Wohnung verfügte noch über ein lila Schlauch Badezimmer, das so schmal war, dass ein korpulenter Mensch mit Sicherheit stecken geblieben wäre. Und das so lila war, dass es hingegen gut war, dass dem möglichst wenig Wandfläche zur Verfügung stand. Ein typisches Oma-Lila, ein bisschen zu grell irgendwie, so wie von Oma gestrickte, kratzige Wollmützen, die man als Kind übergestülpt bekommt. Ich musste unwillkürlich an die Gedärme des Asteroiden Wurms denke, in denen der Millenium Falke in Star Wars gelandet war. Zum Glück roch es besser als in einem echten Wurmdarm, so mutmaßte ich, ich bildete mir zwar ein, dass es auch lila roch, aber das kann auch ein Trick meiner Sinne gewesen sein. War wahrscheinlich eher der Klostein. Visuell geblendet und gefangen,
    Purpur, lila, violett
    flirtet das Bad ganz kokett
    Die Augen schmerzen, oh mein Schreck!
wie ein Voyeur bei einem Autounfall, durfte ich auch sogleich schmerzhaft einen winzigen Heizkörper kennenlernen, der sich hervorragend dafür eignete, gleich wenn man die Tür aufzog, sich das Schienbein zu stoßen. Wie ich in den nächsten Tagen noch ermattet erfahren durfte, glühte er lavagleich ununterbrochen vor sich hin und füllte das violette Wurmgekröse mit stickiger Hitze. Dahinter im Verdauungstrakt waren auf der linken Seite ein zwergenhaftes Waschbecken in rosafarbener Keramik, gabs wohl nicht in lila, eine Darmzotte sozusagen, mit einem niedrig hängen-

den Spiegel drüber, dahinter in Fahrtrichtung die Toilettenschüssel (weiß), mit so einem Kasten oben, mit einer langen Kette dran zum Ziehen, alles bemüht stromlinienförmig an die Wand geschmiegt. Ganz hinten, die gesamte Breite des Raumes einnehmend, oha – nur nicht verlaufen, war eine winzige Duschwanne, ein Vogelbad, passende Größe, direkt vor einem alten Fenster mit rissigem Kitt und einer wobbeligen Milchglasscheibe, von außen mit einem Gitter gesichert. Falls sich jemand ob der optischen Strapazen in den Freitod zu stürzen wünscht, vermutete ich. Den knauserigen Duschkopf sollte ich noch oft verfluchen und möchte Dir hier Schilderungen verlustreicher Shampoo-Augen-Gefechte ersparen, doch eines darf nicht unerwähnt bleiben: Der Duschvorhang, der wie alles seine Brüder sofort mit jeglicher nackter Haut auf Tuchfüllung ging, war ebenfalls lila, ebenso der Badezimmerteppich, lila, der plüschige WC-Vorleger, lila, der dazu passende Plüschbezug des WC-Deckels, lila, sowie zwei abgetakelte Handtücher und ein Waschlappen, alles lila. So gehört sich das! Keine Kompromisse Herr Arndt! Oder hatte das mal eine Frau Arndt eingerichtet? Ich bezweifelte, dass ich das bei meinem wortkargen Mitbewohner jemals herausfinden würde. Und was macht man eigentlich mit einem Waschlappen? Sowas haben doch nur noch alte Leute, oder? Leute mit Kindern vielleicht, um klebrige Eishände zu waschen. Das ist so ein Gegenstand, wie Tischdecken. Welcher normale, junge Mensch hat zuhause Tischdecken?! Die werden doch nur schmutzig, musste waschen, bügeln, deine Mudda, Tisch wischst du ab und gut is, aus die Maus. Ich bin überzeugt, dass Waschlappen und Tischdecken aussterben werden. Ich werde in jeden Fall nichts für deren kulturellen Erhalt tun.

Im Flur, der farblich eher den Erdtönen zusprach, auch wenn die Wände wohl mal in weiß gestrichen worden waren, direkt nach dem Erbau des Gebäudes, schätze ich, stand ein kleines Telefonbänkchen unter dem an der Wand festmontierten Telefonapparat in mausgrau, der über ein erstaunlich kurzes und starres Spiralkabel verfügte. Wenn man auf dem Möbel der mittlerweile komplett überflüssigen Spezies saß, was ich spaßeshalber natürlich ausprobieren musste, blickte man auf die Wohnungstür, neben der ein Schlüsselbrett in Form eines Schlüssels hing. Originell.

Die letzte Tür, die vom Winzflur abging, führte zu Herrn Arndts Zimmer, was deutlich größer war als meines und damit auch die Bezeichnung Zimmer verdiente. Es hatte zwei Fenster, die nach vorne zur Straße raushingen und war mit hölzernen, alten Möbeln eingerichtet oder vielmehr waren die Objekte irgendwo abgestellt worden, ein Bett, fast in der Raummitte, ein hünenhafter Fernsehapparat, ein gut gefülltes Bücherregal, ein etwas schiefer Kleiderschrank, ein rundes, niedriges Beistelltischchen, ein abgenutzter moosgrüner Sessel und ein bisschen Kleinkram. Riechen tat es typisch nach alten Menschen, wie alte Erbsensuppe, Mottenkugeln und Körper. Ich versucht es zu vermeiden, mich neugierig nach zum Beispiel einer Suppenkanone umzusehen, wollte dem alten Herrn Arndt nicht über die Maßen auf die Nerven fallen, jedoch sah ich mich gezwungen immer auf dem Weg zur Küche durch eben diesen Raum huschen zu müssen. Denn die Küche war kein richtiger eigener Raum, es war eher ein Wurmfortsatz an der Straßenseite des Zimmers. Alien-Darm im Bad, Wurmfortsatz hier, eine Wohnung für einen Gastroenterologen. Die Nischenküche war ebenso ausgedient möbliert, wie der Rest der Wohnung, hinterlegt mit einer Tapete, auf der Apfel-Fliesen gezeigt wurden, gab es einen antiken Herd mit undurchsichtiger Ofenklappe und vier Herdplatten, von der eine mit einem verzierten Deckel dekoriert war, eine zerdellte Spüle, zwei Oberschränke mit schiefen Türen, ein Resoplatisch mit zwei ungleichen Stühlen und ein monströser Kühlschrank, der aggressiv vor sich hinbrummte. Eben dort stellte ich ab und an ein paar Joghurts rein, Pudding, einen Fertigsalat oder so. Doch im Allgemeinen versuchte ich mich aufgrund ihrer Lage im Grundriss ohne die Hilfe dieser Küche zu ernähren, aß viel in der Mensa, nur für die Hartgesottenen kann ich Dir sagen, kaufte belegte Brötchen beim Bäcker und so. Der alte Herr Arndt schien das Küchlein übrigens wohl ebenso selten zu nutzen wie ich, denn ich roch nie etwas Gekochtes, noch konnte ich irgendwelche Kochtöpfe entdecken. Dafür stapelte er Fleischwurst in Scheiben, saure Gurken, Schmelzkäse und weißes Toastbrot im missmutigen Kühlschrank. Über unsere Lebensmittel im Kühlschrank war unser Kontakt als Mitbewohner wohl am intensivsten.

Der Mann, der schweigt,
Der Schrank, der brummt,
In Freundschaft neigt,
Das Essen summt.

Mein erster längerer Wortwechsel mit dem alten Herrn Arndt ergab sich eines Abends ganz unverhofft. Es begann damit, dass ich beim Rangieren in meinem Zimmerchen den etwas gebrechlichen Akkordeon-Koffer kurzerhand öffnete und spontan entschloss ein bisschen herumzuschrummeln. Nicht dass ich es gekonnt hätte. Es war unzählige Jahre her, dass ich beim motivierten aber pädagogisch etwas gehemmten Herrn Junkers Unterricht erhalten hatte. Ich wusste beim Auszug auch nicht genau, weshalb ich das unhandliche Ding aus meinem Kinderzimmerschrank überhaupt mitgenommen hatte, war so eine spontane Eingebung gewesen, als ich

dort wahllos Klamotten in die Mülltüte stopfte. Nun hievte ich das schwere Instrument raus, zog den knisternden Balg auf und drückte irgendwelche Tasten und Knöpfe, ohne Melodie, ohne System. Da öffnete sich urplötzlich die Zimmerchentür und der alte Herr Arndt stand in der Öffnung. Ich war zu erschrocken und verdattert, als dass ich etwas hätte erwidern können, da ergriff er schon das Wort:
„Detrompetavosecking."
„Äh, wie bitte? Wenn Sie die Musik stört, dann..." Musik, nice try!
„Der Trompetavonsecking.", unterbrach er mich.
„Der Trompeter?", fragte ich verwirrt.
Er nickte zufrieden und ergänzte „Von Secking."
„Von Secking?"
„Säckingen!", artikulierte er.
„Säckingen.", wiederholte ich idiotisch.
„Der Trompeter von Säckingen.", sagte er den kompletten Satz noch mal, wie im Sprachunterricht.
„Aha. Und wer ist das? Kennen Sie den?", fragte ich ihn.
„Der Trompeter von Säckingen. Da war ich. Da war ich mal.", brummelte er und blickte wirr im Raum herum, immer wieder unterbrochen von Momenten, in denen er mich durchdringend anstarrte.
„Sie waren mal beim Trompeter von Säckingen?", fragte ich, um sicher zu gehen, dass ich ihn verstanden hatte.
„Ja, ja, da war ich mal. Der Trompeter von Säckingen!" Sprachs und schloss die Tür ebenso schnell, wie er sie geöffnet hatte.
Nun gut. Okay. Interessante Information. Nehme ich an. Zumindest wusste ich jetzt circa 50 Prozent mehr vom alten Herrn Arndt als zuvor, das ist doch auch mal was!
Ich packte das Akkordeon sicherheitshalber wieder weg. Wer weiß, was ich damit noch für Konservationen herbeirufen würde. So wie der Schlangenbeschwörer mit Musik Reptilien aus dem Körbchen herausbeschwört, so vermochte ich vielleicht mit dem Akkordeon abstruse Konservationen zu beschwören. Ich beschloss das nicht heute herauszufinden. Wie ich später im Internet in der Uni-Bibliothek googelte, ist *Der Trompeter von Säckingen* eine Holzbrücke am Rhein, die längste gedeckte Holzbrücke Europas, falls Du es genau wissen willst. Weshalb eine Brücke jedoch *Trompeter* heißt, wird auf der dazugehörigen Homepage mit keinem Wort erwähnt. Warum nicht?! Wie kann man die Touristen so im Unklaren lassen?! Ist das ein Trick, um uns dahin zu locken, ein Anreiz es selber herauszufinden? Also, liebe Säckinger, bitte überdenkt eure Geheimhaltungs-

politik zugunsten von befriedigter Touristenneugier, vielen Dank!

Der nächste Wortwechsel mit dem alten Herrn Arndts war ähnlich aufschlussreich. Wieder brach er urplötzlich in mein Zimmerchen, allerdings dieses Mal um kurz vor sieben am Morgen. Egal wie motiviert ein Student ist, morgens um sieben ist auf keinen Fall ein günstiger Zeitpunkt im Tagesablauf eines jungen Bildungsbürgers zur Aufnahme von Informationen. Er riss mich demzufolge aus dem Schlaf. Und zwar mit der Frage:

„Was hat Luther gesagt?"

„Wie, was?", nuschelte ich, halb erschrocken hochgefahren, halb schlafend.

„Was hat Luther gesagt?!", fragte er wieder, mich konzentriert anstarrend.

„Ich, ich weiß nicht.", murmelte ich. „Eine ganze Menge vermute ich. Meinen Sie die Thesen, vielleicht, die er da an die Tür genagelt hat?"

„Nein, nein.", beharrte er und schüttelte den Kopf.

„Auch wenn das eigentlich nicht stimmt.", schob ich nach, „Das mit dem Nageln meine ich", aber auch diese Akkuratesse konnte ihn nicht befriedigen.

Wir sahen uns noch einige Augenblicke an, er stehend in meiner Tür, ich liegend auf meinem Futon, blinzelnd, etwas desorientiert.

„Ich weiß es nicht, Herr Arndt.", sagte ich schließlich. „Ich weiß nicht, was Sie meinen."

„Was hat Luther gesagt.", sagte er abschließend und verließ mein Zimmer, wieder erstaunlich rasant.

Ich sank zurück auf den Futon, wälzte mich auf die andere Seite und versuchte wieder einzuschlafen. Leider brauchte ich eine ganze Weile, um meine geliebte Bettschwere wieder zu erlangen und nicht mehr über Luther nachzudenken und als ich eben begann wegzudämmern, sprang die Zimmerchentür wieder auf.

„Warum rülpset und furzet ihr nicht! Hat es euch nicht geschmecket!", rief es mir entgegen.

Mein Gesichtsausdruck muss meine Frage deutlich transportiert haben, denn Herr Arndt führte aus:

„Warum rülpset und furzet ihr nicht! Hat Luther gesagt. Warum rülpset und furzet ihr nicht! Hat es euch nicht geschmecket!", strahlte er mich triumphierend an.

„Echt?", redete ich daher. „War das nicht jemand anderes? Mozart oder so?"

„Nein, nein, Luther. Warum rülpset und furzet ihr nicht!"

„Ich dachte das wäre jemand anderes gewesen, aber nun gut, Sie werden es wissen.", lenkte ich ein.

„Ja, Luther. Warum rülpset und furzet ihr nicht! Hat es euch nicht geschmecket!"

Und weg war er.

Hätte es noch mehr Gespräche dieser Art und vor allem zu dieser Uhrzeit gegeben, hätte ich mich vielleicht dazu durchgerungen, meine Zimmerchentür stets abzuschließen, um Konversationsattacken bereits im Vorfeld abzuwehren. Aber es kam selten vor, zu selten, um meine Scheu überwinden zu können, dem alten Herrn Arndt in seiner Wohnung ein Zimmer vor der Nase zuzusperren. So blieb unser Zusammenleben parallel, schweigend, aber einvernehmlich. Ich sah ihn kaum, hörte ihn ab und an. Er rumorte in seinem Zimmer rum und machte Trompter, Luther und sonstige Althirn-Dinge. Am meisten bekam ich noch mit, wenn er das Schlauchbad besuchte. Eingeleitet wurden diese Besuche immer mit einem Grunzen auf dem Flur, die Alt-Arndtsche Art zu sagen „Hallo, Du, der Du in Deinem Zimmerchen weilst! Ich möchte Dich darüber informieren, dass ich jetzt das Bad aufzusuchen gedenke und dieses daher für geraume Zeit besetzt sein wird. Bitte gewähre mir den sozial vereinbarten Raum für Privatsphäre und stelle Deine Darm- und Blasenfunktion auf eine kurze Warteschleife ein. Ich danke Dir!", Diese Form von Steno-Sprache wäre im Krieg sicherlich hilfreich. Ob der alte Herr Arndt im Krieg war? Vielleicht hat er diese Kunst dort erlernt. Oder der Krieg hat ihm der menschlichen Sprache beraubt. Die WC-Spülung war bedauerlicherweise sehr viel gesprächiger als deren Benutzer. Sie hört sich an wie ein Polka-Ensemble von leeren Ölfässern, gefüllt mit Schrauben. Ein Garant für nächtliche Schreckmomente. Die eine Generation hatte Fliegeralarm, die andere Polka-Alarm. Den Fernseher hingegen stellte der alte Herr Arndt erstaunlicherweise, entgegen all meinen Erwartungen, gar nicht zu laut! Ein Alte-Leute-Vorurteil, das ich revidieren musste.

Nicht taub, nur alt
Ohren heiß, Mund kalt

Ich ging meinen Studentendingen nach, besuchte Vorlesungen, hing in der Bibliothek rum, knüpfte hier und da soziale Kontakte zu Gleichaltrigen, deren Gespräche mir schon häufig ähnlich abstrus wie die zum alten Herrn Arndt vorkamen und schleppte stapelweise Bücher ins Zimmerchen, mit Glück aus der Bibliothek oder Bücherei, mit naja-Glück aus dem Antiquariat, mit *Doh!* aus der Buchhandlung, und das ein oder andere hatte doch tatsächlich auch mit meinem Studienfach zu tun. Die Bücher bildeten einen eigenen Stapel zwischen Futon und Zimmerchenwand. Deren Nachbaren waren Twin-Tower-CD-Stapel, LP-Stapel (natürlich stehend, ich liebe mein Vinyl) und der schiefe Turm von Klamotten-Pisa. Dadurch ergab sich eine gemütliche Schlafnische, umgeben von lauter schönen Dingen, herrlich! Meine eigene kleine Koje, meine Wohnwabe, müsste dem japanischen Bodenbelag ja bekannt vorkommen. Zur Abdeckung meines Etats, Grundstock gesichert durch elterliche Finanzspritzen, suchte ich mir postwendend einen Job und landete an der Garderobe in einem Theater, wo ich gemeinsam mit dicklichen Damen muffige Mäntel von harschen Herrschaften hin- und herreichte. Die Bezahlung war in Ordnung dafür, dass ich an den zwei Abenden die Woche die meiste Zeit mit Lesen verbringen konnte. Nur wäre eine Schmerzensgeldzulage für die Schürfwunde angemessen gewesen, die der steife Uniformblazer über viele Stunden im Nacken erschrubbte.

    Die Mäntel nehm ich ihnen ab
    mit Blut im Nacken, nicht zu knapp.

Nach mehreren Wochen, von meiner Mutter als *Ewigkeit* tituliert, besuchte ich zum ersten, und wie sich herausstellen sollte auch für lange Zeit einzigen Male, meine Eltern. Ein ganzes Wochenende eingepfercht in den vier Wänden meines Kinderzimmers kam *mir* dann wie eine Ewigkeit vor. Als ich dort im Bett lag und im Dunkeln an die mir so vertrauten Schatten an der Decke starrte, schienen Wände und Decke immer näher zu kommen, das Zimmer wurde kleiner und kleiner, kleiner als Zimmerchen, immer enger und stickiger, bis ich am Sonntagabend beinahe schon euphorisch die Treppe zur Wohnung vom alten Herrn Arndt emporsprang, um im Palast meines Zimmerchens wieder Freiheit finden zu können! Du magst dich fragen, wie konnte der Vogel nur springen, wo er doch mit Stereoanlage und Klamotten beladen sein müsste, so seine damalige Ein- und Umzugsplanung. Tja, was soll ich sagen, vielleicht spähte da schon die Faulheit durch die temporäre Membran, warf ihr klebriges Spinnennetz nach mir aus oder es war der Drang ja keine weitere Minute in dem elterlichen Heim verbringen zu müssen, als unbedingt notwendig, auch wenn es heißt, noch für weitere Wochen auf die musikalische Untermalung von in Vinyl gravierten Kunststücken verzichten zu müssen. Kurz: Ich habe nichts zu meinen Eltern mitgenommen, auch keine Stinkwäsche für die mütterliche Waschmaschine, und habe nichts wieder mit zurück genommen. Vielleicht kann ich Papa mal überreden, mir das Zeug mit dem Auto zu bringen und damit gleich den Pflichtbesuch meiner Hersteller hinter mich zu bringen. Somit konnte ich also unbeschwert die knarzigen Stufen emporeilen, doch auf den letzten Stufen bremste ich abrupt ab, kam ins Straucheln und schlug mir fast das Schienbein auf! Die Wohnungstür war weit geöffnet, drei Leute standen darin herum und noch weitere Stimmen drangen aus dem Arndtschen Zimmer. Was ist denn hier los?

Verhalten, ein wenig feindselig und vornehmlich skeptisch betrat ich die Wohnung, woraufhin sich eine beleibte Frau um die 50, mit rötlich gefärbten Strohlocken auf dem Kopf, zu mir umdrehte, ungefragt meine eine Hand ergriff und diese unverzüglich zu kneten begann. Ihre Hände fühlten sich an wie warmer, weicher Teig, wie der Hefeteig, den Mami nach dem Gehen-lassen, wieso, der geht doch nicht, viel logischer wäre Stehen-lassen, aus dem lauen Ofen holt, fluffig und puffig und ständig in Bewegung, wie von Generationen von Müttern durchgewalkt, hier jedoch durch die feuchte Note klebrigen Handschweißes erweitert. Während sie mir in abgehackten Sätzen, unterbrochen immer wieder von Befehlen und Jas und Neins an die anderen Personen in der Wohnung, und mit knetenden Händen erklärte, dass der alte Herr Arndt gestorben sei, dass sie seine Tochter sei, dass sie ihren Vater wie jede Woche angerufen habe, dass er nicht ran gegangen sei, dass sie einen Krankenwagen und die Polizei gerufen habe, dass sie ja meine Nummer nicht hatte, sonst hätte sie ja versucht, dass es ja besser so wäre, dass es ja irgendwann soweit hätte komme müssen, dass es ja nur eine Frage der Zeit gewesen wäre. Während dieser ganzen Erklärungen, die nicht sinnvoll und kontinuierlich, sondern stichwortartig sprunghaft vorgetragen wurden, konnte ich nur auf die roten Flecken auf ihren Wangen starren, die dort wie die Male einer Alienrasse saßen, mal größer wurden, mal kleiner, mal hier, mal dort, als reisten sie unter der Haut, bewegten sich, ihren neuen Wirt in Beschlag nehmend. Ihre Lakaien trugen derweil Dinge aus dem Zimmer vom Herrn Arndt, alten und toten Herrn Arndt, dem nicht mehr alten, sondern nur noch toten Herrn Arndt. Das Tischchen, Kisten, Bücher, Nippes, ein Bild, keine Ahnung. Tochter Arndt dirigierte mit kurzen Worten diesen Treck der Objekte. Plötzlich erschienen drei gefaltete 50 Euro Scheine in unserer händischen Knetmasse, schon leicht feucht von ihren schwitzigen Händen und wurden fleißig zwischen unseren Händen weitergeknetet. Damit ich mich kümmere, sagte sie, dass der Rest weg komme, das würde ich doch machen, fragte sie, sie könne ja nicht alles, damit die neuen Mieter reinkönnen, Ende des Monats, ich kümmere mich doch, für meine Unkosten. Ich spürte mich nicken und bekam nach einem trocken Räuspern ein „Ja, ja klar, mach' ich.", über die Lippen. Sie blickte mir tief und ernst in die

Augen, mit zusammengekniffenen Mund und nickte, bevor sie das Kneten so urplötzlich einstellte, dass meine Hand herunterfiel. Dann war sie weg. Sie schien ebenso rapide verschwinden zu können, wie der alte Herr Arndt. Das war wirklich seine Tochter.
Ich realisierte, dass ich alleine in der Wohnung war. Ganz alleine. Zum ersten Mal. Ich stand im Flur herum. Wie angewurzelt. Meine Hand verlassen, noch warm, gut durchblutet, leicht feucht und reich. Ich starrte auf das zerknitterte Geld auf meiner zitternden Handfläche. Ich starrte durch die Tür in das Zimmer vom alten Herrn Arndt. Aber sehen tat ich nichts.

        Ein Mann ist tot
        Mein Kopf ist leer
        in meiner Brust die Not
        wiegt schwer.

KAPITEL 2

Man nennt mich übrigens Vogel. Nach der achten Klasse hatte ich meine schulischen Leistungen drastisch heruntergefahren, in der Hoffnung, dass ich sitzenbleibe und so endlich von den Klassenkameraden aus der Grundschule in einer Ehrenrunde befreit würde. Es kam sogar noch besser, ich durfte die ganze Schule wechseln! Ein neuer Start, ohne peinliche Anekdoten, ohne hämische Hänseleien, ein postpubertärer Teenager-Traum! Doch gleich in der ersten Woche in der neuen Klasse, als ich das französische Verb *vouvoyer* buchstabieren sollte, und statt „v" [faʊ] „Vogel-F" sagte, hatte ich den Lacher des Monats verursacht, selbst Herr Dietrich, der sonst bierernste Lehrer, konnte sich ein Grinsen nicht verkneifen. „Schön, dass Du in der 1. Klasse aufgepasst hast, Vogel!" Bald merkte ich jedoch, dass das im Grunde nicht böse gemeint war und mit der Zeit wurden sogar mehr oder weniger geistreiche Variationen in Form verschiedener Vogelarten kreiert, Sprichwörter adaptiert und ich machte das Beste draus, übernahm es, willentlich, kultivierte es, fügte eigene Sprüche bei, geflügelte Worte, so dass es irgendwann gang und gäbe wurde. Und ich ein Vogel.

Auch der Pinguin ist ein Vogel. Ein Vogel, der nicht fliegen kann. Der Königspinguin sitzt auf seinem Ei, bleibt, ohne sich zu fortzubewegen, komme was wolle, Hunger, Durst, Schneesturm. Das ist Hingabe, das ist Entschlossenheit, das ist Liebe, Liebe an das Leben, das Leben an sich, die Evolution, ich darf sterben, solange mein Nachkomme überlebt. Ich hatte keine Nachkommen. Niemanden, für den es sich zu sterben lohnte. Niemanden, für den es sich zu überleben lohnte. Liebe, Hingabe, Entschlossenheit, fuck you! Die einzige Hingabe, die ich noch hatte, war die, mich der Melancholie hinzugeben, dem schwarzen Loch, der Sinnlosigkeit, der depressiven Antriebslosigkeit, der Schwere, der Schwere der Seele und der Schwere des Körpers. So lag ich wie ein gestrandeter Wal an den Gestaden des Arndtschen Vermächtnisses, lag auf seinem Bett, derselben Matratze, sauber abgezogen, ihr altmodisches Muster nach außen kehrend, der Matratze auf der er tot aufgefunden worden war und ergab mich dem Leben. Leben: 1; Vogel: Nuuull! Die Wände wurden schattiger, die Farben fahler, die Ecken dunkler, Tag übergab an Nacht, Nacht übergab an Tag, wiederholte das Spiel, während ich schlief, ich döste, ich dämmerte, ich lag, ich stierte, Gedanken wälzten sich wie träge Wellen aus trüber Melasse durch meinen Kopf, brandeten an die Innenseiten meines Schädels, brachen sich in wirre Fetzen, Schnipsel von Erinnerungen, Verwirrung, Fragen und wälzten sich fort, auf die andere Seite, die selbe trübe Brühe, in sich selbst eingelegt, keine Möglichkeit zu entkommen, keine Möglichkeit auf eine frische Brise, keine Möglichkeit.

Quälender Morast, ich sinke tief
Ertrinke in Geistern, die ich rief.

Mir war ein Rest an Selbstreflektionsfähigkeit geblieben, eine Pfütze voller Fragen, unbeantworteter Fragen, Fragen nach Warum? Warum haut mich das so aus der Bahn? Das Thema Tod war ja nichts Neues für mich, einer meiner drei verbliebenen Großeltern waren in den letzten Jahren gestorben, ebenso wie ein Onkel von mir und auch ein Klassenkamerad, der sich vom Schuldach gestürzt hat, mitten in der großen Pause. Dazu kamen zwei Hamster und eine Hauskatze. Ich wusste, dass es den Tod gibt. Ich hatte ihn kennengelernt, als Herren, der ein- und ausgeht, der nimmt, wen er will, umso wichtiger Carpe Diem, YOLO und so. Und jetzt breche ich zusammen wegen eines alten Knackers, den ich nicht einmal gekannt habe? Mit dem ich keine zehn Worte gewechselt habe? Von dem ich nicht mal weiß, wie wie was, ja was überhaupt? Nichts, nichts weiß ich! Nichts über ihn, nichts über mich! Ich weiß ja nicht einmal wie ich selber ticke! Diese Endlosschleife des Nichtwissens wechselte sich ab mit ungeplanten Quatschgedanken, so zum Beispiel das Geheimnis um die saubere, altmodische Matratze, wieso eigentlich ist die dicke Matratze des alten Herrn Arndt so sauber, wenn er doch darauf gestorben sein sollte. Scheißt man sich nicht ein, wenn man stirbt? Sollte sie nicht große, stinkende Fäkalienflecken aufweisen? Sollte sie nicht verbrannt werden? Oder ist er womöglich gar nicht einsam liegend hier verendet, mutterseelenallein vor sich hin rottend, gottverlassen zu Gott gerufen? Hat Tochter Arndt ihn möglicherweise hinterrücks ermordet, um sich endlich sein Tischchen unter den Nagel reißen zu können? Ihn sofort danach sauber vom Notarzt entfernen lassen, ehe die wertvolle Matratze verräterische Spuren aufsaugt? Oder das Mysterium, dass der alte Herr Arndt einmal in der Woche mit seiner Tochter telefoniert haben soll. Dieser wortkarge Mann soll telefoniert haben? Hatte er mit ihr gesprochen? Wenn ja, worüber? „Hallo Schatz, ich lebe noch. Noch kannst Du meinen Krempel nicht rausholen. Ich habe jetzt das kleine Zimmer wieder vermietet, Du kannst nicht bei mir einziehen und mich in den Tod ignorieren." Oder sie hat gesprochen und er hat gelauscht, sie hat das Schweigen kompensiert, in fragmentarischen, selbstsüchtigen Monologen, ihn zum Zuhören verdonnert. Während sie telefoniert hat, hat er telegehört. Sprich mir in die Tüte, ich höre es mir später an. Was ist grau und klingelt? Ein Telefant. Bullshit! Während dieser nicht anzuhaltenden Hirnaktivitäten beschäftigte ich meine Augen mit intensiven Beobachtungen, Beobachtungen der Falten des Lakens, der Skyline der hinterlassenen Bücher, ihres Regalbodenhimmels, mit Wolken aus Schatten, Beobachtungen des schiefen Winkels des Kleiderschrankes, seine zwei schwarzen, kleinen, Schlüssellöcher, seine zwei braunen, kleinen Füßchen, die einzelnen groben Fäden des Teppichläufers, ihr Zusammenspiel, ein Auf und Ab, oben und unten, verwoben, ausgeblichen, ausgescheuert, kleine weiße Wüsten, das Skelett des Teppichs preisgebend, Beobachtungen der Spiegelungen in der konvexen Mattscheibe des Fernsehhünens, verzerrt, graugrünlich, langsam changierend, Hand in Hand mit dem Tageslicht. Ich trommle mit meinen Fingernägeln asymmetrische Rhythmen auf das Bett, ich bin ein Specht, ich kommuniziere mit den Toten, Klopfzeichen, wie ein Poltergeist, ich bin ein Vogelgeist, ein Geisterspecht.

Am schwersten sind die unabdingbaren Gänge zur Toilette, die ich trotz intensivster Muskelanspannungen ab und an nicht mehr verhindern kann. Zum einen ist da die schier übermenschliche Anstrengung, die es kostet, mich aus der Horizontalen zu bewegen, diesen schweren, betäubten, plumpen Körper, der irgendjemanden, aber nicht mir gehört, in eine Richtung zu steuern. Zum anderen die tückische Falle, die der anorektische Zwergenarchitekt vor das WC gestellt hat, der über der Darmzotte hängende Spiegel, ein treibsandgleicher Magnet für meine Pupillen. Selbst wenn ich versuche an die lila Wand zu starren oder mich auf den lila Plüschteppich zu fixieren, mich ganz darauf konzentriere, landen meine Augen einfach auf dem Spiegel, spiegeln sich, zeigen mir meinen fragenden, verzweifelten Blick, in einem fremden Gesicht, eine Seele, die meine noch nie gesehen hat, eine Seele, die sich selbst nicht erkennt, heimatlos ist, heimatlos einen Körper benutzt, als Vehikel, auf der Fahrt zu ihrem nächsten Auftrag, übergangsweise, eine Interimslösung. Und nie komme ich daran vorbei, mich für viele Minuten lästig anzustarren, die beschädigte Ware zu begutachten, kein Umtausch ohne Kassenbon, krank, verloren, zerrissen, ein offener Blick in den Abgrund der Existenzangst. Und das einmal auf dem Hinweg zum Klo und einmal auf dem Rückweg. Seelenstriptease in der lila Hölle. Ich beschloss schlechterdings nur noch nachts diesen Weg anzutreten, wenn es so dunkel ist, wie möglich, um dem Treibsandspiegel zu entkommen. Das ist natürlich leichter geplant als getan, gegen die eigene Natur streng zu sein, sie dem Willen unterwerfen zu wollen, sie, die allmächtige, die immer gewinnt.

Mitten in meinem leidvollen Martyrium wurde ich hinterrücks von einem markerschütternden Scheppern verschreckt, just als ich dem Aliendarm-Bad entronnen war. Als Reflexhandlung, nur um den Lärm zu beenden, reagierte mein Unterbewusstsein instinktiv, ortete den Auslöser und nahm den Telefonhörer ab. Ahh, Ruhe! Oh, da spricht jemand! Ein Mensch spricht. Ich sollte zuhören, das ist es, was man tut mit einem Telefonhörer. Ich halte den Hörer an mein Ohr.

„... alles erledigt, oder?", höre ich eine fremde Stimme.

„Äh, wie bitte? Die, die Verbindung war gerade etwas schlecht.", lüge ich schnell, etwas verwundert über mich selbst, dass ich a. überhaupt noch zu sprechen in der Lage bin und b. noch so galant zu flunkern vermag.

„Ich fragte, ob Sie alles erledigt haben? Ob Sie die Möbel alle entsorgt haben?"

Fuck, das ist Tochter Arndt! „Ja, klar, habe ich alles erledigt, alles schon erledigt!", lüge ich standhaft weiter.

„Dann ist es ja gut. Am Freitag kommt dann ja der Hausverwalter, wegen der Wohnungsübergabe, das machen Sie ja noch, nicht?"

„Wohnungsübergabe, klar, natürlich, alles geplant!" What?!

„Gut, gut, dann kann ich das ja abhaken."

„Ja, können Sie abhaken, ich habe alles im Griff." Aktuell nur den Telefonhörer.

„Gut, gut.", wiederholt sie. „Auf Wiedersehen!", und legt so prompt auf, wie nur ihre Sippe sich zu entziehen vermag.

Der Hörer tutet nichtssagend in mein Ohr. „FUCK!", flüstere ich laut, während ich den Hörer auflege. Und es dämmert langsam in mein Hirn, was sich da eben zugetragen hat, und welche Implikationen und Komplikationen das mit sich bringt. Fuck ist denke ich eine treffende Zusammenfassung. Es hilft immer die Dinge auf den Punkt zu bringen.

Ok, ok, Konzentration! Was hat sie gesagt? Freitag. Wann ist Freitag? Keine Ahnung. Ich schalte den hünenhaften Fernsehapparat vom alten Herrn Arndt an, nur um nach etwas Herumschalten zu erfahren, dass heute bereits Donnerstag ist. Das ist schlimmer als befürchtet. Fuck ist doch nicht zutreffend. Fucking Fuck geht in die richtige Richtung, so von der Tendenz her. Ok, ganz ruhig. Ich atme aus und schildere mir laut die Situation. Morgen kommt der Verwalter und erwartet eine leere Wohnung. Tochter hat mir 150 Tacken gegeben, um das zu erledigen. Ich habe ihr vorgelogen, dass alles erledigt sei. Wenn der Typ morgen nun kommt und die Bude ist voller Möbel, was sie aktuell ist, NOT GOOD, um es mit *Captain* Jack Sparrow zu sagen. Ergo, erkläre ich mir weiter, die Möbel müssen raus. Das wäre zweifelsohne die beste Lösung. Möbel raus, Bude leer, Typ happy, ich auf der Straße, nun ja, nicht ganz perfekt die Lösung, aber eines nach dem anderen. Schritt 1 ist also: Möbel müssen raus. Ok, ja. Ich gehe zurück ins Zimmer und sehe mich um. Uff, das ist eine ganze Menge. Aber Du schaffst das, Du schaffst das! Feuere ich mich an. Jetzt meldet sich mein Magen zu Wort. Mit einem ähnlichen Geräusch, wie die Klospülung. Er nutzt die Chance meiner Aufmerksamkeit, um sein tagelanges Ignorieren zu beenden. Iss, Kind, iss! großmuttert er mir zu. Message received. Wenn ich das Ganze schon angehe, dann mache ich es richtig. Ich brauche Essen. Erst stärken, dann starten. Anforderung: schnell, unkompliziert, kalorienreich. Status: nichts im Haus, was diesen Anforderungen entspricht. Vielleicht ist noch alte-Männer-Wurst im Kühlschrank, aber weit komme ich damit nicht. Finanzen: 150 Euro. Nicht schlecht. Damit lässt sich was anfangen. Ich schäle mich in meine Jeans rein, schnapp mir meine Jacke, stolpere in meine Sneaker und verlasse die Wohnung, ehe die Matratze meine neuentdeckte Motivation erstickt.

KAPITEL 3

Vor dem Haus blicke ich die Straße runter, nichts, Straße hoch, Café an der Ecke, da gibt's höchstens noch Kuchen, erfüllt die Anforderungen, ist aber für die bevorstehende Möbelaktion zu süß. Ich brauche was Deftiges! Hinter mir das *Pizza Cozza*. Pro: schnell, weil stehe davor, unkompliziert, weil stehe davor und Pizza, kalorienreich, siehe Pizza. Contra: 1. Ich weiß, dass Cozza nicht Kotze heißt, aber dennoch klingt es so! In deinem Land mag es ja köstliche Meeresfrüchte bezeichnen, aber wie kann man in Deutschland ein Restaurant eröffnen, dass das Wort „Kotze" mit im Namen hat?! Naja, wenn selbst eine Weltmarke wie Nissan es geschafft hat, sein Modell *Pajero* mit dem spanischen Slangwort für Wichser zu benennen, wie soll ich derartige Unbedachtheit dann der kleinen Pizza-Butze hier vorwerfen. Dennoch hätten sie beim Glücksrad besser ein paar Vokale kaufen sollen, Cozaza, Cozoza, schlimmer kann's nicht werden. 2. Aber guck Dir den Laden doch mal an, ey! Die komplette Glasfront des wohl ehemaligen Ladengeschäftes ist mit einer undurchsichtigen Folie im Butzenglasdesign zugeklebt. Diese Folie ist von der Sonne ausgeblichen, das frühere Flaschengrün ähnelt jetzt mehr einem blassen Schimmelgrün, das Dunkelbraun einem Kinderdurchfallocker, mit Rissen und Blasen durchsetzt, sich in den Ecken spröde abpellend und von einer schwarzen Amöbenfamilie unterwandert. Die gläserne Eingangstür bildet bei der Außengestaltung keine Ausnahme, nur steht hier zusätzlich im schiefen Halbkreis aus einzelnen weißen Buchstaben zusammengestückelt der wenig einladende Kotz-doch-nicht-Kotz-Name. Es sieht aus wie ne asslige Kneipe, eine Pinte, ein Saufloch, keine Ahnung, was mich da hinter der Tür erwarten würde. Pizzaknabbernde Alks? Rauchende Mafiosi mit Zementfüßen? Der Petersdom der Pizzawelt? Als ich hier einzog, bestand in meinem Kopf nicht mal die Option, je hier reinzugehen. Nicht dass ich etwas gegen Pizza hätte, ha, ich bitte Dich! Oder gegen Kneipen, immerhin bin ich Student, aber habe mich bisher ehrlich gesagt eher in den typischen Studentenkneipen herumgetrieben und verspüre doch gewisse Berührungsängste mit finanziellen und geistigen Randgruppen und deren Vergnügungsetablissements, snobby ich weiß, bin nicht stolz drauf. Verzweifelte Situationen verlangen verzweifelte Maßnahmen. So wie ich nach meiner Matratzeneinsiedelei aussah, könnte ich rein optisch sogar gut in einen solchen Laden passen, nahm ich an, meinen Mut zusammen, und zog die Tür zum Pizza Cozza auf, was eines erheblichen Krafteinsatzes bedurfte, wie ich verdutzt feststellte und nur durch ein Zurücklehen meines gesamten Körpers aufzubringen vermochte. Eine Körperhaltung, die mir in der nächsten Zeit in Fleisch und Blut übergehen sollte.

Mir stieg sogleich ein vertrauter Geruch in die Nase: kalter Rauch. Ich fühlte mich augenblicklich zurückversetzt in meine Kindheit, wenn meine Eltern nachts mit Freunden eine Party gefeiert hatten und ich morgens in meinem Schlafanzug neugierig durch die erwachsenen Hinterlassenschaften tapste, und mit großen Augen und kleinen Fingern kalte Biergläser mit gelben Pfützen und rissigen Schaumrändern, Erdnussbrösel und verlorene Teller erforschte, Reste beknabberte, Weinflaschen beschnupperte, alles untermalt von einzigartiger Luft, kalter Rauch von Zigaretten. Ein abenteuerlicher Ausflug in die unverstandene Welt der großen Menschen. Es lag hier noch eine zweite Duftnote in der Luft, die ich aber noch nicht auf den Punkt zu bringen vermochte. Rein optisch war mein erster Eindruck: dunkel. Und gleichzeitig grell. Hä? Ok, die Einrichtung war dunkel, dunkles Holz, wohin man blickte, dunkle Tische, dunkle Stühle, dunkle Balken an den Decken, an den Wänden, eine dunkle Sauna, Finnland im Winter, dunkles Holz als Tresen und Tresenpfeiler, am Boden dunkelbraune Fliesen. In Kombination mit der Fensterfolie ergab sich eher der Eindruck einer fränkischen Weinstube, als einer toskanischen Pizzeria. Es versuchten auch keinerlei Wandfresken, Styropor-Statuen oder Hausfrauenbilder den Eindruck eines Mittelmeerstaates zu vermitteln. Die Beleuchtung hingegen stammte aus Neonröhren, genauer genommen nur einer, groß, summend, über dem Tresen und die tauchte an ihrem Wirkungsort die Dunkelheit in eine schonungslose, grelle Klarheit. Erleuchtete Dunkelheit. Holz aus, Spot an! Der ewige Kampf zwischen Licht und Dunkelheit, Gut und Böse, Himmel und Hölle! Der nächste Eindruck war weniger überraschend: leer. Nur im hinteren Bereich des Raumes fand sich Leben. Bis auf einen Koch-Kellner-Inhaber-Mann-mit-der-Schürze saß nur noch ein anderer Gast auf der rechten Seite des mittig positionierten Tresens und schaufelte irgendwelche Nudeln in sich hinein. Der Koch-Kellner-Inhaber-Typ blickte mich missmutig an, so würde ich die zusammengezogenen Brauen am ehesten interpretieren. Als ich für sein Wohlbefinden zu lange zögernd in der Tür stehen blieb, öffne-

te er den hageren Mund und leierte:
„Benwennuti im Pizza Kozza, ich bin Schowanni."
Wie Du siehst, klang es nicht gerade authentisch italienisch, es hatte eher einen russischen Schlag, würde ich sagen, aber ich war schon immer schlecht darin Dialekte zu identifizieren, was weiß denn ich.
„N'Abend.", erwiderte ich wortkarg.
Schowanni-Igor und Nudel-Gast glotzten mich beide unverwandt an, nicht zu ertragen, so setzte ich mich schnell an den nächstbesten Tisch, mit dem Rücken zum Publikum. Das Licht der unbarmherzigen Neonröhre vermochte diesen Bereich des Ladens auch nur noch mühsam zu bescheinen, gut, je dunkler desto besser, der geheime Held verschmilzt mit den Schatten. Schowanni-Igor, hihi, das gefällt dem Spaßvogel, noch treffender wäre wohl Schowanni-Ivan, wo der Russ doch Ivan heißt, man könnte auch ein liquides Schwoannivan draus schmieden, doch das ist mir alles zu konstruiert. In meinem Kopf heißt er Igor, mit rrrollendem rrr, Schowanni-Igor, Punkt. Schowanni-Igor also schlurfte alsbald mit der Speisekarte an, die er mir schweigend übergab.
„Danke", murmelte ich und schlug die weinrote Restaurant-Standartkarte mit gefütterten Plastikdeckel auf.
Erste Seite fünf mal Pizza, die Plastikfolien der Seiten lösten sich nur unter klebrigknisterten Protest von einander, zweite Seite fünf mal Pasta, gefolgt von zwei Seiten Getränken, eine mit, eine ohne Alk. Ok, damit ist Anforderung zwei *unkompliziert* erfüllt, die Auswahl war entspannend übersichtlich. Es gab übrigens weder Pizza mit Cozza, noch wenigstens Pasta mit Cozza. Nicht, das ich darauf scharf gewesen wäre, aber irgendwie ist das schon Etikettenschwindel, oder? Meine Wahl war schnell getroffen, aber wohl fühlte ich mich noch lange nicht in dieser leeren Verkaufsstätte, also reimte ich einen kleinen Reim, zur Beruhigung, die Rödelheimer wussten schon was gut ist, viele viele Reime, die sich auch noch reimen, das bringt eine gewisse Ordnung in die Dinge.
Nicht kleckern, sondern klotzen!
Nicht meckern, sondern motzen!
Nicht leckern, sondern kotzen!
Na, hoffentlich nicht. Aber beim Kotzen nicht zu kleckern ist auch ein nützlicher Hinweis, ein Schuh-Retter, merk's Dir! Was gibt's noch? Blättern, schmettern, trotzen, glotzen, schmotzen, schmarotzen. Nach zwei Minuten relativ fruchtlosen Dichtens, schlurfte Schowanni-Igor wieder heran und blickte mich fragend mit einem kleinen Kellner-Block in

der Hand an.

„Eine Pizza Salami bitte. Und ein kleines Pils."

Er nickte ein „Si." und schob wieder ab, ohne sich etwas notiert zu haben. Hm, ob hier irgendwas im Grundwasser ist, dass alle im Haus so schweigsam sind? Erdstrahlen aus dem Magnetgitter unseres Planeten? Elektrosmog? Saugen die Hauswände alle Worte auf? Und spucken sie in Uni-Hörsälen unter brillentragenden, filzhaarigen Studentinnen wieder aus? Oder gibt es hier einfach nichts zu erzählen? Weil nichts Nennenswertes je geschieht? Na, da würde ich ja gut reinpassen. Ich starre vor mich hin, lausche dem Gegabel vom Nudel-Mann hinten am Tresen, blicke die Butzenglasimitate an, schlürfe mein köstlich kühles Bier, das Schowanni-Igor erstaunlich schnell und mit einem erstaunlichen Schwung im Arm serviert hatte. Dann kam nach geraumer Zeit die Pizza, mit lecker blasigen Rand, etwas dunkel höchstens. Da hatte ich die Unterseite noch nicht gesehen, Röstaromen in ihrer schwarzen Urform! Das war der zweite Geruch hier im Laden! Wie angebrannter Toast in einem laaange nicht gereinigten Toaster, brennender Toast, brennende Brösel, brennender Staub, schmurgelnde Drähte, Kurzschluss! In der Grundschule hatte ich einen Jungen in meiner Klasse, Dennis, dem hat seine Mutter verboten Toast zu toasten, aus Angst vor krebserregenden Schwarzpartikeln. Wenn es nach der ginge, werde ich in den nächsten fünf Minuten an multiplen, metastasierenden Krebs krepieren. Aber immerhin war der Teig damit einhergehen knusprig krisp,

    Schwarz verkohlt zerbricht das Werk
    Kratzt am Gaumen als Vermerk

die Salami schmackhaft, der Käse Fäden ziehend, Gesamtergebnis: durchaus zufriedenstellend! Gepaart mit meiner ich weiß nicht genau wie lange angedauert habenden Nulldiät war das gute Stück schnell weggefuttert, das Glas geleert, der Leib erfrischt, ein Rülps entwichen, Warum rülpset und furzet ihr nicht, die müden Glieder gestreckt, jetzt konnte ich es angehen! Das Kozze-Mahl hat neue Energien in mir geweckt, auf auf, jetzt wird in die Hände gespuckt! Ich zahlte bei Schowanni-Igor, Nudel-Mann war übrigens immer noch am Schaufeln, und legte ein großzügiges Trinkgeld drauf, 150 Ocken und so.

    Behände zurück die Treppen erklommen, mit jedem Schritt eine Silbe eines kleinen Verses dichtend

    Jetzt räum ich die Butze aus
    Schleppe alle Möbel raus
    Der Krempel landet auf dem Müll

Auf in den Kampf mit lautem G'brüll!
stand ich im alten Arndt Zimmer, klatschte in die Hände und sah mich unternehmungslustig um. Wo anfangen? Am besten systematisch vorgehen, auf der einen Seite anfangen und vorarbeiten. Ok, dann beginne ich in der Küche, die ist überschaubar. Zwei Stühle, der Resopaltisch, die waren recht schnell unten, wenn auch nicht ohne ihre Signatur im Treppenhausputz hinterlassen zu haben. Ich hatte mich entschlossen, den Krempel vor das Haus auf die Straße zu stellen, in der Hoffnung, dass es irgendein Sperrmülljunkie schon mitnehmen wird. Ich positionierte die drei Einrichtungsgegenstände sogar so auf dem Gehsteig, als stünden sie in einem Zimmer, Stühlchen links, Stühlchen rechts, Tischchen in der Mitte. Willkommen im Café Vogèl! Jetzt hatte ich Platz in der Nischenküche, um die Hochschränke anzugehen. Ich blickte zum ersten Mal in die Schränke hinein, ein paar Teller, Gläser (ehemals Senf), ein Kasten mit ollem Besteck, wohl nicht wertvoll genug um von Tochter Arndt geplündert worden zu sein. Ich hievte die Schränkchen unter Bandscheibenstrapazen von der Wand, es schepperte und depperte darin herum (im Schrank, nicht den Bandscheiben, glücklicherweise), aber ich war zu faul die Schränke vorher auszuräumen, wollte natürlich so wenig wie möglich laufen müssen. Das ganze Unterfangen entpuppte sich als gar nicht so einfach wie gedacht, aber die Faulheit, die ihre eisernen Klauen in den letzten Tagen in mich gehauen hatte, hatte mein Blut bereits infiziert, pumpte durch meine Venen, nährte mein Herz, da konnte der Verstand nicht mehr gegenanstinken. Auf der nach oben offenen Faulheitsskala, habe ich eine Obergrenze gesetzt, Stück für Stück nahm die Lethargie wieder Besitz von mir, der Pizza-Elan erfuhr einen derben Bremser, hervorgerufen durch die Unförmigkeit der Zwillingsmöbel. Fuck, waren die Teile schwer! Irgendwann war der Scheiß endlich unten, Flying Spaghetti Monster sei Dank! Gerade als ich mit dem zweiten Schrank schwankend durch das Haustor auf die Straße stolperte, der Situation angemessen fluchend, erblickte ich einen Penner, der sich auf einem der Küchenstühle niedergelassen hatte. Ha! Wer sagt's denn?! Das heiterte mich augenblicklich auf, ich ließ den Schrank fallen, mehr Scheppern und Deppern, und ging auf das Tischchen zu.
„Bonsoir Monsieur", flötete ich dem Penner im besten Schulfranzösich entgegen. „Willkommen im Chez Vogèl!" Klingt noch besser als das ursprüngliche Café, und machte eine einwandfreie Butlerverbeugung.
„Arrrhhh, verpiss dich du Wixer!", schrie mir der Penner aus seinem schwarzzahnigen Mund entgegen, begleitet von einer dazu passenden Duftwolke. „Du verficktes Fickloch, Arschloch, der Herrgott wird dich stra-

fen, du hinterhältiger Bastard, du Flittchen, du!!!"
Ok, dieser Gast würde wohl nicht wiederkommen. Etwas enttäuscht, dass meine Geschäftsidee bereits in den Kinderschuhen erstickt wurde schlurfte ich wieder hoch in den sich leerenden Wurmfortsatz, wo seine Schimpftirade durch das geschlossene Fenster noch zu hören war. „Kannste noch so überheblich lachen, du hinterhältiger Wichskopf, Schwanzgesicht, alte Fotze! Hure! Ich fick dich tot!!!" und so weiter. Erhebend. Genau die richtige Untermalung für meine Aktion.

    Er hat einen Einkaufswagen,
      um Wut und Zorn mit sich zu tragen.

Er jetzt entdeckte ich in der Küchenzeile die Lücke neben der Spüle. Die haben den Herd mitgenommen?! Naja, wenn ich mir Tochter Arndt so ins Gedächtnis rufe, war sie den kulinarischen Genüssen sehr zugetan, doppelter Herd hält besser, Doppelherd – Die Kraft der zwei Herde, acht Kochplatten, zwei Backöfen, damit lässt sich doch was anfangen! Guten Appetit!

    Ich koch zwei Töpfe für zwei Teller
    Hab einen Magen, werd schnell preller!

Nun gut, Gedichtchen nicht so pralle, aber der nicht vorhandene Herd ist umso besser! Ein Problem weniger! Ein schweres Problem weniger! Nice! In weiteren Touren schleppte ich die verbeulte Spüle durchs nächtliche Treppenhaus, ihren von mir plattgestiefelten Unterschrank, Kleinkram wie einen sperrigen Hocker, Mülleimer, Putzeimer, ein paar Pfandflaschen, Kehrblech, Besen und son Krempel. Schimpf-Penner war übrigens mit seinem Einkaufswagen weitergezogen, ohne zu zahlen, der Zechpreller!

Irgendwann war die Küche bis auf den hinkelsteingroßen Kühlschrank leer. Geil! Ging doch. Hat doch nur gefühlte sechs Stunden gedauert. Ist ja nur mitten in der Nacht. Dass ich den Eisschrank eigenhändig bewegen, geschweige denn aus der Wohnung schaffen kann, wie ist der hier jemals reingekommen, wundere ich mich, vielleicht wurde das Haus um ihn rumgebaut, also das ist ausgeschlossen. Und das einzig noch wache Wesen, was ich in der letzten Zeit zu Gesicht bekommen hatte war Schimpf-Penner gewesen, ein eher nicht hilfsbereiter Mitbürger, der mir gewiss nicht zur Hand gehen würde, selbst wäre er noch hier. Ich ließ den Koloss von Rhodos erst einmal an Ort und Stelle. Erschöpft ließ ich mich aufs Bett fallen, um die weitere Strategie zu bestimmen. Es verbleiben Herr Bett, der schiefe Kleiderschrank, nicht gerade handlich, das teilweise geplünderte Bücherregal, der antike Fernsehhüne, der moosgrüne Sessel, ein abgefuckter Teppichläufer und etwas Kleinkram, Blumenpötte, Vasen, düstere Gemälde. Die durch den Geruch vermutete Erbsensuppenkanone war glücklicherweise nicht zu finden. Trotz allem nicht gerade wenig, aber überschaubar. Könnte schlimmer sein, versuchte ich mir reinzureden. Ich streckte mich auf der Matratze aus und wälzte mich Richtung ehemaliger Küche, alles leer, nur der Kühlschrank grummelte drohend vor sich hin. Ich war sehr stolz auf mich! Der Held hat es mal wieder geschafft! Die Welt ist gerettet, Gotham City kann in Ruhe schlafen! Nana nana nana nana nana nana nana nana Endspurt!

KAPITEL 4

Nee, ne?! What the fuck! Verfluchte Scheiße! Panikartig schreckte ich vom Bett hoch, das Sonnenlicht zwang dem Zimmer ein Lächeln auf, orientierungslos drehte ich mich auf der Stelle, blickte erschrocken im Raum herum, versuchte meinen Kopf klar zu kriegen, aber die Klarheit sagte nur hämisch „Hähä! Du bist eingeschlafen! Du Penn-Vogel!",. Und heute würde der Verwalter anrücken, keine Ahnung wann, keine Ahnung wie spät es war, aber sicherlich zu spät. Wer zu spät kommt, den bestraft das Leben, das Gefühl kenn ich, Gorbi wusste Bescheid! In Ordnung, ahh, Panik, durchatmen, nur ganz ruhig, schnauf, ich rubbelte meine Wangen, struppelte meine Haare, kratzte den Bauch, es gibt bestimmt eine Lösung, positiv denken, positiv pissen. Ich ging pissen, stieß mir vorab positiv das Schienbein, ließ die Polkatonnen rumpeln und stand wieder vor den alten Möbeln im Straßenzimmer. Also, wenn ich das so abscanne, kühl betrachtet, ich schaffe es nicht, das ganze Zeug rechtzeitig zu entrümpeln. Rechtzeitig ist bestimmt schon um. Ich brauche einen Plan B. Und Plan B heißt Zimmerchen! Ich räume das ganze Zeug einfach in Zimmerchen und mache dort die Tür zu, vielleicht guckt er da ja nicht rein. Und falls doch, ist es ja nur ein kleines Zimmerchen, werde ich sagen, das ist schnell ausgeräumt, jaja, genau, mache ich heute noch, nicken, lächeln, Zuversicht ausstrahlen, ja, so würde es klappen! Hervorragender Plan, geht doch Vogel! Die nächsten zwei Stunden war ich damit beschäftigt meinen Krempel aus Zimmerchen raus und alter-Herr-Arndt-Krempel in Zimmerchen rein zu pferchen. Gut, dass ich in meiner Jugend junkieartig Tetris gespielt habe, diese Fähigkeit kam jetzt sehr zupass. Der schiefe Schrank, der trotz seiner Schlagseite leider nicht dazu zu bringen war in sich zusammenzufallen, ging an einem Stück rein, unter mühsamen Schiebemanövern um viel zu enge Ecken, wo immer die auch so plötzlich herkamen. Der Schrank war übrigens von Tochters Lakaien komplett geleert worden, immerhin, nur ein Schuhkarton voller wirrer Papiere stand unten noch drin, den ich nach dem Schranktransport mit gefühlvollem Fußkicken über den Flur beförderte. Der klassische Fernsehapparat wog etwas drei Tonnen, glücklicherweise war im Tetris hinter der Tür genau ein Platz für einen Würfel. Das Regal konnte ich mit etwas Gewalt und viel Gefühl in mehrere Regalbretter zerlegen. Auch Herrn Bett musste ich zerlegen, nur die Matratze konnte ich leider nicht in kleiner Teile zerstückeln, ein großes, sperriges Biest, für das das Wort unhandlich scheinbar erfunden worden war. Ach ne, das war wohl eher für den Kühlschrank. Egal, die Lösung war schnell gefunden: Ich legte meinen Futon auf die Matratze, damit sah es so aus, als sei das mein Bett, das ich, wenn ich heute Abend ausziehe, natürlich mitnehmen werde. Tarnen und Täuschen, den Feind zu falschen Annahmen verleiten. Das gewitzte Vögelchen. Meine Habe drapierte ich nah um das Matratzen-Sandwich herum, so dass es nach so wenig wie möglich aussah. Ein Reisender auf dem Sprung, man sollte ihn sprichwörtlich nicht aufhalten. Mobil wie ein Mobile, von jedem Windzug in Bewegung zu versetzen, er muss nur noch die Schuhe schnüren und los geht's! Ja, so könnte es klappen! Problem A war temporär gelöst. Das nächste Problem war jetzt: Und wo soll ich hin? Wo soll ich wohnen? Muss ich wirklich heute schon raus? Vielleicht kann ich mit dem Verwalter verhandeln. Obwohl das Wort Verwalter nicht gerade rosig besetzt ist in meiner Erfahrungswelt. Das sind Pedanten, mit zugeknöpften Hemden, bis zum letzten Knopf, mit akkuratem Scheitel, mit dünner Aktentasche und Stiften in der Hemdtasche. Das sind Menschen, die sich nicht nur an Regeln halten, sondern die Regeln sogar erfinden! Mit Freuden und schadenfroher Genugtuung, nur um sie ihren Bittstellern aufzubürden. Das wird ein harter Brocken, da muss ich verbal ganz ausgeschlafen sein. Erfolgschancen: gering. Also Prio 1: Ich brauche eine Wohnung. Ein Zimmer. Ein Zimmerchen würde reichen, wie ich jetzt ja weiß. Am besten wende ich mich wieder an die Zimmervermittlung an der Uni, aber die ist heute am Freitagnachmittag natürlich schon zu. Montag wieder. Hotel? Im Notfall, aber da werde ich auch mit den 150 Tacken abzüglich Pizza Salami nicht sehr weit kommen. Kleinanzeigen! Fuck, mein Third Hand Laptop fährt seit der letzten Vorlesung, wann immer das gewesen sein mag, annährend 1930, nicht mehr hoch, also Internet Fehlanzeige, naja, hier in der Wohnung ist der Empfang eh allzeit unter aller Sau gewesen. Du denkst an ein Smartphone, tja, damit bist du alleine. Ich habe seit immer, Jahren und Jahren, ein und dasselbe Handy, ein uralt Modell, der Klassiker unter den Handys, ein Oldtimer, das Nokia 5110. Während meine Kollegen wenigstens ein 7110, 3310 und was weiß ich für Nummern hatten oder sogar das Motorola mit dem winzigen Farbdisplay, hing ich damals schon hinterher. Nach und nach rüsteten meine Klassenkameraden weiter auf, die Handykarriereleiter nach oben, nur der Vogel, der blieb stehen. Es begann mit einer Wette mit Michael Giese, die ich im Grunde nur einging, weil meine Eltern mir kein neues Handy kaufen wollten, hatte etwas Scheiß gebaut, ich sag nur, ja, der Teppich in der Küche kann brennen, und ich meine technische Hinterweltlerei irgendwie verargumentieren musste. Michi hat die Wette verloren, er gab früher oder später klein bei und machte mit einem neueren Model mobil, leider ging es nur um Panini Fußballerbilder, die wir beide bis dahin gar nicht mehr sammelten, mancher sagte auch, ich hätte im Grunde verloren, habe den letzten Schuss nicht gehört, doch ich wollte mittlerweile gar kein neues mehr, ich trieb es ins Extrem, es wurde zu meinem Lifestyle, Retro, hinterm Berg, Technik aus der Steinzeit, das bin ich, ich habe noch nicht mal das Rad erfunden. Was bleibt dann? Ja, Print, ein zuverlässiges, Empfang unabhängiges Medium, ich brauche so ein Stadtteilkäseblatt, da finde ich bestimmt irgendwas. Aber wenn ich jetzt die Wohnung zwecks Käseblattakquise verlasse, steht unter Garantie der Verwalter vor der Tür, der hat erwartungsgemäß sogar einen Schlüssel und kommt einfach rein und sieht das Chaos, ohne dass ich verbal dagegenargumentieren könnte. Not good! Womöglich ruft er obendrein illegale Schergen, die dann den gesamten Krempel zur Müllverbrennungsanlage karren, inklusive meiner Güter. Ich könnte auch mit meinem Zeug einfach abhauen, aber ob ich dann jemals wieder über die Zimmervermittlung eine Bleibe finde, wage ich zu bezweifeln. Geben die solche Infos an die Uni weiter? Und nach wie vor wäre die Frage dann immer noch: Wohin? Gut, ich bleibe bei meiner bisher erfolgreichen Strategie: Ein Problem nach dem anderen. Jetzt muss ich erst einmal den Verwalter erfolgreich bezirzen, mit dem Gesang der Lorelei wie eine Nachtigall einlullen. Ich setzte mich auf das Matratzen-Sandwich und wartete.

KAPITEL 5

Was soll ich Dir sagen, es kam niemand.
Kein Verwalter am Freitag.
Und trotz konzentrierten Wartens, kein Verwalter am Samstag.
Sonntag würde er bestimmt nicht kommen, war auch nicht so.
Aber bestimmt am Montag dann, am nächsten Werktag.
Kein Verwalter am Montag.
Keiner am Dienstag.
Keiner am Mittwoch.
Vielleicht war ja der nächste Freitag gemeint! Und ich hatte mir all den Stress vergeblich gemacht! Ja, so musste es sein!
Mit diesen Gedanken füllte ich den verwalterlosen Donnerstag.
Kein Verwalter am Freitag.
Hm.
Das Wochenende hatte ich wieder Ruhe und auch am folgenden Werktagsmontag tauchte niemand auf.
Dann muss es zum Monatsende sein, natürlich, am letzten des Monats würde der erscheinen, so ist es doch immer mit Wohnungsübergaben, oder? Hatte ja noch nie eine.
Aber nichts.
Der Erste verstrich, kein Verwalter weit und breit.
Na, dann ist ja alles gut, wirst Du Dir denken, dann hatte Vogel ja ausreichend Zeit, um die Entrümpelung fachmännisch zu beenden und sich ein neues Nest zu suchen. Ganz richtig. Die Zeit war da. Wäre da gewesen. Hätte, hätte, Fahrradkette, das Leben ist kein Konjunktiv, ich hätte eine ganze Menge tun können in diesen Tagen. Wochen. Einen Roman schreiben, Vietnamesisch lernen, einen Komplott gegen Putin schmieden, Straßenlaternenpullover stricken, Handstand üben, alle Ortsnamen von Wales auswendig lernen oder etwas ähnlich Zeitintensives. Indes bin ich erneut dem Gift der Faulheit erlegen, die mit den Klauen, tief in meiner Haut, herzdurchbohrend, gedärmezerreißend, innereienschlitzend, nahm sie Besitz von meinem Körper, meinem Geist, der Inte-

rimsseele. Ich war ihr entronnen, war rausgerissen worden, das Telefonschrillen war meine Intervention gewesen, hatte das Muster durchbrochen, die Teufelsspirale begradigt, ich hatte mich meiner Füße erinnert und sie in meinen Arsch getreten, hatte entrümpelt, geräumt, wie ein Drogensüchtiger war ich, der für einen Tag clean geworden war, Hoffnung geschöpft hatte, entschloss, jetzt wird alles anders, jetzt bekomme ich mein Leben auf die Reihe, ab heute, aber dann kam der Rückfall, zu tief sitzt das Toxin in meinen Zellen, meinen Synapsen, in meinen Atomen, unausweichlich, hinterlistig, böswillig zerstört es seinen Wirt. Mir war die Flucht gelungen, für einen Tag, aber der Sklavenhändler hat mich wieder eingefangen, mir Fußketten angelegt, die mich in die Tiefe reißen, Hoffnung schenken und Hoffnung zerstören, so macht man Geiseln mürbe, ich hatte den Silberstreif gesehen, sein Glitzern hat in meinen Augen gefunkelt und umso tiefer, sinke tiefer in den Abgrund als je zuvor, bin desillusionierter als je zuvor, habe jeden Glauben an mich und meine eigene Stärke verloren, an das eigene Können, an den Glaubenssatz, dass jeder seines Glückes Schmied sei, an meine Fähigkeit ein normales Leben leben zu können, das überhaupt zu verdienen, als Abschaum, Dreck unter den Nägeln der Fleißigen, der Gewinner, der Gesellschaft. Ich war nur eine Matratze, verwuchs mit dem gepolsterten Bettaufsatz, wie ein fetter Amerikaner, der seine Couch nicht mehr verlassen kann und so lange draufscheißt, dass das Couchgewebe mit seinem Körpergewebe eine Verbindung eingeht, die nur noch ein Chirurg zu trennen vermag. Okay, ich scheiße mich nicht ein, was der alte Herr Arndt nicht gemacht hat, steht mir auch nicht zu und der war immerhin tot. Ich wünschte, ich hätte es gekonnt, so wäre ich dem Treibsandspiegel entronnen, ich weiß nicht, was schlimmer gewesen wäre. So wankte ich zwischen Matratze, Klo und Todesspiegel hin und her, im Taumel von Selbstzerfleischung, Selbstmitleid, Selbstzerstörung, Apathie. Anfangs hatte ich in meiner Verzweiflung noch versucht die alte-Männer-Wurst im Kühlschrank zu essen. Doch der Monolithen-Kühlschrank scheint das Fehlen seines Herrn und Meisters gespürt zu haben und gehorchte nicht mehr. Das Problem war nicht, dass er nicht mehr kühlte, sondern im Gegenteil, dass er zu stark kühlte, eiskalt, alles gefror, zu winterlichen Ziegelsteinen, Gefrierbrand, da würde auch Toppits nicht mehr helfen, so gab es nur alte-Männer-Eiswurst, ein dickes, rundes Stück Gefrorenes, ein Fleischdiskus, den ich nicht mal als Kernbeißer hätte knacken können. Nachdem ich das Objekt eine ganze Weile habe bei Zimmertemperatur aufwärmen lassen, fühlte sich die Konsistenz nach Schuhsohle an.

Die Scheiben waren in Schichten zusammengeschmolzen, das Ganze fest, aber biegsam, zäh und innen eisig. Spontan musste ich an Schilderungen aus dem zweiten Weltkrieg denken, die mich in der Schulzeit sehr berührt hatten, in ihrem Elend, als die deutschen Soldaten auf ihrem Russlandfeldzug vor lauter Hunger und Wahnsinn begannen ihre Stiefel zu essen, nur um am Leben zu bleiben und sich Stunde um Stunde, Tag um Tag, Woche um Woche weiterschleppend, am Leben gehalten von Leder, mir unfassbarer Hoffnung und purem animalischen Instinkt. Unvorstellbar unerträglich, vom warmen Bett mit vollem Magen aus nachgefühlt, Männer und Jungen, die nicht älter waren, als ich. Damals wie heute. Das rückte einiges im pubertären Weltbild gerade, verdammte Scheiße, geht es uns gut! Und wir jammern, weil wir nicht das neueste Handy haben? Shut the fuck up! Ich glaube auch dieser Gedanke nährte meine Wettbereitschaft, die mich heute noch an das Old School-Handy band. In Gedenken an meine damaligen Emotionen des Entsetzen und der Fassungslosigkeit widmete ich diesen Kühlschrank dem Gedenken an die deutschen Soldaten und ihren Emotionen von Entsetzen und Fassungslosigkeit und taufte das vereiste Bollwerk Rußland (jawohl, mit ß, denn das gab es damals noch!). Nach dieser Polarreise ließ ich das Thema Nahrungsaufnahme ganz ruhen und beschränkte mich auf Wasser aus dem Darmzottenhahn. Träge beobachtete ich von meinem Lager aus das leeregeräumte Zimmer, Boden, Wände, Steckdosen, Decke, Deckenlampe, Fenster, Lichtschalter, Türrahmen. Beobachtete das Parkett, mit seinen nachträglich reparierten Makeln, seinen Kratzern, Lücken und Farbunterschieden, den Staubflocken, die darüber tanzen und ihre Schwestern, die bei Sonnenlicht durch die Luft flimmern und schimmern,
    Tanz nur kleine Tänzerin
    Schwing Deinen Körper durch die Lüfte
    Warst ein Mensch ganz zu Beginn
    vielleicht ein Stückchen von der Hüfte.
die Unebenheiten in den Wänden, kleine Hubbel und Dellen, schattenwerfend, der glatt geplanten Wand Tiefe gebend, die Risse in der Deckenfarbe, drei Risse, in der hinteren Ecke, die sich fortfressen wie Blitze, wie mäandernde Graphen, Irrwege ins unentdeckte Land. Lichtwechsel zwischen Tag und Nacht, die Gezeiten der sich drehenden Erde, abgebildet auf meiner kleinen Wand, mein kleiner Kosmos, ein Teil des unendlichen Universums, hier, ganz klein, für mich. Für wen? Dreht die Erde sich oder drehe ich mich? Sitzt Galileo vor dem Globus unserer Erde und dreht ihn langsam für uns ungläubige Herzen?

Mein Körper ist überzogen von Blei, gefüllt von Blei, massiv, bleischwer, an die Schwerkraft verraten, drückend, wuchtig, massig, gelähmt, es fließt durch meine Adern, strömt in meine Lungen. Ich lauschte auf meinen Atem. Und wie er sich veränderte, wenn ich mit einem Ohr auf dem Kissen lag. Atmete schnell, atmete langsam, atmete tief, atmete flach, setzte aus, hechelte, atmete Rhythmen, atmete Schmerzen, atmete Tod, atme nicht. Lauschte meinen eigenen Schluckgeräuschen, dem leisen Knistern in meinen Ohren, wenn ich den Kiefer bewegte, dem Walgen meiner Zunge, machte mit ihr kleiner Klickgeräusche, blies Luft durch meine lockeren Lippen, blähte meine Wangen auf und ließ sie platzen. Ich lauschte der Stille der Wohnung, keine Musik, kein Radio, kein Fernsehen, nichts davon hatte ich oder hätte es ertragen. Lauschte vielmehr auf den Blutstrom der Heizung, mit dem Gluckern und Klackern ihrer Herzrhythmusstörungen, dem plötzlichen Knacken des Parketts, wenn unsichtbare Füße darüber laufen, dem Rauschen von Wasser in fernen Rohren, das Innenleben der Mauern, Menschen verbindend, die sich nicht sehen, sich nicht kennen, sich nicht grüßen. Ich lausche den Drohungen Rußlands, der seine Truppen in Bewegung setzt, Panzer rollen, Geschütze donnern, Gewehre rattern, die Schmerzensschreie Sterbender, ich schreie mit ihnen in die unendlichen Weiten eines eisigen Landes. Ich lausche sich schließenden Türen, sich tretende Treppen, dem Leben der Straße, vornehmlich durch Motoren, Hupen und Pöbeln zu mir dringend, mal ein Bellen, mal ein Lachen, das Quietschen von Bremsen, Gesprächsfetzen unverstandener Sprache, von einem fremden Himmelskörper, weit fort von meinem Heimatplaneten schwebe ich verloren durch Raum und Zeit, wie Arthur Dent, ein einsamer Überlebender, gefangen in der Unendlichkeit, Erinnerungen zerrinnen, zerfallen zu Staub, alles, was ich mein Leben nannte läuft mir wie Sand durch die Finger. Einsam schaukele ich meinen Körper vor und zurück, vor Unruhe und Ratlosigkeit, schaukele mich, wie eine Mutter ihr Baby, hush little baby, don't you cry. Ich heule wie ein Schlosshund, es wird lauter und grausamer, als ich es je hatte erdulden müssen, als ich es mir je hatte vorstellen können. Eine Schiffschaukel über den Styx. So kann Leben auch sein? Ich versuchte einmal, es wieder zu greifen, wie mit Essstäbchen Onkel Bens Reis zu gabeln, vergeblich wie Sonnenstrahlen mit einem Fischernetz zu fangen, so taperte ich desorientiert durch die Straßen, eine frühere Wohngeldabrechnung des alten Herrn Arndt in der Hand zerknitternd, gewonnen aus dem gekickten Schuhkarton in seinem Kleiderschrank. Am Serviceterminal meiner Bank, die alles möglich macht, die Wege frei, die Freiheit mein, die Zukunft sicher, die Sicherheit ganz auf ihrer Seite, nie auf der der Kunden, tippte ich die Daten ab, nahm eine Überweisung vor von dem, was ich hoffte, die aktuelle Miete für die Arndtsche Wohnung ist, sicherheitshalber ein wenig mehr, denn alles wird teurer im Leben, sogar der Tod, er kostet Töchter, Tischchen, Würde und Gedenken. Womöglich klappte es ja und das Zahlen der Miete würde auch in der Zukunft sämtliche Verwalter von der Wohnung fernhalten und meine Galgenfrist auf unbestimmte Zeit verlängern. Ein Ausbleiben der Zahlung würde in jedem Fall einen Verwalter aufhetzen, also hatte ich nichts zu verlieren, außer Geld, was nur mehr Papier und Zahlen für mich war, Einsen und Nullen in Glasfaserkabeln, nicht existent, nur elektronische Strömungen, im Gehirn der Gesellschaft. Von der Bank aus eierte ich weiter, überstand eine von Paranoia geprägte Busfahrt zur Uni, haben die alle keine Jobs, was machen die hier tagsüber, wieso lungern die alle im Bus herum, wo fahren die hin, haben die kein Zuhause, fest entschlossen mit meinem Leben dort anzuknüpfen, wo mir der rote Faden aus den Fingern geglitten war. Als ich die Tür zum Hörsaal öffnete, starrten mich zahllose Augenpaare ungastlich an, so kam es mir vor, unterkühlt und ungnädig. Der Professor war mir gänzlich unbekannt und nach ein paar gestammelten Fragen begriff ich schnell, dass das nicht nur die falsche Vorlesung, sondern nicht mal mein Studienfach war und unter rüdem Gekicher verließ ich die Bildungseinrichtung wieder. Fuck, falscher Tag, ich hätte schwören können heute sei Donnerstag. Und damit war meine Unterwerfung an das Schicksal komplett. Der Muli hatte versucht in Freiheit zu überleben, doch war er auch ohne Geschirr immer nur im Kreis gelaufen, unfähig alleine zu entscheiden, etwas aus seiner Freiheit zu machen, ein Sklave auch ohne Meister. Demütig und geschlagen kehrte ich in mein Refugium zurück, zog mir die Decke über den Kopf und lauschte auf mein Herz, eventuell würde es mir ja den Gefallen tun und aufhören zu schlagen. Ich war bereit.

In den Antworten, die ich fand war keine Wahrheit. In den Fragen keine Chance. Ich wanderte durch fremde Welten, durch eine Ebene, ein unendliche Fläche, ohne Kennzeichen, ohne Merkmale, eine weiße Weite, ich laufe geradeaus, renne, gehe, niemals gerade, biege ab, ohne Grund, ohne Motivation, ohne Hoffnung, irre durch eine Realität, die nicht meine ist, laufe, bin dennoch begraben, bewege mich und trete auf der Stelle, die Galaxie ein Murmelspiel, schwerelos an den Boden gebunden, ein Vogel mit gebrochenen Flügeln, ein Phönix ohne Wiedergeburt, ein amputierter Strauß, Flügel der Taube bei lebendigen Leibe ausgerissen, quälend, blutig, wahnsinnig versuchend zu fliehen, doch wovor, wohin? Sensorische Deprivation, meiner Sinne beraubt, mein Geist gefangen in einem tumben Körper, wie ein gefangenes, wütendes Tier, sich gegen die Gitterstäbe schmeißend, jegliche Eigenständigkeit und Selbstbestimmung auf Null. Wenn ich liegen bleibe, für immer, wo liege ich dann? Liege ich überhaupt oder lebe ich nur in einer anderen Ebene, zweidimensional, Vogel in Flatland, kann ich mich ausweiten, aufblasen, in 3D verbreiten, Dimensionen annehmen, vielleicht vier oder fünf, 21, damit meine persönliche String Theorie aufgeht? Ich bin ein Mem, ein formgewordener Gedanke. Der Tod hat sich mich ausgedacht, das Leben träumte mich nur, der Teufel malte eine Skizze von einem Vogel und schiss dann drauf, hauchte mir Leben ein, lachte hämisch und ließ mich allein. Freigelassen als grausiges Experiment. Harte Narben. Harte Tränen. Ein Körper aus Feuer. Ein Herz aus Stein. Eine Seele aus Teer.

Die Menschenform ist Fassade. Wenn der Horrorhase Frank mich fragt Why are you wearing that stupid mansuit, sage ich keine fucking Ahnung. Die Angst kriecht nicht hoch, nein, sie holt aus und verpasst mir mit einem Amboss den KO-Schlag, raubt mir den Atem, die Sinne, schlägt meinen Geist zu Brei. Ich bin das Leiden der unsterblichen Seele. Nur Trottel wünschen sich Unsterblichkeit, Ewigkeit, oder hast Du schon mal einen glücklichen Gott gesehen?! Das sind doch alles rachsüchtige Arschlöcher. Der Teufel, Satan, Luzifer, Mephisto, der Antichrist hat wenigstens Spaß, mit seinem verschlagenen Lachen, er ist ehrlich, er ist böse, er ist Qual. Er serviert mir das Mark meiner Alpträume in einem aufgeknackten Totenschädel. Ich bin Dantes Höllentor, durch mich geht man hinein zur Stadt der Trauer, durch mich geht man hinein zum ewigen Schmerze, lasst, die ihr eintretet, alle Hoffnung fahren!

    Alles geben Götter, die unendlichen,
    Ihren Lieblingen ganz,
    Alle Freuden, die unendlichen,
    Alle Schmerzen, die unendlichen, ganz.

Goethe reißt mich ins Unergründliche.

KAPITEL 6

Zuerst merkte ich es daran, dass mir wieder Reime durch den Kopf schossen, noch unsichere, alberne, kindergleiche Wortspiele,
    Es schlägt mein Herz
    trotz allem Schmerz
aber das Zeichen war deutlich: meine Lebensgeister ließen sich nicht uterkriegen! Etwas in mir war noch lebendig und wollte es bleiben. Der Vogel Strauß zog den Kopf aus dem Sand. Das Küken tat die ersten Schritte nachdem es die Eierschale niedergerissen hatte, zögerlich, aber voller Leben, Neugier. Ok, Vogel, noch ist es nicht zu Ende mit dir. Wie an einem Tropf, tropfte Hoffnung Tröpfchen für Tröpfchen in mich hinein, platsch, platsch, platsch.

Ich bin Mett. Halb Mensch, halb Bett. Der Centaur, der Möbelwelt. Schmiere mich auf ein Brötchen, forme aus mir einen Igel. Etwas verstört nahm ich fast vergessen Körperempfindungen wahr. Ich spürte meinen Körper, der unten auf der Matratze auflag und oben von der warmen Decke eingelullt wurde. Meine Hüfte liegt tiefer, mein Oberschenkel berührt den anderen Oberschenkel, verrückt, was das alles gibt und das direkt an mir dran! Und bewegen kann ich es auch, woah! Ein beweglicher Mettvogel. Wie ein Außerirdischer, der zum ersten Mal einen menschlichen Körper bewohnt und beginnt ihn und seine Möglichkeiten zu erkunden. Und guck dir diese Hände an, ein Wunder, die Finger, die wackeln, strecken, dehnen, krümmen, Faust, ha! Aber die Physis war nicht alles, was mich flashte. Dieser Geruch, Gerüche, so viel, ein bisschen muffelig, aber gemütlich, wie der zerliebte Teddy der Kindheit, der unter keinen Umständen gewaschen werden durfte, weil nur er den Duft der Heimat kannte, es roch warm und dunstig, Schweiß, etwas bitter, aber irgendwie ich, trockene Sonne, warmer Staub, alte Farbe, Erbsensuppe, ein bisschen braun und gelb und grün. Schauerlich! Fantastisch! In neuen Farben, mit neuen Augen, erkundete ich die scheinbar unbekannten vier Wände und wie in einem dunklen Traum, wie in einem verwirrenden Déjà-Vu wurde die Matrix umgeschrieben, tauchten Schatten von Erinnerungen in meinem Bewusstsein auf, wie eine Wasserleiche, die langsam an die Oberfläche steigt, ja, jaa, hier war ich schon mal, stimmt! Und was war dieses Drücken? Oder ist es ein Ziehen? Gehört da so, nein, das kann nicht normal sein... Ah, Hunger! Mein Körper wollte leben! Wollte weiter meine Seele tragen. Beide wollten von mir entdeckt werden, getragen, in die Welt hinaus. Schwach rappelte ich mich aus dem wohlig stinkenden Kokon. Vorratsstatus in Wohnung: Ostzone. Und das betraf nicht nur Essen, wie ich im lila Tunnel feststellen musste, wenn du dir schon mal den Arsch mit Fetzen von der Papprolle abgewischt hast, weißt du, was ich meine, einmal abspachteln, schön verputzen, eine Maurerkelle könnte es auch nicht gröber, die Japaner, harte Betten und warmwasserweiche Arschduschtoiletten, das käme dem Arschloch Vogel jetzt gerade recht, tausche Futon gegen Lochdusche! Indessen brachte das raue Erlebnis ein Gutes mit sich: Der Treibsandspiegel hatte etwas von seinem Dämonen verloren, der Magnetismus hatte nachgelassen, zwar musste ich noch reingucken, dafür aber kürzer, weniger zerstörend, zwar noch immer schonungslos, aber das Ergebnis war schonender. Es ist schön, wenn der Schmerz nachlässt. Und die Angst. Und der Hunger!

Ich wälzte mich zum Pizza-Cozza runter, wo sich mir dasselbe Bild bot, wie letztes Mal. Schowanni-Igor und Pasta-Paule, ha, dabei musste ich auflachen, nicht schlecht Vogel, posierten exakt so wie letztes Mal und auch ich entschied mich für denselben Tisch. Never change a running system. Und damit hatte ich meinen vorübergehenden Lebensraum abgesteckt. Ich wechselte zwischen Wohnung und Pizza-Kotze, Pizza-Kotze und Wohnung. It's something. Wie ich feststellte befand sich mein Stammtisch wohl genau zwei Etagen unter meinem Matratzen-Sandwisch, bewegte mich also nur auf der y-Achse durch das Haus, nur die Meereshöhe ändernd, die Koordinaten exakt gleich. Das gefiel mir, so hatte ich das Gefühl meine Wohnung eigentlich nicht zu verlassen, als wäre Schowanni-Igors Pizza-Butze nur eine Verlängerung, eine Vertiefung meines natürlichen Habitats, mein Hasenbau, ich hole mein Essen unter Tage. Schlafen, essen, schlafen, gammeln, ich wäre ein tolles Haustier. Wer will mich adoptieren? Kann man sich selber ins Tierheim einweisen? Nahezu täglich kehrte ich nun in der Kotze ein, es war nah, es war bezahlbar, es ging schnell – war ja nie viel los, Nudel-Norbert war stets bereits mit Teigwaren versorgt und es war ein warmes Mahl. Das düsterhölzerne Milieu wandelte sich in meiner Wahrnehmung von Höllensauna zu gemütlicher Rückzugshöhle. Wie ein sicherer Hasenbau, kann mich hier eingraben, wie in einem Stollen, Wände von Bretter gestützt, hält die Welt außerhalb von mir ab, hier kenne ich mich aus, sind meine Gänge, meine Höhle, mein Wintervorrat, meine heiße Pizza. Auch Pawlow wäre stolz auf mich gewesen, denn sobald ich den schwarzen Qualm roch, fing mein Mund hingebungsvoll an zu speicheln. Schowanni-Igor wurde nach und nach freundlicher, so dass wir auf ein Niveau kamen, wo wir täglich zwei bis drei Sätze wechselten, die wahrscheinlich längsten Gespräche, die in diesen Gemäuern möglich waren. Einen Wortwechsel zwischen Schowanni-Igor und seinem Inventar, dem Spaghetti-Spezl am Tresen, konnte ich hingegen nie beobachten. Die beide waren ein Paar wie Pat und Patachon, wie Dick und Doof, Ernie und Bert, Schowannig-Igor groß und hager, Fettuccine-Fetti klein und fett, Findest du mich zu dick? Warte, ich komm rum. Vielleicht ergänzten sie sich so gut, waren Ying und Yang in Perfektion, dass ein verbaler Austausch nicht mehr vonnöten war. Sie verstanden sich ohne Worte, lasen sich jeden Wunsch von den Augen ab, ein Herz und eine Seele. Ich hatte einen Heidenspaß daran, mir für Cannelloni-Kalle immer neue Namen aus der Welt der Pastaformen einfallen zu lassen und begann sogar nach einer Weile ihn damit zu begrüßen „Hallihallo, Lasagne-Lars!", „Moin, Maccheroni-Macho!", „Party on, Penne-Pepe!". Er schien sich daran in keinster Weise zu stören, unter Umständen verstand er mich nicht mal, aber ich hatte mein Klamauk-Vergnügen.

Ein Mysterium, das ich nie zu lösen vermochte, war, dass Orecchiette-Otto immer, stets und ausnahmslos vor einem gut gefüllten Teller saß, egal zu welcher Uhrzeit ich die Bühne betrat, ob um 18 Uhr oder erst um kurz vor Elf, ob Regen oder Sonnenschein. Testweise kam ich eines Tages sogar zweimal in den Laden, nur um Pappardelle-Papa beide Male von seinem vollen Teller schaufeln zu sehen. Und auch wenn ich meinen Aufenthalt unnötig in die Länge zog, so war sein Teller immer, stets und ausnahmslos voll mit Nudeln, auch wenn er schon unablässig gegabelt hat. Wie kann das sein? Wird sein Teller von einer geheimen im Tisch verborgenen Vorrichtung von unten fortwährend aufgefüllt? Handelt es sich um einen Zaubertopf, wie der in dem Märchen, der unablässig vor sich hin kocht und Ravioli-Ralf rettet uns und die Welt davor in Nudeln zu versinken, indem er rastlos isst und isst und isst? Die Geister, die ich rief? Hat er ein Nudel-Abo abgeschlossen oder eine Wette mit Schowanni-Igor gewonnen, der ihn jetzt bis zum Ende seines Lebens durchfüttern muss, soviel er essen kann? Ich kam nicht dahinter, aber das Leben muss ja auch seine Geheimnisse bewahren.

Eine gleichermaßen befremdliche doch willkommene Abwechslung bot einmal der Besuch eines Pärchens, das sich in die Kotze verlaufen hat. Sie saßen schon an einem Tisch am Fenster, oder vielmehr der zugekleisterten Fensterscheibe, als ich die Eingangstür mit einem Lehnen aufriss, und hielten über den Tisch hinweg Händchen, während das Weibchen immer wieder etwas ängstlich im Raum umherblickte. Idealerweise konnte ich das Balzverhalten von meinem angestammten Platze aus genau beobachten und mir entging kein Detail. Sie tuschelten etwas miteinander, wobei ihre Stimme leider kaum zu verstehen war, nur seine drang zu mir herüber. Er war, wie zu erwarten war, jedoch der schweigsamere Teil ihres Duos, mit Sicherheit zusätzlich unter dem Filter der wortsaugenden Mauern stehend, so dass ich nur Klassiker wie „Ja, nein, finde ich auch, ganz genau", serviert bekam. Er nickte, blickte ihr in die Augen, streichelte ihre Hand, so muss man es machen Junge, schön auf die Augen, nicht auf die Titten gucken. Sie lächelte immer mal wieder verlegen, etwas verunsichert, aber ich war mir nicht sicher, ob das an seinen Verführungskünsten oder am Ambiente lag. Als Date Location ist das Pizza-Cozza wahrlich nicht die erste Wahl. Da musst du schon ein Nachfahre Casanovas sein und es wissen wollen. Oder war das eine Taktik? Vielleicht war er scheiße im Bett und wollte dass diese mangelnde Fähigkeiten im Vergleich zum Dinner positiv wegkamen, mies anfangen, danach kann es nur besser werden. Das Kotze war eher ein Ort zum Schluss machen, fand ich. Ah, oder der Stecher hat schon eine Braut und hier ist das ideale Restaurant, wo sein Fremdgehen nicht entdeckt wird, keine Fensterfläche, kein Gäste, perfekt! Ich sollte Schowanni-Igor mal vorschlagen, seine Marketing-Strategie auf diese Zielgruppe abzustimmen, das könnte den Umsatz in ungeahnte Höhen treiben! Einen Teufel werd ich tun, meine warme Küche überzubevölkern! Als Schowanni-Igor mit ihren Tellern heranschlurfte, hellte sich die Miene der tuschelnden Tusse auf, erwartungsvoll blickte sie auf die Pizza, ernüchterte im Bruchteil einer Sekunde beim Anblick des kenianisch gebräunten Randes, aber begann tapfer mit Messer und Gabel ihrem Essen zu Leibe zu rücken. Dass man eine Pizza mit Messer und Gabel anschneidet, ok, lass ich durchgehen, bleibt einem nichts anderes übrig, wenn sie ungeschnitten kommt, aber sobald die Stücke definiert sind, sollte man das Besteck ordentlich beiseitelegen und das von der Natur gegebene Esswerkzeug nehmen, die Finger, denn nur so schmeckt Pizza wirklich nach Pizza. Das als Tipp vom Profi, bitte schön! Date-Schnecke wusste das natürlich nicht und versuchte damenhaft mit der Gabel den porzellankrossen Teig zu spießen. Mit missmutiger Miene blickte sie nach wenigen Versuchen auf den Unterboden ihrer Pizza und verzog dem Dilemma angemessen den Kussmund.

> Carpaccio gibt's vom Brikett,
> essen oder ins Klosett?

Giftiges Zischeln zu ihrem Liebsten rüber, der sich versuchte mit „Nee, geht doch!", herauszureden. Pflichtschuldig zeigte er seinen Unterboden, der ebenso verkohlt war, wie der ihre. Mit säuerlicher Visage versuchte sie das Schwarze abzukratzen, was natürlich gänzlich misslang, denn da blieb dann nichts übrig. Loverboy fraß munter seine Pizza, mit den Finger, told ya, und versuchte sie mit Blicken und weichen Worten aus vollem Mund zu besänftigen:

„Iff doch nicht fo flimm! Fmeckt trotfdem. Fo machen daf die Italiener eben, daf ift original!"

Nichtsdestotrotz blieb ihr Teller fast voll und sie blickte angewidert zu mir herüber, als ich begann meine Schwarzpizza zu knuspern. Noch bevor er aufgegessen hatte, nötigte sie ihn zum Zahlen. Als Schowanni-Igor an den Tisch anrückte und in seinem italo-russischen Dialekt fragte, ob es geschmeckt habe, sagte sie nichts sondern verzog nur den Mund zu einem dünnen, ernsten Strich und blickte auf die Tischplatte.

„Ja, danke", sagte ihr Begleiter höflich, zahlte und schleckte sich die Finger ab, als Schowanni-Igor mit den großen Tellern wieder abschob.

„Zischel, zischel, Tringeld.", giftete sie zu ihm rüber.

„'türlich, das macht man so.", erwiderte er.

Übel gelaunt klaubte sie ihr Geraffel zusammen und stolzierte zur Tür. Als er ihr galant die Türe öffnen wollte, stieß sie ihn mit der Schulter zur Seite und drückte das schwerfällige Ding mühsam, aber zu wütend und zu stolz seine Hilfe anzunehmen, auf und verschwand, ohne auf ihn zu warten. Er eilte hinterher und ich konnte mir ausmalen, wie er versuchte seine Investition von zwei Schmorpizzen zu retten und doch noch eine heiße Nacht daraus zu drehen.

> Die Tusse scharf, der Stecher heiß
> Die Pizza schwarz, ihr Herz aus Eis
> Halt dich ran, junger Freund, das wird eine harte Nuss!

In Ermangelung von weiterer Abwechslung im Kotze versuchte ich es mal selbst dafür zu sorgen und wagte statt der bewährten Pizza Salami eine Pizza Funghi zu ordern. Verrückt, ich weiß, I also like to live dangerously. Das wurde dann doch gefährlicher, als von mir beabsichtigt, denn anstatt der erwarteten flutschigen Dosenchampignons, lagen in der Botanik selten gesehene Eukaryoten auf dem zähen Käse. Interessiert stocherte ich darin herum, die sahen irgendwie weiß aus, als hätten sie nie das Sonnenlicht gesehen, was für Pilze wiederum nicht so außergewöhnlich wäre. Skeptisch und zaghaft schob ich mir ein Stück in den Mund, kaute und schmeckte, fühlte und schluckte. Hm. Es würde mich nicht wundern, wenn Schowanni-Igor, um jeden Cent zu sparen, diese Pilze unter seinem Spülbecken geerntet hatte. So schmeckte es zumindest, etwas seifig, chemisch, pelzig, gleichzeitig fade und nichtssagend. Eine durchaus interessante Mischung von Geschmackskomponenten. Immerhin war es heiß und nur die Harten kommen in den Garten. Ich überlebte das Experiment ohne nennenswerte Übelkeit, doch blieb es das erste und einzige Mal, dass ich diesen Fehler machte. Wie Loverboy, denn der ward auch nimmermehr gesehen.

Ich möchte dir gerne noch einmal vor Augen führen, weshalb das Kotzepizza so wichtig für mich war, vornehmlich auch, um mein kommendes intrigantes Verhalten zu rechtfertigen. Es waren nicht die Wortwechsel mit Schowanni-Igor, auch wenn das an manchen Tagen die einzigen Worte waren, die ich an andere Menschen wand. Es war trotz des Spaßes auch nicht die Kreativbenamung von Fussili-Volker (mit Vogel-F!). Sondern es hatte mit Russland zu tun, dem riesigen, eisigen Land, das in meiner Küche lag. In Ermangelung einer Küche, die diesen Namen verdient, denn die ehemalige Küche vom alten Herrn Arndt ist nur noch ein leerer Raum mit halb gefliesten, halb apfeltapezierten Wänden, einem aus der Wand ragenden Wasseranschluss, einem mit Zeitungspapier gegen Gestank verstopften Abflussrohr, einem Stromanschluss für einen Herd und sonst nichts. Außer Rußland. Also keine Gelegenheit mir in irgendeiner Form Nahrung zuzubereiten, die wärmer als Zimmertemperatur ist. Oder kälter, denn alles, was aus Rußland kommt ist als Nahrungsmittel kaum noch zu verwenden, dermaßen durchgefroren, Permafrost, von Eiskristallen durchsetzt, frisch von Hoth importiert. Es würde mich kaum wundern, wenn ich Rußland eines Tages öffne, dort der Rote Armee gegenüberzustehen, oder dem Yeti oder zumindest Reinhold Messner. Die Pizza stellt damit oftmals nicht nur die einzige warme Mahlzeit des Tages dar, sondern zudem auch die einzige Mahlzeit überhaupt. Manchmal auch die einzige in zwei Tagen. Ist noch ziemlich konfus mein Leben, geregelt ist anders. Du siehst, das Kotze ist mein Ernährer. Ohne würde ich sterben, elendich verhungern, damals wie heute ist Rußland daran schuld am Hunger der Krieger, ich, warrior of life! Ich hatte sogar versucht, Rußland abzutauen, vielleicht würde er dann ja wieder laufen. In den Äonen beim alten Herrn Arndt wurde er bestimmt noch nie abgetaut. Ich ruckelte ihn wackelnd von der Wand weg, zog den erschreckend antik anmutenden und von Gebirgen von Staub bedeckten

Stecker aus der Buchse und Rußland verstummte, zum ersten Mal, aber nicht ohne vorher noch betont mosernd aufzumucken. Eigentlich war mein Plan Rußland ins Bad zu bugsieren, damit er in der Duschwanne Wasser lassen kann. Da war mein Hirn wohl ebenso tief gefroren wie die Opa-Wurst, denn wenn *ich* kaum durch das Alien-Gekröse passe, würde Rußland da nie im Leben durchpassen! Zum Glück wurde mir das schon am Rande des Küchenfortsatzes klar. Oops! Das wird wohl nichts. Damn! Selbst, wenn die Peristaltik des lila Verdauungsorgans Rußland zu bewegen hülfe, bin ich als Kind lange noch nicht in den Zaubertrank gefallen, um ihn die fliesenhohe Schwelle in das Vogelbad hieven zu können. Da wird mir wohl nichts anderes übrig bleiben, als Rußland in der Küche abzutauen, auf ihrem Schulklassen Linoleum. Bei der Landschaft von Eis Stalakniten und -titen werden da geschätzt die Wassermassen des kaspischen Meeres entfließen. Ich brauche Saugmaterial. XXXL Tampons wären gut. Nicht im Hause. Ich blickte mich um und wanderte suchend durch die Wohnung, die Gardinen abschätzend und als zu dünn befunden, Bettdecke my ass, doch in der lila Hölle wurde ich fündig! Lila Plüschbekleidung und auch des alten Arndt Handtücher waren dem töchterlichen Beuteraubzug entgangen. Glücklich mit saugfähigen lila Textilien beladen kehrte ich nach Rußland zurück und drapierte meine Fundstücke um das Feindesland herum. Und dann begann die rote Flut. Tröpfchen für Tröpfchen tauten die Pole, Erderwärmung, der Meeresspegel stieg, von Dänemark, über Hamburg bis Holland, alles unter Wasser. Da hat lila Plüsch mal was zu tun. Irgendwann war ich es leid, mit den triefnassen, siffenden Saugmatten bis ins Bad zu rennen, slippery when wet und begann kurzerhand die Teile aus dem offenen Fenster auszuwringen. Gut, dass das Chez Vogèl geschlossen wurde, das schlechte Wetter hätte auch die letzten Gäste vergrault. Ich hoffe es gab nicht allzu viele Opfer meiner Spontanregen. Ich zog immer schnell Kopf und Arme zurück, um keine Schimpftiraden à la Penner auf mich zu ziehen. Einmal von seinem Gott bestraft zu werden reicht mir, da müssen keine Verwünschungen anderer Leute Kinderkacke Götter dazukommen. Und wie im Krieg, schlief der Feind nie. Rußland taute und taute, rund um die Uhr. Unbarmherzig forderte der Koloss meine Aufmerksamkeit, wie ein kleines Kind. Kaum war ich mal eingenickt oder kurz Pizza essen, hat er schon wieder in die Hosen gemacht und ich hätte laichen können. Einhergehend mit dem Tsunami entließ Rußland einen Geruchstornado.

    Röchel, röchel, Atemnot
    Durch die Nase steif und tot

Es roch so, als würden im Inneren im Schnellverfahren tote Ratten verwesen oder tapfere Krieger des deutschen Weltkrieges und sich direkt in Gestanksatome zersetzen. Ein Gestankskrematorium. Jahrzehnte festgefrorener Arndt-Gerüche werden ins Universum freigelassen, innerhalb weniger Stunden. Und hier fand ich endlich auch die Erbsensuppenkanone, deren Duftspur das große Zimmer erfüllte, sie war atomar im Rußlandeis gefangen und durfte nun endlich entfleuchen.

    Rußland mufft nach Erbsentod
    Es pisst sich aus und stinkt nach Kot

Der Fluch war gebrochen, die Verwünschung aufgehoben, der Geist der Erbsensuppe von 1964 konnte nun endlich Frieden finden, sein Seele konnte weiterziehen, bereit für die Reinkarnation, zu Sternenhauch zerfallen. Somit war praktischerweise gleich das Küchenfenster geöffnet um lila Plüsch dadurch trocken zu drehen. Zwei Fliegen mit einer Klappe, läuft für mich! Rußland mochte die Schlacht gewinnen, aber ich den Krieg! An die 36 Stunden benötigte Rußland um all das Eis und all den Gestank loszulassen, für seinen Striptease, nackt und rein stand er vor mir, jungfräulich, bereit für einen Neustart. Mit einem Gemisch von Skepsis und Hoffnung hämmerte ich Rußlands Stecker wieder in die Wandsteckdose und harrte der Dinge, die da kommen. Zuerst einmal gar nichts. Stille. Ich öffnete die Kühlschranktür behutsam und spähte hinein. Licht war an und mit einem Rülpser sprang auch der vermisste Brummton an, das Rollen der Panzer setzte ein und röchelnd intensivierte sich das Störgeräusch, bis hin zum bekannten feindseligen Drohen. Wie ein knurrender Bluthund. So kannte ich Rußland! Das Mütterchen lebt! Innerhalb weniger Stunden waren wir wieder in Sibirien, bereits am nächsten Morgen war die bekannte Eislandschaft neu gewachsen. Nichct gut (bitte russisch aussprechen). Er ist also nicht auf meinen Trick reingefallen und hat durchschaut, dass ich nicht der alte Herr Arndt bin und er hat beschlossen dem Vogelsänger nicht zu dienen. Immerhin hatte es ein Gutes, der alte Suppengestank war verflogen! Ich musste eingestehen, dass Rußland den Krieg gewonnen hat und ich nur eine Schlacht. Ein Teilsieg. Und keine Gefallenen, denn lila Plüsch wurde auf der Lavaheizung im Darm wieder einwandfrei und ohne in Brand zu geraten getrocknet und von mir liebevoll wieder auf seine angestammten Plätze drapiert. Von oben lächelte ein Arndt herunter.

    Mit dem Eisblock zuhause, im wahrsten Sinne ein Eisschrank, war ich weiterhin abhängig von der heißen hautnahen Pizzaversorgung, damit meine Körpertemperatur nicht auch unter null fällt. Daher brachte mich die Situation mit der Schabe in eine zwiespältige Lage.

Du erinnerst dich, ganz am Anfang, da habe ich es kurz erwähnt, jetzt die lange Version.

Ich fand die Schabe, Kakerlake, Dingsbumsekelvieh nur durch Zufall unter einer meiner Salami Pizzen, vielleicht nach einem halben Jahr regelmäßigen Besuchs bei Schowanni-Igor. Beim Anschneiden teilte ich das Insekt in zwei und eines seiner kleinen Beinchen guckte forsch aus der Schnittkante hervor, sich vom weißen Teller fragil dunkel abhebend. Watt dat denn, fragte ich mich und spähte unter das Teil. Ärghs! Ihh, oha, gulp! Als gebildeter Mensch weiß ich natürlich, dass man die Viecher ohne Probleme essen kann, sogar gesund sollen sie sein, Eiweiß, meinetwegen. Aber geprägt in meinem europäischen Kulturkreis und einer mädchenhaften Kreischangst vor Krabbelviechern, dachte ich nur KOTZ! Hatte das Pizza-Cozza etwa daher seinen Namen?! Ich komme jetzt mindestens seit sechs Monaten her, wie viele Schaben habe ich schon ungeahnt verzehrt? Ist es womöglich ein fester Bestandteil von Schowanni-Igors geheimen Familienteigrezept? Brennen Schaben eigentlich leichter als Pizzateig? Sind die Pizzen deshalb so schwarz? Ist es Chitin? Augenblicklich wurde mir schlecht, ließ Pizza und Besteck fallen und starrte angeekelt auf den Teller. Ähnlich wie la bella senora damals. Puh! Tja. Was nun.

Kurzfristig: Heute esse ich keine Pizza mehr. Mittelfristig: Hier will ich gar keine Pizza mehr essen. Langfristig: Ich werde verhungern (siehe Rußland). Perspektive: negativ. Not good. Sicherheitscheck, zweite Gedankenrunde: Kurzfristig: Heute will ich keine Pizza mehr essen, das ist ok, damit komme ich klar. Mittelfristig: Hier will ich gar keine Pizza mehr essen, puh, das ist schon schwieriger. Wo, wenn nicht hier?! Ich bin verwöhnt, ich habe Pizza im Haus, im Haus ey! Ich bin nicht bereit auch nur zwanzig Meter zu gehen, jetzt wo ich am süßen Busen der Natur ihren Nektar genascht habe. Verbrannter Nektar, aber immerhin. Mein Geisteszustand war ein fragiles Gebilde, zart wie Spinnweben, ein Kartenhaus, das jeden Moment einstürzen kann, wenn nur ein Faktor in der wackeligen Gleichung zur Unbekannten wird, droht mein Konstrukt namens Leben wieder in den Abgrund zu stürzen, aus den ich mit blutig gekratzten Fingernägeln wieder emporgeklettert war, dem Lochverlies des Buffalo Bill entflohen, mit bloßer, eingeriebener Haut davon gekommen, dem strafenden Schicksal mit knapper Not entkommen. Um nichts in der Welt werde ich riskieren, dorthin wieder abzustürzen. No fucking way! Ich hatte zudem das Recht auf meiner Seite, oder? Das versuchte ich mir zumindest weiszumachen, denn mit dem Plan, den ich hatte, kam ich mir schon so vor, als würde ich Schowanni-Igor hintergehen. Ich könnte ihm ja auch einfach was sagen,

Hey, hör mal zu, ich habe da etwas in meiner Pizza gefunden, was da nicht hingehört. Ich würde es begrüßen, wenn du zukünftig etwas mehr Vorsicht und Hygiene walten lassen würdest, denn ich bin sklavisch an deinen Laden gebunden, hilflos, hörig, unfrei. Hätte ich cojones hätte ich es wahrscheinlich getan, aber ich war eine unsichere, hinterfotzige Memme, nur mit dem eigenen Überleben beschäftigt, würde meine Kinder fressen, nach mir die Sintflut. Ich musste meinem Plan folgen, den schwarzen Peter jemand anderen zuschieben, sich die deutsche Bürokratie mal zu Nutzen machen, warum immer nur ihr Opfer sein, mal am anderen Drücker sitzen, die Daumenschrauben anziehen und Schowanni-Igor das Gesundheitsamt auf den Hals hetzen. Die würden schon für Ordnung sorgen, dagegen ist der Hausverwalter Bambi, die essen Verwalter zum Frühstück!

Unter Gestammel packte ich den Schaben-Fladen mehr schlecht als recht in die Papierserviette, legte im Vorfeld abgezählte Münzen auf den Tisch und machte mich die y-Achse empor in mein Refugium. Dort verfasste ich mit unbeholfener Druckschrift einen Brief an das Gesundheitsamt, dem ich eine möglichste naturnahe Zeichnung des ungeliebten Unterbelages beifügte, im Ganzen, ohne Trennschnitt, mit allen Beinchen. Das Ergebnis rangierte irgendwo zwischen Kindergartenkritzelei und Biologiebuch und war, ganz objektiv betrachtet und mit einer Spur von Stolz, gar nicht so schlecht, mehr Biobuch als Kindergarten, urteilte ich. Das Schmähschreiben abgeschickt, natürlich anonym, feige Sau, traute ich mich postwendend schon nicht mehr an der Kotze überhaupt vorbeizugehen, sofort knallrot anlaufend, wenn ich mir ausmalte, wie Schowanni-Igor ein Kochmesser schwingend wutentbrannt aus der Tür auf mich zustürmt, Vogel eine Rothalsgans, rot vor Scham oder rot von Blut. Freilich hätte ich wohl kaum noch eine der Kokelpizzen heruntergebracht, und das gleiche Essen wie Pennette-Penner wollte ich irgendwie auch nicht, das war seine Domäne, die Stadt ist zu klein für uns beide. Keine Pizza ehe ich annehmen konnte, dass die Bürokratie ihren Lauf gegangen war. Wie konnte ich aber wissen, wann das so weit war? Wie lange würden die brauchen? Eine Woche? Zwei? Oder eher zwei Monate? Keine Ahnung, ich bin nicht kleinlich genug, um mir die Arbeitsmoral eines Beamten vorstellen zu können. Ich beschloss mal eine Woche verstreichen zu lassen.

Aber mal wieder haute mir das Leben einen in die Fresse. Kaum waren zwei Tage vergangen, hing ein mit Kuli bekritzelter Zettel an der störrischen Eingangstüre des Pizza-Cozza. Er sagte schlicht: Geschlossen Hm. War das jetzt gut oder schlecht? Ist Schowanni-Igor nur am Putzen, Renovieren, braucht der Kammerjäger Zeit um alles Ungeziefer zu entfernen?

Temporär geschlossen oder für immer? Das wäre natürlich ein Schuss, der nach hinten losging. Aufgeregt, nervös und verunsichert tapperte ich in meine Wohnung, zu aufgebracht um hungrig zu sein, na immerhin. Zurück auf meinem Matratzenbett, ich hatte übrigens den Futon einstweilen unter die dicke Matratze bugsiert, war viel bequemer, machte ich mir mehr Gedanken als ich wollte um die Konsequenzen meines Petzbriefes. Hatte ich Schowanni-Igors Existenz zerstört? Wovon lebte er überhaupt? Von meiner täglichen Pizza und ununterbrochenen Nudelmassen konnte er doch die Butze nicht finanzieren, oder? Vielleicht hatte nicht Parpadelle-Papa ein Abo bei ihm, sondern umgekehrt! Aschak-Askan war dazu verpflichtet, ihm fortlaufend und unermüdlich Pasta abzunehmen und so seine Kasse klingeln zu lassen. Das ist wie zwanzig Gäste pro Tag. Ein lukratives Human-Inventar! Dennoch selbst wenn dem so wäre, könnte er davon auf Dauer überleben? Das kann doch nicht mit rechten Dingen zugehen. Ganz klar, Geldwäsche, Mafia, wechselnde Aktentaschen, Zementsocken und so. Oder gar Russen-Mafia! Oder beide! Ok, weit zu gefährlich für mein Gemüt, geht mich nichts an. Solange Pizza raus kommt, kann drinhängen wer will. Allerdings werden die ihm den Laden doch nicht gleich dicht machen, eine ordentliche Dose Insekten-Ex sollte das Problem doch lösen. Mit einer ordentlichen Mafia-Schmiergeldzahlung lässt sich doch alles regulieren, oder? Und falls nicht? Was, wenn ich dem Laden den Todesstoß gegeben habe? Vielleicht war das die 100ste Beschwerde, die das Bürokratenfass zum Überlaufen brachte. Damit hätte ich nicht nur Schowanni-Igors Existenz zerstört, sondern auch die von Bigoli-Bibo. Wo soll er denn seinen Stoff jetzt herbekommen? Kalter Entzug, Turkey, Schweiß, Zittern, Wahnvorstellungen! Gegebenenfalls kann ich mit ihm eine Selbsthilfegruppe aufmachen! Die anonymen Kotzeabhängigen, AKA, tägliche Treffen im Keller, mit kaltem Kaffee und trockenen Keksen, Ja, hallo, ich bin Vogel und ich bin Kotzeabhängig – Hallo Vogel! brummelt Cavatappi-Papi zurück. Quatschkram, Spackhirn, der Entzug geht wohl schon los!

Auch die nächsten Tage tat sich trauriger Weise nichts in meiner warmen Küche. Kein Lebenszeichen, kein Licht, kein Geräusch, keine Putzkolonne, kein Kammerjäger mit Schaben-Auto, nicht mal ein Schaben-Alien im Kammerjägerkostüm, gar nichts. Ich ernährte mich von geschnittenen Mischbrot mit Fleischwurtscheiben, was ich beides im Asso-Markt zwei Straßen weiter kaufte, am Ende des Möbiusbandes. Alles auf Zimmertemperatur versteht sich. Das waren zwei harte Wochen. Ohne warmes Essen, keine verkohlter Nachgeschmack, kein kühles Bierchen, keine Namensspiele mit Spiralini-Ralle mehr. Seufz.

Ich weigerte mich eisern, mir eine Heißküche-Alternative zu suchen. Wollte noch nicht aufgeben, mein Leben noch nicht mit großen Änderungen belasten, wollte durch Ignorieren alles so halten, wie es war, wenn ich ganz doll die Augen zu machen, geht es vielleicht weg, wird alle so wie zuvor oder zumindest wird sich eine Lösung finden, von alleine, ergeben, ohne mein Zutun, ohne Mühe, ohne Arbeit, ohne Anstrengung. Ich weiß nicht genau, wie lange ich das noch weitergemacht hätte. Verzweiflung gepaart mit Faulheit kann gefährliche Blüten treiben, ich sag nur fetter Ami mit dem Sofa verwachsen. Doch soweit musste es nicht kommen. Das Schicksal war mir mal gnädig. Als ich das neue Schild zum ersten Mal sah, blieb ich wie angewurzelt stehen und konnte mein Glück kaum fassen. Im Großformat prangte am Butzenglasfenster ein Plakat mit „Hier eröffnet demnächst ein *Pizza Corleone* Restaurant – Gefährlich leckere Küche Italiens für die ganze Familia!" YES! Und dann auch noch ein Italiener, yuhu, perfekt, meine Pizza-freie-Zeit geht dem Ende entgegen, es geht aufwärts, Magen, bald gibt es wieder heiße Einlage, Rußland kann mich mal, hier kommt Italien, ob Madrid oder Mailand, Hauptsache Italien, Viva Italia!

Eine deiner Fragen ließ ich bisher unbeantwortet: Wie kann sich ein armer Vogel den hochgradigen Pizza-Konsum überhaupt leisten, noch dazu, wo er nun auch monatlich ein Vielfaches an Miete für seinen Singlehaushalt abdrücken muss? Eine fürwahr berechtigte Frage und dazu kommen wir jetzt, es ist für mich ohnehin Zeit, meinen schicken Stuhl am schicken Tisch in der Kettenpizzeria zu verlassen, einen Haufen Münzgeld als Gegenwert zum Wabbelfett zu hinterlassen, um ins schwarze Loch zu reisen.

KAPITEL 7

Vor dem Corleone steht überraschenderweise noch das Fahrrad. Ich nenne es mit Absicht nicht mein Fahrrad, denn es war im Grunde nicht meines, ein kollektiver Drahtesel, gelebter Sozialismus, mein Rad, dein Rad, Rad ist für uns alle da. Ich fand es eines Abends in Transportnöten, nicht abgeschlossen, bereit durchzustarten, also nahm ich die Einladung an und so halte ich es auch bis heute. Das Rad, so der offizielle Name, wird abgestellt wo immer ich hinmuss, natürlich auch nicht abgeschlossen, offen, frei zu gehen, sich von Reisenden engagieren zu lassen, mithin freue ich mich stets, wenn es noch am abgestellten Platz zu finden ist. Ich schwinge mich auf das Rad und quietsche mich durch Nacht und City, Richtung schwarzes Loch. Die Luft riecht nach Wochenende, Ausgehen, Tanzen, Leben! Ich poltere über Rand-, Kant-und Bordsteine, hüpfe über Gullideckel, zittere mit dem etwas eierigen Vorderrad um Kurven, weiche irren Autos und Betrunkenen aus, ab Richtung Halbwelt, Sex und Alkohol und da kommt es in Sicht, das Loch, ein rundes, schwarzes Holzschild über der abgefuckten Holztür, verkratzte Aufkleber zieren den Eingang, Kippen am Boden, zertretene Getränkedosen und Bierflaschenscherben bilden den roten Teppich.

 Das Loch ist tief
 Das Loch ist schwarz
 Was für ein Mief
 so tief im Arsch

Ein etwas anderes Ambiente als im gediegenen Theater, viel unkomplizierter, anspruchsloser, puritanischer. Das Rad stelle ich ein paar Meter entfernt vom Eingang ab, schlage drei Mal mit der flachen Hand gegen die Tür, „Rambo!", schreie ich und warte einen Augenblick. Tür auf, Rambo nickt mir zu, ich quetsche mich an ihr vorbei, den dunklen Gang entlang, durch den ewigen Gestank von Zigarettenqualm, der, obwohl mittlerweile verboten, wohl nie ganz aus dem Mauerwerk ausdünsten wird. Im schwarzen Loch ist der Name Programm, kein Etikettenschwindel wie im Kotze, hier ist der ganze Laden schwarz gestrichen,

Boden schwarz, Wände schwarz, Türen schwarz, Rohre schwarz, Tresen schwarz, Toiletten schwarz, Darkroom schwarz. Garderobe schwarz. Das ist meine Domäne. Ein Geruch wie im Second Hand Laden, pseudofrisch, bischen muffig, bischen schweißig, bischen Duftspray von Reinigungstruppe Balázs. Bei dem Job an der Theatergarderobe hatte ich mich natürlich nicht mehr getraut aufzuschlagen, nachdem ich mir nichts dir nichts abgetaucht war. War eh nicht wild auf Hornhaut im Nacken. Doch wie das Schicksal so spielt, fand ich aufgrund meiner Expertise wieder einen Job in einer Garderobe. Mir wurden Profis versprochen, hier bin ich! Vom Tanzraum geht eine kleine Tür, Höhe Hobbit, zum Garderobenraum, ich ducke mich durch, knülle Jacke und Kaufhof Tüte unter den Garderoben Counter, der zum düsteren Eingangsgang zeigt. Wir sind ein Gay-Club, für Männlein und Weiblich, hier darf alles rein, von der Tunte bis zum kessen Vater, ab und zu verirrt sich auch eine Hete rein, jeder der gerne in schwarzen Löchern bohrt ist willkommen! Ich bin optisch perfekt in der Mitte, bediene beide Zielgruppen, bin entweder ein metrosexueller Mann oder eine angry-young-man-Frau, kannst du dir aussuchen. Mit amüsanter Genugtuung ergötze ich mich daran, wie, egal wo, mein Gegenüber rumeiert, um ja Worte wie „Herr" und „Frau" zu vermeiden, nicht wissend, was ich denn nun bin. Für einen Mann ist meine Stimme hoch, für eine Frau tief. Bart? Fehlanzeige, Titten ebenso, BHs brauche ich jedenfalls nicht, weder Bro- noch Brassiere, Frisur irgendwo dazwischen, weder Fisch noch Fleisch, weder Sekt noch Selters, die menschgewordene Schnittmenge. Breites Kreuz nope, dünn aber unsportlich, Händchen und Füßchen für meine Größe eher infantil, Hornhaut noch nie gehört, Wangen zart, Kinn markant, Wimpern für einen Kerl albern lang, für eine Frau verführerisch, Lippen auch ohne Silikon ansehnlich, eine 7 bis 8 auf der 10-Punkte-Attraktivitätsskala der Oberstufe, so wurde mir von der Tussenklicke attestiert, kein Waldkauz der Vogel, keine Nebelkrähe, aber auch kein Pfau. Boss fand meinen Geschlechtercocktail äußerst willkommen, „Klasse!", sagte er, als er mich sah. „Da stehen sie doch alle drauf, ob Schwanz oder Möse!", lachte er. „Ein bisschen bi schadet nie!" Damit war ich eingestellt. Freilich nicht, ohne einen formellen Vertrag unterschrieben zu haben, da ist mit Boss nicht zu spaßen, seit er seinen Marketing-Kurs für Selbstständige macht, wie mir Rambo später erklärte. Mit der Einhaltung des Vertrages sieht er es hingegen nicht so eng, wenn ich gegen Ende des Monats schon genug verdient habe und einfach ein paar Tage nicht auftauche, stört das keinen Menschen. Sollen die Leute zusehen, was sie mit ihren Jacken machen. Ihm entgehen zwar die paar Euro Garderobengeld, muss mich aber auch nicht zahlen und ein kleiner Pfennigfuchser ist Boss definitiv und so lange er mich deswegen nicht anscheißt sehe ich keine Veranlassung meine profitorientierte Arbeitsweise einer zuverlässigeren anzupassen. Er betrachtet sich übrigens als einen hochseriösen Geschäftsmann, einen Gastronom, ein Manager auf dem aufsteigenden Ast, Sprosse für Sprosse die Karriereleiter erklimmend, heute Timbuktu, morgen New York, dann die ganze Welt! Da kommt er auch schon vorbei, stolziert durch den Gang und bückt sich durch das Garderobenfenster.

„Vogel!"

„Boss! Guten Abend!" Boss ist Typ Türsteher auf Anabolika, so einer der quer durch die Türen gehen muss, so groß, wie breit, gegelte Armyfrisur, stets fein, wie aus dem Ei gepellt, im Maßanzug, klar, bei dem Format geht das nicht anders, mit polierten Schuhen, glänzend wie beim General, Krawattennadel, Manschettenknöpfen, mal Gold, mal Silber, mit Gravur oder Steinen und immer und viel zu viel Parfum, immerhin teures, da kann man die Intensität fast ertragen.

„Will nur mal einen Aided Recall machen, ob alles in Ordnung ist.", faselt er dahin. Seit oben genanntem Fortbildungskurs schleudert er Marketing-Begriffe in die Welt, auch wenn er selten weiß, was sie bedeuten. „Ich habe heute eine Überraschung für dich, Vogel, wirste nachher sehen!", sagt er begeistert, schlägt mit der Hand auf den Tresen.

„Aha, da bin ich ja mal gespannt! Ich freu' mich schon.", erwidere ich mit kaum spürbarer Begeisterung.

Er schiebt vergnügt ab, um Rambo einen Aided Recall zu geben. Boss wird gerne Boss genannt. Deshalb nennen wir ihn Boss. Nicht weil er Boss ausstrahlen würde. Denn trotz seines Äußeren hat er auch etwas von einem lieben Teddy, ein großer gemütlicher Bär, auf dem man rumklettern kann, putzig, possierlich gar. Mit richtigem Namen heißt Boss Lucien François. Jeder, der das erfährt, nachdem er ihn gesehen hat, bricht in hysterisches Lachen aus. Der schleimige Franzosenname Lucien (sprich näselnd: Lüßi-ähn) ist nun wahrlich nicht das, was man beim Anabolikateddy erwartet, eher Gernot, Axel oder ein ordinärer Manfred. Hinter seinem Rücken nennen wir ihn als Persiflage auf seinen verhassten Taufnamen Lüzifer. Erste Runde Lüzifer habe ich also überstanden, aber wie es aussieht gibt's heute ja wohl eine Extrarunde, Prost Mahlzeit.

Der Abend beginnt wie jeden Freitag, um halb elf kommen die ersten Frühtänzer, Barfußtänzer, die verzweifelten Einzelgänger, ein paar Touristen und der ein oder andere Tresenalki. Wie in jedem Gastronomiebetrieb, der etwas auf sich hält, gibt es natürlich auch hier menschliches Inventar,

s. Gnocchi-Gnom @ Kotze, ich bin ja überzeugt davon, dass es für die Betreiber eines Gastronomiebetriebs einen geheimen Katalog gibt, in dem sie derlei Inventar auswählen und über eine kostenpflichtige Telefonnummer anmieten können, gestaffelt in verschiedene Kategorien, je nach Konsumverhalten, durchschnittliche Aufenthaltsdauer, Konversationsvermögen, so ist dem Unternehmer garantiert, dass zumindest immer irgendjemand in seinem Laden herumlungert, und so mit alkoholgetränkten Monologen dem Wirt über öde Zeiten hinweghilft, aber vor allem dem Lokal den Anschein von Geschäftigkeit verleiht, denn welcher normale Kunde geht schon gerne in ein verlassenes, leeres Restaurant. Bei uns wurde zum Beispiel Nacktarsch-Theo angemietet, der, wie der Name schon zeigt, egal bei welchem Wetter immer in seiner Nacktarsch-Hose herumläuft, genau das Klamottengegenteil vom Naked Cowboy in Manhattan, können sich einen Kleiderschrank teilen, ob Arsch vor Kälte blau oder vor Hitze nassgeschwitzt, egal, Hauptsache man sieht seinen Allerwertesten so wie Gott ihn schuf, recht ansehnlich, möchte ich beifügen. Sein Lieblingsposerplatz ist natürlich der Tresen, dort lehnt er sich leger mit den Vorderarmen drauf, streckt das Hinterteil in die Menge und blickt lasziv über die Schulter, um alle bewunderten Blicke aufzusaugen, hallöchen Popöchen. Weiter im Programm gibt es den Bären Roman, von oben bis unten beharrt, vom kleinen Zeh über Waden, Rücken, Scheitel, wo der reguläre Bart in andere Regionen vorstößt ist ohne Sense nicht mehr auszumachen und die Kleidung versucht möglichst viel seines Fells zur Schau zu tragen, sprich kurze Hosen, weit aufgeknöpfte Holzfällerhemden oder dünnträgerige Muscleshirts. Wir befürchten, dass sich so manch abenteuerlustiger Gast bereits in seinem Gewölle verirrt hat und nimmer mehr gesehen ward, verschollen im Yeti, Reinhold Messner bricht demnächst auf zu einer Rettungsmission, sobald er aus meinem Kühlschrank wieder herausgefunden hat. Um die Frauenquote zu erfüllen berichte ich noch kurz vom Engagement der Gang-Gabi, die eigentlich Sibylle heißt, aber Gang-Sibylle klingt halt nicht so gut, also tauften wir sie um. Gang-Gabi steht den ganzen Abend ausnahmslos im Gang herum, kurz vor dem Durchlass zum Tanzraum und streckt ihre gemachte, abartig kugelförmige Oberweite forsch jedem Passanten entgegen, mit dem Ziel den Durchgang möglichst eng zu machen, was je später der Abend, desto funktioniert, so dass Männlein und Weiblein sich an den Hupen vorbeireiben muss. Die Mädels werden dabei natürlich besonders abgerieben, gerne auch mit Handkontakt, Gangfummelei, Gangknutscherei, Silikonstau, Bumbsblockade.

Ah, sorry, einen hab ich noch, den Präserhannes, ein barfüßiger Hippie,

Typ Jute statt Plastik, doch bei Gummi ist er flexibel (haha) und bestreitet seine Samstagabende damit, random mäßig durch die Menge zu gleiten und jedem Kondome zu schenken, vermutlich tauscht er sein gesamtes Ökokistengehalt direkt in Pariser um, immer begleitet von weisen Liebessprüchen, à la „Only Dummies don't wear Gummies", „Passt auf jede Gurke", „You got to trust the rubber". Ein Dienst an der Menschheit, danke Präserhannes!

Alle müssen sich vor meinem Fensterchen bücken, denn ebenso wie die Tür, wurde die Luke für Kleinwüchsige konzipiert, was besonders Nacktarsch-Theo hingebungsvoll immer wieder aufs Neue praktiziert. Ich nehme Jacken an, kassiere den Euro, teile rote Zahlenschnipsel aus und klemme Wäscheklammern an die Klamotten bevor ich sie auf die metallenen Haken räume. Jacke, Kohle, Schnipsel, Klammer, Jacke, Kohle, Schnipsel, Klammer. Der ein oder andere Gast versuchte das ein oder andere Wort mit mir zu wechseln, was ich das ein oder andere Mal mitmachte. Alles smooth, alles easy.

Kurz nach Mitternacht schwankt Lüzifer wieder an, angekündigt durch eine Wolke teuren Männerparfums, mit einem Schlacksi im Schlepptau. Er drängt sich an den Garderobentresen, die wartenden Gäste weichen freiwillig vor seiner Erscheinung und/ oder seiner Duftfahne zurück.

„Vogel, das ist Herr Pohl.", stellte er seinen Follower steif vor. Sieht sehr amüsant aus, wie sich der Breite und ein Spargel gleichzeitig in der niedrigen Luke präsentieren.

Pohl ist der erste Schritt in das Franchising System, durch Erhöhung des Human Capitals. So können wir unsere Marktführerschaft zementieren.", schwafelt er blasiert daher.

„Entschuldigung Boss,", hake ich dazwischen, „ich versteh' kein Wort, du bist einfach zu gebildet für mich. Was genau macht der hier?", frage ich auf den Pohl, so viel habe ich immerhin verstanden, nickend.

Boss ist gebührend gebauchpinselt und fährt gnädig in einfacheren Worten fort: „Herr Pohl macht bei uns ein Praktikum." Er strahlt stolz, der Magnat!

„Praktikum.", wiederhole ich mit hochgezogenen Brauen.

„Ja, für drei Monate. Wir müssen den eigenen Nachwuchs ranziehen, wie der Ajax Amsterdam, FC Barcelona, Champions League. Und anfangen wird er bei dir, hier am Point of Enter, POI, am Pretest sozusagen.", sagt er und lacht sein tiefes, sympathisches Lachen. Boss ist sehr zufrieden mit sich. Das ist gut. Dann werden wir den Rest des Abends Ruhe haben.

„So, Herr Pohl, ich übergebe Sie jetzt an Vogel." Schulterklopfen, was den

Schlacksi fast umhaut. „Passen Sie gut auf, dann werden Sie am Ende den kompletten Produktlebenszyklus überblicken."

Lüzifer zwinkert mir zu und schiebt ab Richtung Tanzraum. Herr Pohl blickt mich etwas ratlos und scheu lächelnd durch das Fensterchen an, wofür er sich sehr weit runterbeugen muss. Ich blicke vermutlich ebenso ratlos, aber einer muss ja den Anfang machen und dann bin ich mal der Kuchen und er der Krümel.

„Komm mal rum.", sage ich zu ihm und zeige mit meinem Arm den Weg, den er einzuschlagen hat. „Durch die Zwergentür!"

Kurze Zeit später kriecht Herr Pohl durch das Türchen und steht etwas verloren rum, Kill'em all T-Shirt an der Hühnerbrust, verwaschene Jeans an den schlacksigen Beinen, rote Chucks an den langgezogenen Füßen, Hände in den Taschen, Piercings in der Lippe. Die Frisur sieht irgendwie nach Bahnhofsfrisör aus, von vor acht Wochen. Als Zierde ein dunkler 3-Tage-Bart. Auf der Oberlippe etwa 9 Tage. Steht ihm. Und das kann man nicht oft sagen. Hätte ich ein Beuteschema, bliebe er trotz allem nicht drin hängen. Obwohl, das Schnauzerchen, ich weiß es nicht. Frag mich nicht son Quatsch!

„Wie heißt du in echt?", frage ich ihn, während ich weiter Jacke, Kohle, Schnipsel, Klammer mache.

„Helmut."

„Oha."

„Ja. Kanzlername, fand mein Vater."

„Oha!",

„Allerdings. Du?"

„Vogel."

„Besser.", konstatiert er, mit einem anerkennenden Nicken, bei dem er die Mundwinkel runter- und das Kinn hochschiebt.

„Soll ich Pohl oder Helmut oder Kanzler sagen?", frage ich, einen Schnipsel über den Tresen schiebend.

„Is' mir egal.", sagt er mit Achselzucken. „Pohl klingt nach Pol Pott Kommunist, Helmut nach Rentner und Kanzler nach Arschloch."

„Ich nenn' dich Praktikant.", beschließe ich kurzerhand.

Er lacht. „Okay."

Ich schleppe drei schwere Mäntel nach hinten.

„Bist du Student?", fragt er mich.

„Ja."

„Was studierst du?"

„Keine Ahnung. Was isst du?", frage ich zurück.

„Nudeln."
„Hast du eine Küche?"
„Ja."
„Nicht schlecht.", urteile ich. Und er fragt nicht nach, nickt nur. Eine Eigenschaft, die ich an Praktikant noch schätzen lernen werde, er fragt bei blödsinnigen Dingen nicht nach, bei absurden Gesprächen oder dummen Ideen. Er nimmt das Leben, wie es kommt und belastet sich nicht mit dem Kampf nach Sinn und Ordnung. Ich wünschte ich könnte das! Ein Vorbild. Aber noch frage ich mich: Was soll diese ganze Chose mit dem Praktikanten?! Seit wann haben wir Praktikanten? Seit wann hat eine Disse einen Praktikanten? Boss hat wieder Größenwahn gefrühstückt. Oder ist das ein hinterhältiger Trick, ein Spitzel, der mich ausspionieren soll, was ich hier so treibe, in meinem Kabuff, in das Lüzifer von seinen Ausmaßen her nie hereinpassen würde. Die Stasi Nummer sähe Lüzifer zwar nicht ähnlich, aber man weiß ja nie, was der in seinem Kurs so zu hören bekommen hat. Und bevor ich den Newbie in mein Können einweise, muss ich sicher gehen, dass er harmlos ist. Ich stelle meine Arbeit ein, mich ihm gegenüber und blicke ihm ernst ins Gesicht. Der Test ist schlicht, aber wirkungsvoll.
„Weißt du, wie Boss mit echtem Namen heißt?", frage ich ihn, genauestens sein Mienenspiel lesend.
„Nein?", erwartungsvoll.
Wirkt echt.
„Lu-cien Fran-cois.", sage ich in meinem besten Schulfranzösisch, jede Silbe auskostend.
Praktikant prustet los. Sehr gut. So muss das sein. Test bestanden. Ich nicke zufrieden und ziehe die nächste Jacke über den Tresen.
„Sag mal, wie alt bist du? Du siehst etwas alt aus für einen Praktikanten."
„Richtig. Ich bin schon 42. War jetzt lange arbeitslos. Will ne Fortbildungmachen, Gastro. Das Praktikum soll dem Arbeitsamt zeigen, dass ich das will, weißt du?"
„Verstehe. Kriegste Geld dafür?"
„Ha, nee! Schön wärs, aber muss irgendwas machen, kann in meinem Beruf nicht mehr arbeiten, hab Dreher gelernt, damals. Dann ist mir das passiert." Er zieht seine linke Hand aus der Tasche und hält sie hoch. Ich sehe vier Finger, keinen Daumen.
„Autsch!", sage ich verständnisvoll.
„Ja. Und dann das hier." Er zieht seine rechte Hand aus der Tasche und hält sie hoch. Ich sehe vier Finger und einen Daumenstumpen.
„A-a-autsch!!", betonte ich, mit glotzenden Augen. „Das ist ja wie beim

Struwelpeter!"

„Das kannste wohl sagen. Hydraulische Presse, alles Matsch. Mit mir wäre die menschliche Evolution auf null gesetzt, keine opponierende Daumen.", sagt er und grinst leidvoll.

„Hehe, hart aber lustig." Wir kichern.

„Ja, aber kriegst da nicht irgendne Rente, Versicherung oder so?"

„Die haben das so gedreht, dass das meine Schuld war, eigenes Versagen, kennste doch wie das läuft."

> Bist du zu dumm und machst nur Quatsch
> sind deine Finger schnell nur Matsch

„Ok Praktikant, jetzt zeige ich dir die erste Lektion. Bist du bereit?"

„Ja." Er blickt mich erwartungsvoll an.

Ich fummele unter dem Counter rum und ziehe ein Stück Pappe raus, auf dem steht „Garderobe 3 EUR", und stelle es vor das bisherige Preisschild. Protest, Murren und Beschimpfungen von der wartenden Meute.

„Für dich kostet es gleich fünf Euro!", rufe ich raus und Ruhe ist.

„Zur Aufwertung des Stundenlohns ist es immer gut etwas in die eigene Tasche zu wirtschaften.", doziere ich „Aber dabei nicht übertreiben, Habgier wird dich in den Abgrund treiben, sachte und mit Maß, das ist das Geheimnis. Statt einem Euro, drei Euro, das macht pro Jacke zwei Euro für mich. Nur Lüzifer darf nichts davon mitkriegen."

„Lüzifer?"

„Ach so, Boss, Lucien, Lüzifer."

„Ah!" Kicher.

„Sobald du ihn riechst, schnell das Schild weg.", erkläre ich.

„Verstehe." Praktikant grinst begeistert.

Diese Taktik praktizierte ich hier im Loch fast schon seit Beginn. Dabei variiert der Betrag des Schildes zwischen zwei und fünf Euro, je nachdem wie es in meiner Kasse aussieht und wie lang der Monat noch ist.

„Aber heute sollten wir von ihm nicht mehr heimgesucht werden, heute ist er wunschlos glücklich, dann bekommt man ihn nicht mehr zu Gesicht. Viel gefährlicher ist es, wenn er schlechte Laune hat. Merk' dir das."

„Okay."

„So, nach dieser Weisheit folgt die Arbeit, fass mal mit an.", trage ich ihm auf und die nächsten Stunden schaffen wir Jacken hin und her.

Praktikant holt uns immer fleißig kalte Getränke vom Tresen, gar nicht schlecht so ein Praktikant. Ab drei, vier wird es deutlich ruhiger. Ich lasse mich auf den Barhocker fallen, der für das Fensterchen viel zu hoch ist, so dass ein davorstehender Gast nur meinen Bauch sieht, so wie ich seinen.

Wenn ich keinen Bock auf die Fressen habe, bleibe ich auf dieser Höhe und versuche nur von Bauch zu Bauch zu interagieren, Bauch gibt Jacke, Bauch nimmt Jacke, nächster Bauch, eine Welt der Bäuche, mit den Zielgruppen obligatorischen sexy Sixpacks, die nackt unter schwarzen Lederjacken zu Tage kommen. Praktikant lässt sich an der Wand nieder. Wir schnaufen erst einmal durch, reden nicht, starren nur erschöpft vor uns hin. Nach einer Weile sage ich:
„So, und jetzt bekommst du deine nächste Lektion."
„Ich bin gespannt."
„Wenn dir langweilig ist, ist es sehr unterhaltsam zu gucken, was die Leute so in ihren Taschen haben."
„Was?! Echt?!" Ungläubiges Glotzen.
„Ruhig Brauner. Ich habe nicht gesagt ich klaue etwas. Ich gucke nur, verstehst du?"
„Ah, verstehe." Praktikant beruhigt.
„Wenn jemand ein Arschloch ist, dann musst du die Wäscheklammer statt oben hier unten ran machen." Ich zeige ihm eine solche Jacke. „Und da kann es dann auch schon mal passieren, dass etwas verschwindet."
Praktikant holt Luft, um etwas zu sagen.
„Aaaber,", fahre ich fort, „ich klaue es nicht."
Praktikant hält fragend die Luft inne.
„Ich mache kleine Tauschgeschäfte mit anderen Tascheninhalten. Ein bisschen Chaostherorie ins System bringen. Klar?"
Er lässt Luft ab: „Klar!" Er grinst wieder.
Der Typ gefällt mir.
„Dann lass uns doch mal gucken, was wir hier haben."
Ich fingere an der Jacke mit der Wäscheklammer am Ärmel rum. Erste Tasche leer, aus der zweiten Tasche befördere ich zwei Gummis und einen Würfel zutage.
„Bei gerade mit Gummi, bei ungerade ohne.", schlägt Praktikant vor.
In der Innentasche ein Damenslip und eine AAA Batterie.
„Ah ja.", konstatiere ich.
„Wilde Mischung.", meint Praktikant.
„Ja, ist oft so. Taschen sind oft die Resterampen der Kramschubladen."
„Und was machen wir jetzt damit?", fragt der unerfahrene Praktikant.
Ich zeige ihm mein Können und ich tausche munter diverse Arschloch-Jackeninhalte, verschenke Gummis, scheide ein paar Lederhandschuhe, Flaschenöffner gegen kleinen Feigling, Teelicht gegen Feuerzeug, gleiche Kategorien nähren mein Bedürfnis nach Struktur, Reime aus Gegenständen,

Christen-Broschüre gegen Telefonrechnung, Kugelschreiber gegen Schnuller. In einer Tasche finde ich ein Fläschchen Poppers.

„Das ist ein anderer Fall.", erkläre ich. „Drogen sind scheiße! Finde ich sowas, schmeiß ich es immer einfach weg.", und pfeffere das Fläschchen in den Müllsack, der in der Ecke liegt und alte Nummernschnipsel, gebrochene Wäscheklammern, gebrauchte Taschentücher, Kaugummis und son Zeug verwahrt. „Ich halte es da mit Dalí: *I don't do drugs. I am drugs.* Außerdem, wer Geld für Drogen hat, kann sich auch neue kaufen.", tue ich meine Meinung kund.

Das Zitat habe ich während meiner Schulzeit gelesen und gleich adoptiert, vornehmlich aus der Not heraus, viel zu schissig zu sein, um irgendwelche als Drogen deklarierte Genussartikel zu konsumieren, um mein Spaßbremsendasein zu rechtfertigen, selbst mit Alkohol war ich im Vergleich zu Gleichaltrigen sehr spät dran, da hielt ich mich lieber an einen Künstler von Weltrang, als des Wochenendes in die Büsche zu göbeln. Ich muss zugeben, dass ich bisher eine sehr lahme Droge bin, ein Rohrkrepierer, ein Narkoleptikum, der Baldrian unter den Opiaten und Dalí nie das Wasser reichen könnte, meines Erachtens nicht mal zitieren dürfte, so unvergleichbar öde, unoriginell und unkreativ meine Existenz, aber vielleicht legt Walt Heisenberg noch mal Hand an mich an, mischt und brennt und destilliert und motzt mich auf, in einen begehrten blauen Stein oder zumindest in etwas, was mir selbst mehr Spaß im Leben bereitet. Bisherige Rauschzustände habe ich eher als miese Trips in Erinnerung, Angstzustände, Verfolgungswahn, Wahnvorstellungen, Alpträume. Das tut sich keiner freiwillig an. Ist dein Leben zu geil, zu lustig und zu glücklich? Wirf dir nen Vogel! Doch zurück zu legaleren Suchtmitteln, McDonalds Ketchup gegen Nicorette Spray, eine Gabel gegen Kippen, nein, falsch, Nicorette gegen Kippen, passt besser.

„Schlüssel, Handys oder Portemonnaies behalte ich mir nur für besonders große Arschlöcher vor, sollten die dumm genug sein, so etwas in ihren Taschen zu lassen. Du siehst, ich bin ein gerechter Arsch.", führe ich aus.

Tampons gegen Socken, wait, was ist das denn? Vorsichtig fingere ich ein kaltes, glatt gefriffeltes Objekt in der Größe eines billigen Burgers aus einer tiefen Manteltasche. Die Oberfläche glänzt leicht im Zwielicht.

„Woha, pass auf!", ruft Praktikant, „Das ist eine Tellermiene!"

„Quatsch!", entgegne ich, „Das ist kein Metall. Und wovor hast du überhaupt Angst, dass dir die Daumen zerfetzt werden?!"

Praktikant erwidert nichts.

„Sorry.", schiebe ich kleinlaut hinterher.

Erst nachdenken Vogel, dann reden. Hirn, Mund, das ist die richtige Reihenfolge, sind nur zwei Punkte, trotzdem schwer zu merken.

„Nein.", sagt Praktikant nach einer kurzen Pause. „Finde ich gut! Die meisten trauen sich nicht, sowas zu sagen."

Er grinst wieder.

Ich grinse zurück.

„Ich bin halt nur etwas empfindlich, wenn es um den potentiellen Verlust von Gliedmaßen geht. Und so Tretminen werden auch in Spielzeug verbaut, hab ich mal im Fernsehen gesehen!", sagt Praktikant immer noch etwas alarmiert.

Ich drehe das Ding ins Licht und staune nicht schlecht, als ich die Rillen, Schuppen und Krallen sehe.

„Das ist eine Schildkröte!", bringe ich hervor. „Eine verfluchte Schildkröte!"

„Was? Lebt die?"

„Ich glaube schon, die bewegt sich son bisschen.", gebe ich meine Beobachtungen weiter.

„Kein Scheiß!", entfährt es ihm.

„Kein Scheiß!" Ich bin eine Weile sprachlos.

Dann: „Welcher Arsch trägt eine lebendige Schildkröte in seiner Tasche mit sich rum, geht damit auf die Piste, geht Aufreißen, sich in den Arsch vögeln und lässt das Vieh währenddessen in seiner Manteltasche?! Wie gestört sind denn die Leute?!"

Ich bin immer wieder baff von der Idiotie der Menschheit, da halte ich es mit Albert Einstein, dem unendlichen Universum, der Dummheit und so.

„Ich kenne mich ja mit Schildkröten nicht aus,", pflichtet Praktikant mir bei, kommt näher und streichelt vorsichtig mit einem Zeigefinger über den Panzer „aber ich bezweifle dass eine Manteltasche der richtige Aufenthaltsort für so ein Tier ist."

„Ganz Deiner Meinung!"

„Sowas schon mal gehabt? Tier in Tasche?"

„Nein, never. Das schießt den Vogel ab." Ein doppelt gelungenes Wortspiel, Tier Vogel, ich Vogel, aber keiner von uns beiden wollte das in dieser Situation würdigen.

„Und jetzt?", fragt Praktikant.

„Keine Ahnung."

„Zurücktun kannst du das Ding nicht mehr! Wer weiß, was dem Vollhonk als nächstes damit einfällt. Suppe vielleicht!"

„Ne, zurück geht gar nicht!", pflichte ich entrüstet bei.

„Kannste beim Tierheim abgeben.", schlägt Praktikant vor. Ein konstruktiver Vorschlag.
„Ja, das wäre eine Möglichkeit."
Wir betrachten das sanftmütig atmende Tierchen.
„Ich nehm' das Ding jetzt erstmal mit. Hier kann sie ja nicht bleiben! Und morgen kann ich sie zum Tierheim bringen.", entscheide ich. Ich übergebe Praktikant die Schildkröte, packe den Tierquäler-Mantel, entleere alle Taschen auf den Boden, kicke seinen Kram weg, werfe den Mantel hinterher, trete bekloppt darauf herum, spucke noch mal drauf, leere Praktikants angenuckelte Bierflasche darüber, lass sie fallen und zertrete sie zu Scherben. Sorry Balázs, ungarischer Putzmann, aber ich weiß er ist Schlimmeres gewohnt.
„Und so lernst Du jetzt gleich auch noch die letzte Praktikanten-Lektion des Tages: Selbstbedienung." Ich raffe alle Jacken zusammen, die ich greifen kann, wische mit ihnen das Preisschild vom Tresen und werfe die Klamotten stattdessen darauf, die meisten landen sogar drauf, ein bisschen Schwund ist immer. Ein paar Armvoll und gut ist, Haken leer, Counter voll, Selbstbedienung eröffnet.
    Jacke, Kohle, Schnipsel, Klammer
    Nicht Deine Jacke? So ein Jammer!
„Und wir hauen jetzt ab!", beende ich meinen Arbeitstag. Ich ziehe meine Jacke an, nehme ihm die Schildkröte ab, äh, etwas ratlos wo ich sie hintun soll, zerre einen Schal aus dem Selbstbedienungsstapel, wickele das Kriechtier ein, vorne frei, Luft zum Atmen, und schlage das Päckchen behutsam in meine Kaufhoftüte ein. Mit der anderen Hand greife ich beherzt in die Kasse und drücke Praktikant einen Haufen Moneten in die Hand. „Dein Gehalt.", sage ich. Er stopft es zufrieden in seine Jackentasche. Ich nehme mir auch eine Handvoll, greife die Kasse und wir krabbeln durch die Hobbittür. Auf der Tanzfläche hampeln noch ein paar Leutchen rum, ein paar in den Ecken am Knutschen und Grabbeln, Vati wird am Tresen von den üblichen Alks vollgelabert, ich stelle ihr die Kasse auf die Theke und winke ihr einen Abschied zu, wir stolpern den schwarzen Gang entlang, Rambo macht uns die Tür auf, „Nacht", - „Nacht", und so, und wir stehen draußen, zwischen den Rauchern, Aufbruchschnackern, Besoffenen und Verpeilten. An der Ecke schieben zwei eine Nummer. Romantisch. Das Rad steht immer noch unbeschadet da, etwas abseitiger als geparkt, ist nicht weit gekommen, sehr dienlich! Ich verabschiede mich von Praktikant, bis morgen, wir schütteln uns altmodisch die Hand, muss unwillkürlich grinsen, fühlt sich anders an,

so ein Handschlag ohne Daumen, leerer, nackig, mein neuer Kollege grinst mit, kennt er wohl den Effekt, sind jetzt Brüder im Geiste, die ein Geheimnis teilen, einen Reptilienraub, Tierretter in Aktion, Ritter der Rainbow Warrior, wir nehmen von den Reichen und geben den Armen, Superhelden undercover, in einiger Mission, Leben retten, Panzer retten. Der Kerl ist in Ordnung.

Ich gurke einhändig auf Rad nach Hause, das kleine Reptil in der anderen Hand. Man, man, man, sage ich mir, fassungslos wie unterbelichtet die Leute sein können, schwachsinniger, unzurechnungsfähiger Idiot! Hätte ich dortbleiben, ihn stellen und die Polizei rufen sollen? Wahrscheinlich schon. Aber ich bin eben eher der anonyme-Briefe-Typ. Zumal, wenn man in der Gegend arbeitet, wo ich arbeite, ist die Bullerei zu rufen nicht gerade die erste Wahl. Boss wäre sicherlich nicht begeistert. Womöglich machen die ihm noch den Laden zu, wie ich das Kotze schon in den Tod denunziert habe, nein nein, not good. Und was machen die dann schon, der Typ kriegt ne Verwarnung, höchstens ne lächerliche Geldstrafe und das Tierchen landet im Tierheim. Lüzifer ist sauer, Typ hat nichts gelernt, Tierheim kann ich auch, ist niemanden mit geholfen. Vogel rettet Kröte, wir Tiere müssen zusammenhalten, so ist es gut, Solidarität, in der Tierwelt klappt das noch. Überzeugt, das Richtige getan zu haben, atme ich tief die kalte Nachtluft ein, rieche schon den neuen Tag. Ein paar Sterne schaffen es, sich gegen die Light-Pollution der Großstadt durchzusetzen. Vielleicht sind das auch nur Großstädte auf fernen Planeten. Planeten, auf denen Schildkröten Menschen aus Manteltaschen retten.

Zuhause weiß ich nicht so recht wohin mit dem Panzerchen. Soweit ich mich erinnere sind Schildkröten Kaltblüter und daher von Wärme von außen abhängig. Ok, dann wäre sie im lila Darm am besten aufgehoben. Ich hoffe sie ist farbenblind, sonst werde *ich* noch der Tierquälerei bezichtigt! Ich nehme die Schildkrötenschutztüte ab und lege das Schalknäuel bedächtig unter das Winzwaschbecken, zwischen Glühheizung und Klo. Dann suche ich noch irgendwas, was als Wasserschalen dienen könnte, falls das Getier Durst bekommt, kann aber selbst in der Mülltüte nichts finden. Gut, kümmere ich mich morgen drum, jetzt bin ich erstmal todmüde und Kröte anscheinend auch.

```
    Selbst die Eule wird mal schwach
    Dann ist's vorbei bald mit der Nacht
    Hühner solln am Morgen kratzen
    Vogel wird jetzt erstmal ratzen
Gute Nacht.
```

Ah, einen hab ich noch:
> Kröte lebt und schläft im Schal
> ein Aliendarm wärmt ideal

KAPITEL 8

Der frühe Vogel fängt den Wurm. Gut, dass ich nur ein pro forma Vogel bin und keine Würmer fangen muss. Mein erster Gang geht blasenbedingt ins Bad, wo ich mich wohlig seufzend und wohlig bauchkratzend auf der Schüssel niederlasse, es laufen lasse und zum Schal schiele. Huch, Schal ist leer! Ich gönne meiner Blase den gleichen Zustand, Polka, Polka und suche die lila Bodenfläche ab. Die Schildkröte hockt in der Ecke beim Türrahmen, Köpfchen eingezogen, Hinterbeinchen auf Halbmast. Ich begebe mich auf den Flur und knie mich vor das Tierchen und bringe mein Gesicht auf Augenhöhe, Vogel tiefergelegt, lowrider, Vogel und Schildkröte Auge zu Auge, von Tier zu Tier. Sachte streichele ich mit dem Zeigefinger über den Panzer, woraufhin sich die Vorderbeine zuckend rein und raus bewegen und nach einer Weile ein Köpfchen auftaucht. Der Hals macht einen ganz zartgliedrigen Eindruck, camouflagegrün, sieht aus wie ein Armeezelt, Army-Look ist halt nie out, ist immer wieder ein Verkaufsschlager in der Turtoise-Vogue, zartlederne Haut, Beinchen vorne schuppig, ulkig gebogen, aber stark und standhaft. Hei, was sind denn das für kleine Äugelein
„Guten Morgen", flüstere ich, schwarze, glänzende Augen blicken mich skeptisch an.
„Auch keine Frühaufsteherin, was?"
Huch, sie gähnt, das ist mal ne Antwort, eine kleine rosa Zunge ist kurz sichtbar, hach, niedlich! Da werde sogar ich Meckervogel, die Bekassine 2013 Vogel des Jahres, weich und beginne mit hoher Babystimme mit der Schildkröte zu sprechen. Ich erspare dir das peinliche Gesäusel, schon schlimm genug, dass ich es überhaupt erwähne. Gut, dass mich sonst keiner hören kann. Kann die mich überhaupt hören? Ohren scheint es nicht zu geben. Vielleicht über Vibrationen, wie bei Schlangen? Keine Ahnung, ey! Ich brauche knowledge, Wissen ist Macht, neue Software ins Hirn, Bildungselite, die Entscheider von morgen! Zumindest bin ich früh genug auf, um noch an einem Samstag die Quelle allen Wissens aufsuchen zu können. Nein, nicht google, Old School, mit 3D Textsammlungen auf Zellulose. Ich suche die ohnehin schon überfälligen Büchereibücher zusammen, rein in

die Kaufhoftüte, ich rein in Jeans und Rentnerschuhe und los geht's. Aber halt! Rentnerschuhe, fragst du? Der Vogel ist doch so ne coole Socke, immer vorn mit dabei, immer seiner Zeit voraus, der David Bowie des Styles, die Avantgarde unter den Studenten, nicht der, der blogt, sondern der, über *den* geblogt wird, was macht denn der mit Rentnerschuhen? Und ich rede hier nicht von solchen Tretern, die mit guten Willen noch als Trekkingschuhe durchgehen, was so Outdoor-Eltern anhaben, wenn sie ihre Fahrradkinderanhänger durch die Stadt manövrieren, sondern ich rede von echt üblen Halbschuhen, mit dicker, schwarzer Gummisohle, weinrotem Deckleder mit fake Flechtwerk und fetzigen schwarzen Seitenstreifen, dazu schlammfarbene Schnürsenkel und eine Form, wie eine Kartoffel auf Urlaub. Von solchen Rentnerschuhen rede ich! Das muss etwas mit dem alten Herrn Arndt zu tun haben, vermutest du, ganz richtig. Denn eines Tages erhielt er neben den paar wenigen Rechnungen für Strom, Wasser und GEZ, alles vom Finanzvogel beglichen, und dem üblichen snailmail spam, ein Päckchen. Oho, dachte ich mir, da schau her! Hatte natürlich dran gedacht, es postwendend zurück zu schicken. Aber wer hätte da nicht reingucken wollen?! Ist doch zu spannend, was andere Leute so bestellen, oder? Auch wenn es nur Nierenwärmer oder ein Kartoffelschäler ist, es ist ein kleines Geheimnis, mit dem Duft des Verbotenen, uiuiui! Ich pack also das Ding aus, sind diese Treter drin. Habe mich regelrecht erschrocken ob ihrer Hässlichkeit, faszinierender Grusel, you know the feeling. Ha, wie würde ich wohl mit den Dingern aussehen?! Kinderfasching, Kölle alaaf, Halloween. Knüllpapier raus, Vogelfüße rein, mmmh, was ist das denn? Sind da kleine, bauschige Barockwolken drin, auf denen Englein sitzen, zarte Härflein zupfen und meine strapazierte, babyweiche Fußhaut mit ihren güldenen Locken liebkosen? Da wird mir ja vor lauter Verzückung ganz blümerant zumute. Bezaubert gehe ich durch die Wohnung, jeden Schritt bewusst mit allen Zellen registrierend, Schritt, ahh, Schritt, ahh, Wohligkeit und Freiheit durchströmen meinen geschundenen Körper! Ein Zauberfußwerk der Schuhmacherzunft. Rechnung war schon bezahlt, per Vorkasse, was für eine Ausrede kann ich da noch finden? Fortan Vogel in Rentnerlatschen unterwegs. Wenn man halt so cool ist, wie ich es bin, dann kann man sogar sowas tragen, Fight Club, wir waren so cool, wir haben uns sogar ans Tempolimit gehalten, das ist der Coolnesslevel, von dem ich rede, nur eine Stufe unter Chuck Norris. Wirst sehen, tragen bald alle, Paris, Mailand, New York und du kennst dann die ganze Geschichte. Während ich zur Bücherei radele, das Rad hat an Ort und Stelle mein Kommen erwartet, erkläre ich dir gerne noch meine Tütenpolitik. Plastiktüten sind das bevorzugte Mittel meiner Jäger und Sammler Ausstattung, keine Beutel, Rucksäcke, Umhängetaschen oder so. Bin ein Jäger und Sammler Version 2.0. Doch ganz so einfach ist es nicht, denn nicht jede Tüte schafft es durch den peniblen Vogelfilter. Es kommen mir keine Asso-Tüten an die Hand, das heißt kein Aldi, Lidl, Netto, Kik oder sondergleichen. Supermarkttüten rangieren generell nicht hoch in meiner Skala. Auch nicht diese betont schwarzneutralgemusterten Sexshop Tüten. Bevorzugt behänge ich mich mit Kaufhof Sackerln oder solchen aus Buchläden, wenngleich ich diese zugegebenermaßen eher selten zur Verfügung habe, aufgrund finanzieller Klammheit. Folglich sind Kaufhoftüten der Standard, den ich mir gönne, als illegaler Rentnernachmieter und mit einem Job im Schwarzen Loch ist es wohl das Höchste, was erreichbar ist. In diesen Kunststoffbehältern transportiere ich schier alles, was ich zu transportieren habe, vornehmlich Bücher, mitunter auf Zimmertemperatur zu genießende Lebensmittel und Klopapier. Was dem Fregattvogel sein Halssack, ist mir die Plastiktüte. Jetzt weißt Bescheid!

So, Bücherei, Bücher zurück, ja, sorry, zu spät, Geld, jaja, neue Bücher, Schildkröten, *Harte Schale, weicher Kern*, netter Titel, das da nehm ich auch noch mit, Stapel, scannen, Tüte, Tschüß, Rad harrt meiner, auf Richtung Heimat.

Tagträumend gondele ich gemächlich vor mich hin, beobachte ein paar weiße Flauschiwolken, die über den blauen Himmel schlawenzeln und sich genüsslich sonnen, als plötzlich ein alter Mann auf die Straße stolpert und abrupt genau auf meiner anvisierten Flugroute stehenbleibt, ich fahre rechts und wähle links. Nie die Strahlen kreuzen, schießt mir noch die Warnung durch den Sinn, doch durch das Ungleichgewicht der am Lenker hängenden Buchtüte aus der Balance gebracht eiere ich unbeholfen dem Asphalt entgegen und erreiche ihn unmittelbar. Hart und rau, au! Keine Überraschung, wenigstens etwas im Leben, das so ist wie erwartet. Verhalten vor mich hinfluchend, sehr gemäßigt, wirklich, meine Lieblingsphrase für derartige Situationen ist *How very inconvenient*, schön oder, rappele ich mich auf, das Rad war ja schon vereiert, da also alles beim Alten, Büchertüte erstaunlicherweise noch heile, das ist Kaufhof-Qualität, Bücher auch intakt, etwas verstreut. Der alte Mann betrachtet mich ruhig, während ich die Schildkrötenhilfsliteratur zusammensuche.

„Hey!", blaffe ich ihn ungehalten an. „Nächstes Mal besser aufpassen, ok?!"

Er starrt mich weiterhin stumm an. Ich klaube alles zusammen, schiebe

das Rad zu ihm rüber, senke meinen Kopf auf seines Hauptes Höhe und gucke ihm direkt in die Augen.
„Hallo?"
Er reagiert nicht.
„Geht es Ihnen gut?"
Blickt mir tonlos in die Augen.
„Haben Sie sich was getan?"
Keine Antwort.
Starren.
„Ja, ok, alles klar. Soll ich Sie auf die andere Straßenseite bringen?"
Keine Regung.
„Hier sollten Sie auf jeden Fall nicht stehenbleiben, das ist eine Straße, hier ist es gefährlich, da fahren Autos. Und Fahrräder!"
Ich schwinge mich auf Rad.
„Ok, alles Gute dann. Und Vorsicht!"
Radele los, das Rad quietscht noch mehr als zuvor, kann mich nicht schocken. Wolken noch flauschig, Himmel noch blau, Sonne macht auch noch mit, verfluchter Mist, nach fünfzig Metern komme ich wieder zum Stehen und drehe mich um. Ja klar, der alte Knacker steht da immer noch! Und kein Mensch weit und breit. Zum Glück auch kein Auto. Fuck Vogel, warum immer du, erst die Schildkröte, jetzt ein Opa, willst dir auch noch Bücher über Rentner ausleihen oder was?! Muss nur mal kurz die Welt retten. Du bist einfach zu gutmütig Vogel, fluche ich in mich hinein, kehre um und stoppe vor dem Opa. Lege meine Hände auf seine Schultern und drehe ihn schlichtweg um, läuft, übe etwas Druck nach vorne aus, läuft auch. Mir gelingt es, den Schweiger auf den Gehsteig zu bugsieren, läuft besser als mit Rußland, na immerhin, Führerschein Klasse Rentner erworben, Mission erfüllt, doch noch immer kann ich nicht mit gutem Gewissen fortfahren und fort fahren, versuche es kurz, klappt aber nicht. Doh! Wie war das gestern mit Solidarität, erst groß rumtönen und dann senile Mitmenschen im Stich lassen. Geht gar nicht. Ich setze einen schweren Seufzer ab. Ich lehne das Rad an eine Mauer, verstecke die Kaufhoftüte geschickt hinter dem Hinterrad, kaum zu sehen durch die grazilen Speichen, ha-ha, und widme mich dem betagten Verkehrsteilnehmer.
„Wie heißen Sie?" Eine gute Einstiegsfrage.
„Norbert Weiß.", brummelt er.
Eine Antwort! Er kann sprechen! Das ist ja schon mal was.
„Wo wohnen Sie, Herr Weiß?"
Nichts.

„Wo - woh-nen - Sie?", frage ich langsamer und lauter.
Weißt du, was ich nie verstanden habe, wenn du im Ausland bist, zum Beispiel zum Schüleraustausch in Bordeaux, Frankreich, und du bekanntermaßen und sichtlich der einheimischen Sprache kaum mächtig bist, und dich dann ein Franzmann anspricht, brabbell, brabbell, hä, was, nix verstanden, und der Trottell wiederholt es genauso wie vorher, genau die gleichen Worte, genauso schnell, nur lauter. Lauter! Bin ich taub oder was? Ja, lauter wird helfen, alles klar, laut verstehe ich die fremden Worte auf einmal, das ergibt Sinn! Bei einem alten Menschen mag lauter helfen, die sind ja bekanntermaßen gerne mal schwerhörig, aber bei einem Teenager?! Weißt, ich zermartere mein junges Hirn, um sein Genöle zu dechiffrieren und der bemüht nicht mal eine Gehirnzelle, um mir entgegenzukommen. Allez les Blöd! Aber das Highlight dieser Schülerlandverschickung war das hier: Wir Deutschen so in der Schulklasse mit den Franzosen. Einer von uns fragt, wie Hip Hop auf Französisch heißt, der Franzjunge so: „Das ist der gleiche Wort: Ippe Oppe!" Wir sind abgebrochen vor Lachen, Franzosen uns nur debil angestarrt, wir haben uns weggeschmissen, bis zum Pippi in der Hose, das gleiche Wort Ippe Oppe, ja klingt genau gleich, Wu-Tang Clan, die coolen Ippe Oppe Nigga, haben bis zum Abitur darüber gelacht, immer wenn ich Hip Hop höre, kommt die Ippe Oppe raus, herrlich! Aber zurück zum Thema.

„AlteLandstraßeDrei", nuschelt er.

Aha, na, geht doch! Aber wo ist das? Tja, scheiße ohne Smartphone Vogel. Hab nicht mal mein gestriges Handy dabei, kann nicht mal die Polizei rufen. Na, klasse. Ok, dann suche ich halt ein Telefon. Ich blicke mich um, wo bin ich überhaupt, Vogel maps, ah, ein Gebäude, sieht nach Behörde aus, da gibt's Telefon. Wahrscheinlich werde ich ein Formular ausfüllen müssen, um es benutzen zu dürfen. Und zur Kasse gehen. Dann mit dem Beleg wieder zurück und noch mal eine Nummer ziehen.

„Kommen Sie mit, Herr Weiß!", sage ich laut zu ihm und nehme ihn am Ellenbogen. „Wir gehen telefonieren." ET nach Hause telefonieren.

„Ja.", antwortete er überraschender Weise und schlurft bewundernswert langsam in seinen Pantoffeln (!), sehe ich jetzt erst, neben mir her. Ellenbogensupport ist auf Dauer nicht ausreichend, um die Richtung zu bestimmen, der altersschwache Anhänger schert zu oft aus oder verliert an Kniestabilität, ein Arm um die Hüfte, eine Hand an der Hand geht's besser, so lotse ich ein achtzig Jahre altes Kind über den Bürgersteig. Diese Geste hat etwas Berührendes, es liegt so etwas Zerbrechliches darin, etwas Abhängiges und gleichzeitig Vertrauensvolles. Ich fühle mich erwachsen, ich muss Verantwortung übernehmen, ich muss führen, leiten, kümmern, nicht nur um mich, wie sonst, jetzt geht es um einen anderen Menschen. Wie mit der Schildkröte, ein anderes Lebewesen, an mich gebunden, hilflos, angewiesen. Bin ich bereit dafür? Und reicht es sich bereit zu fühlen? Was ist mit dem Können? Woher weiß ich, was ich dafür brauche? Wo kann ich die Checkliste Verantwortung runterladen? Warum bekommt man so etwas in der Schule nicht beigebracht, spätestens mit der sogenannten Reifeprüfung, reif wofür? Für ein Studium äußerstenfalls, für das Leben keinesfalls. Der kurze Weg, in langen Minuten hinter uns gebracht, gab mir reichlich Zeit über Pflichtgefühl und Verantwortungsbewusstsein nachzudenken, bis meine Augen abgelenkt wurden. Ha, Jackpot! Die vermeintliche Behörde entpuppt sich als *Städtisches Altenheim St. Leonhard*, da kommt der doch bestimmt her! Mit dem Tempo wird er wohl kaum von der wo-auch-immer-Landstraße hergeschlichen sein. Mission Schleichende Pusche könnte schneller erfolgreich beendet werden, als kalkuliert.

Mit dem Tempo der kleinen Schildkröte erreichten wir irgendwann tatsächlich die Rezeption in dem kargen Gebäude. Die aufgeschminkte Dame dahinter war mit Leib und Seele am Telefonieren und zeigte mir nur 4 Finger, als ich versuchte sie mit „Das hier ist Herr Weiß.", zu unterbrechen, „Station vier", formte ihr pinkumrandeter Mund stumm und sie widmete sich wieder dem Fernsprecher. Vielen Dank auch. Nun gut, die letzten paar Meter schaffen wir auch noch. Unter meinen Anfeuerungsrufen, Los geht's, Auf zum Endspurt, Zünden Sie den Superbooster, kriechen wir im Schneckentempo zum Aufzug, einem Schild entnehme ich das passende Stockwerk und lerne, 1. nach schmerzvollen, verschwendeten Warteminuten in der Kabine, dass man hier im Hause erst den „Tür schließen" Knopf drücken muss, damit sich die Lifttür überhaupt schließt, von alleine tut sich da nämlich gar nichts und 2. dass auch Fahrstühle im Altenheim der Grundgeschwindigkeit der Bewohner angepasst zu sein scheinen. Kurz bevor auch ich mein Rentenalter erreiche kommen wir Hand in Hand auf Station 4 an. Puh! Noch als ich versuche mir einen Überblick zu verschaffen, eilt mir eine junge, stämmige Schwester, Typ Metzgereifachverkäuferin, entgegen, in weißen Klamotten, weißen Gesundheitsschuhen, weißem Lächeln.

„Herr Weiß!", ruft sie, „Na, Gott sei Dank! Wo waren Sie denn?"

Ohne eine Antwort zu erwarten blickt sie mich an und spricht gleich weiter. „Mensch, danke, dass Sie ihn wiedergebracht haben, wo war er denn?"

Und ich berichtete ihr von seinem kleinen Abenteuer.

„Draußen, auf der Straße, echt? Um Himmelswillen! Vielen, vielen Dank!

So nett, dass Sie aufgepasst und sich die Zeit genommen haben! Mensch, da hat er aber Glück gehabt, nicht wahr, Herr Weiß?", fragt sie ihn und greift ihn sanft am anderen Arm. „Da haben Sie aber Glück gehabt?!"

„Ja.", sagt der wieder, auf nichts Bestimmtes gerichtet, einfach, weil er es kann.

„Kein Problem, gern geschehen.", sage ich, erleichtert, dass ich die Verantwortung wieder los bin, dass ich einen Erwachsenen getroffen habe, der besser erwachsenen kann, als ich, eingeschüchtert von ihrer Energie und der bedrückenden Atmosphäre des Hauses. Irgendwo schreit jemand unbestimmte Laute in den schmucklosen Gang. Es riecht streng nach Bahnhofsklo. Und Erbsensuppe. Was ist das mit alten Leuten und Erbsensuppe?

„Na, dann kommen Sie mal mit, Herr Weiß, gehen wir in den Aufenthaltsraum."

Sie wendet sich ab und versucht Herrn Weiß in Bewegung zu versetzen. Der schlurft drei seiner winzigen Schrittchen und leitet dann den Bremsvorgang schon wieder ein. Ich will meine Hand aus seiner lösen, allein er hält sie fest. Ich spüre die Wärme und Kraft seiner alten Hand, Gnubbel und Versteifungen an Stellen, wo sie eigentlich nicht hingehören.

„Kommen Sie, Herr Weiß, lassen Sie los, wir gehen zu den anderen.", versuchte es die Schwester aufmunternd.

Gleichwohl Herr Weiß hält fest, dreht sich langsam zu mir um und schaut mir in die Augen. Ganz anders, als noch vorhin, ganz anders als beim alten Herrn Arndt, es hatte nichts von Starren, nichts Unangenehmes, nichts Leeres, vielmehr strahlt es Wärme aus, Menschliches.

Und Traurigkeit, bilde ich mir ein, als ich später zuhause darüber nachdenke. Ein Suchen? Verzweiflung? Oder spielt mir da meine Erinnerung einen Streich, weil ich die düstere Stimmung des Gebäudes auf sein Gemüt übertrage? Oder gucken alte Leute immer etwas traurig? Habe ich nie drauf geachtet. Ist es das, was das Leben mit einem macht? Kann man zu viel vom Leben sehen? Ja, klar, siehe allein Rußland in meiner Küche. Was diese Generation gesehen hat, ist definitiv mehr, als Generation Hashtag je ertragen könnte, wir haben ja keine Ahnung, was ein Shitstorm ist. Kommt im Alter all das Schlimme durch, was man je erlebt hat, bohrt sich an die Oberfläche, nur von einer spröden Schicht transparenter, fleckiger Haut abgehalten sich Bahn zu brechen? Oder ist all die Fröhlichkeit eines glucksenden Babys irgendwann einfach aufgebraucht? War diese Generation überhaupt mal glucksende Babies oder gab es damals selbst für die ganz Naiven keinen Grund zum Lachen? Kann Herr Weiß überhaupt noch lachen? Oder lächeln? Hat er heute gelächelt? Nicht, dass ich mich erin-

nern könnte.
>   Ich heiße Weiß
>   mehr weiß ich nicht.
>   Verlier mein Wissen
>   Schicht für Schicht.

Was macht er jetzt wohl? Schlafen? Oder liegt er in seinem Altenheimbett und denkt an mich? Ob er sich an mich erinnert? Vielleicht erinnert sich seine Hand noch an mich. Ich lege meine Hände ineinander, als führte ich ihn noch an der Hand, als führte ich mich an der Hand. Fühlt sich schön an, tröstlich, beruhigt mich. Meine erinnert sich jedenfalls an seine.

KAPITEL 9

Als ich zur Spätschicht am Loch ankomme, steht Praktikant ratlos vor der Tür und freut sich sichtlich, als er mich heranschlingern entdeckt.
„Hey, was stehstn vor der Tür rum?", rufe ich ihm entgegen.
„Komm nicht rein, ist zu. Hab schon geklopft.", erklärt er.
„Mit Klopfen kommst du da nicht weit, um die Zeit hängt Rambo meistens noch mit Vati am Tresen rum."
Er muss noch so viel lernen, der Kleine. Ich wummere erfahren gegen die Tür, ein Buntspecht auf Speed und schreie: „Rambo, mach auf, du Kampfsau!"
Ich deute auf das runde Schild über dem Eingang.
„Lüzifer wollte ein neues Schild machen.", sage ich. „Eines mit Schriftzug *Schwarzes Loch*, hat er mir groß und breit erklärt, Branding, Wertschöpfungskette und so Quatsch. Aber damit war es ganz schnell vorbei, als er erfuhr was sowas kostet."
Praktikant lacht.
„Ja, ist halt knickerig, der Boss.", setze ich nach und wollte gerade wieder gegen die Tür hämmern, als Rambo von innen öffnet.
„Danke, Kleine!", sage ich ihr, die Gefahr herausfordernd, ihr ins Auge blickend, Todessucht in den Adern, mich ungeschickt und kichernd bereits in der Erwartung einknickend und sofort die Quittung dafür erhaltend, denn Rambo hasst es auf ihre zierliche Statur angesprochen zu werden, welcome to Jackass, und schon hänge ich halb jaulend, halb lachend, nach Luft ringend, final laut schreiend mit der Nase auf Höhe meiner Knöchel, während sie etwas Unbeschreibliches mit meinem Handgelenk macht.
 Türsteher mit festen Titten
 kennst Rambo nicht, hast nicht gelitten.
„Okay, okay, du hast gewonnen, weiße Flagge, piece, love and happiness!" Sie entlässt mich und mein malträtiertes Gelenk mit einem Schupser, Praktikant versucht sich im möglichst großen Bogen in dem engen Gang an ihr vorbeizuschieben.
Als wir außer Reichweite sind sagt er:

„Die braucht keinen Mittelfinger, die kann das mit den Augen."
Gut beobachtet.
Wir entern das schwarze Garderobenkabuff, den Siff von gestern hat Balázs zuverlässig entfernt, danke Kumpel.
„Ich gebe Dir jetzt Hintergrundinformationen in puncto Unternehmertum.", mache ich Praktikant heiß.
Er steigt drauf ein:
„Schieß los, mein Bleistift ist gespitzt!"
„Wenn du etwas erreichen willst im Leben, musst du was riskieren.", beginne ich die Vorlesung.
„Sach bloß!", lacht er und zeigt seine nicht vorhandenen Daumen.
Das bringt mich etwas aus dem Konzept, wir lachen, tut gut, ihm auch.
„Was gibt's denn hier zu lachen?!", schmettert Boss dazwischen und klopft vergnügt auf den Garderobentresen, wie gewohnt im feschen Zwirn und Boss for Men, die Fensterluke füllt er mit seinem Quadratmeteroberkörper beinahe komplett aus.
„Guten Abend, Boss! Ich hebe die Arbeitsmoral unseres neuen Nachwuchsmitarbeiters des Monats!", prahle ich gönnerhaft.
„Na, das ist die richtige Einstellung, das nenne ich Social Marketing!", tönt er begeistert. „Jetzt wo ihr hier zu zweit seid, sollten wir ins Auge fassen, die Click Through Rate zu erhöhen, die Usability, ihr wisst schon, Win-Win-Situation!"
„Alles klar, Boss!", schieße ich militärisch zurück. Ich versuche gar nicht mehr seine Fehlvokabeln verstehen zu wollen.
Er klopft noch zweimal auf den Tresen und schiebt ab Richtung Rambo. Praktikant und ich blicken uns vielsagend an, Augenrollen und ich hatte fast schon zum Prusten angesetzt, als Boss noch einmal seinen Kugelkopf durch die Jackenluke schiebt.
„Und passt doch etwas auf, dass nicht so viele Hashtags reinkommen."
Er spricht es ganz deutsch aus, wie „Haschtacks".
„Solltest Du das nicht lieber Rambo sagen, Boss?", frage ich ihn. "Schließlich steht die an der Tür."
„Ja, aber du weißt ja wie sie ist.", sagt er halblaut, „Nicht gerade kritiktauglich, weißt schon."
Es ist zu goldig zu sehen, wie Anabolikaschrank vor 1,51cm Kampflesbe Angst hat. Wer hat hier die Hosen an, Boss?!
„Geht klar, Boss!", versichere ich ihm, er nickt zufrieden, korrigiert den Sitz seiner Krawattennadel und zieht weiter.
Als wir sicher sind, dass er wirklich weg ist, inklusive der ihm träge

nachwabernden Parfumwolke, fragt mich Praktikant:
„Was sollen wir machen?!"
„Lüzifer glaubt, dass Hashtags so was wie Kiffer sind, Hash gleich Hasch, Haschköppe oder so."
„#LOL!", steuert Praktikant bei.
„Respekt für die Replik!", erkenne ich an. Da versteht jemand seinen Jargon.
„Aber werde er nicht übermütig, eine Lektion erwartet ihn noch!", ermahne ich ihn oberlehrerhaft und fahre da fort, wo wir vorhin unterbrochen worden waren.
„Das Schwarzgeld-Schild kennste ja noch von gestern."
Ich fummele das Schild aus seinem Versteck, danke nochmal an Balázs, stelle es aber noch nicht in Position, die Boss-Dichte ist mir noch zu hoch.
„Aber was du noch nicht weißt ist, wie ich den Weg dafür bereitet habe. Früher hing nämlich das reguläre 1,- EUR Garderobenschild hier außen an der Wand, im Gang."
Ich klopfe auf die Wand zum Gang.
„Für mich nicht zu sehen, nicht zu erreichen, kurz: Keine Möglichkeit für den im Jackenkabuff eingesperrten Vogel, ein paar Euro extra zu kassieren. Also riss ich das Ding draußen kurzerhand rabiat von der Wand, erzählte Boss empört, pöbelnde Gäste, Randale, appetite for destruction und so, wie ein geschickter Kuckuck jubelte ich der unbekannten Masse meine lügnerischen Eier unter, und kam aber auch gleich mit der Lösung daher, nämlich das Schild sicher hier als Klappdings aufzustellen, bevor er noch auf die Idee kommt das Teil einzuzementieren oder so. Et voilá, mein Einkommen war gesichert!"
Stolz blicke ich ihn an und er applaudiert gebührend.
„Das nenne ich Erfindungsreichtum!", lobt er.
„Danke, danke!" Ich verbeuge mich. „Was lernst Du daraus?"
„Bei Problemen anderen die Schuld in die Schuhe schieben und eine eigennützige Lösung am Start haben.", fasst er zusammen.
„Wohl, wohl! Gut gelernt!"
„Wohl, wohl!", äfft mich Arschlochstimme nach.
„Abend Herr Müller.", fröstele ich zurück.
Ich gebe Praktikant einen Wink mit den Augen, dass er lieber den Kopf unten und die Klappe halten soll. Deckung, die Tunte schießt scharf.
„Halt die Klappe!", giftet Müller mich nasal an, lässt einen Topf mit schwarzer Farbe auf den Tresen plumpsen und pinselt unmotiviert die abgeschabten Garderobenlukenkanten nach.

„Ich würde mich auch gerne geistig mit Ihnen duellieren, Herr Müller, aber wie ich merke, sind Sie unbewaffnet.", kann ich mir nicht verkneifen.

„Ha – Ha. Wieder ganz besonders gewitzt heute." Pinsel, pinsel, schrubb, schrubb.

Ich rüge mich innerlich, wollte mich auf den Spacken gar nicht mehr einlassen, drehe mich weg vom Fenster, hantiere irgendwas im Kabuff herum.

„Ach Scheiße, meine Fingernägel!", leiert Müller theatralisch daher, lässt den Pinsel in den Farbtopf plumpsen und beginnt sich umständlich schwarze Farbe von seinen aufgeklebten Nägeln zu wischen.

„MÜLLERIN!", brüllt Boss Lüzifer den Gang entlang.

Oh-oh, das klingt nicht gut.

„Scheiße!", flucht die Müllerin und verschwindet mit schwarzgefleckten Kunstnägeln lieber hurtig Richtung Lärm.

„Puh!", mach ich und blicke Praktikant mit hochgezogenen Brauen an.

„Was war das denn?", will der wissen.

„Das war der Tuntenmüller. Klofrau, Hausmeister, Tunte für alles. Und vor allem ein hinterfotziges Arschloch. J.R.R. Tolkien würde sagen: Eine Tunte sie zu knechten! Dem Boss kriecht er in alle Körperöffnungen, die er finden kann, bohrt womöglich noch ein paar neue. Lass dich bloß nicht mit dem ein, egal was, hinter deinem Rücken holt er das Messer raus, Psycho ist nichts dagegen."

Plötzlich packt mich eine Idee, ich stülpe meine Kaufhoftüte über Farbdose nebst Pinsel und lasse das ganze unter meiner Jacke am Boden verschwinden.

„Was willstn damit?", fragt Praktikant mich.

Ich stehle nicht aus Nervenkitzel, vielmehr bin ich wieder mal Opfer der sumpfigen Faulheit.

„Ich will was vergessen.", antworte ich.

Praktikant nickt Verstehen und fragt nicht nach. Herrlich!

Tuntenmüllerin merkt erst eine ganze Weile später, als der Laden schon brummt, dass das Zeug weg ist, versucht am Garderobentresen eine Szene zu machen, ich stell mich blöd, mache Jacke, Kohle, Schnipsel, Klammer, winke neue Gäste heran, arbeite ihn aus dem Weg. Praktikant und ich zwinkern uns zu. Der nächste Streich der kriminellen Brüder, Blut ist dicker als Wasser und allemal als Tuntenwasser.

In einer flauen Phase holt Praktikant uns zwei kühle Bierchen, könnte ich mich dran gewöhnen, mein privater Kellner, Bierbutler, Mini-Bar mit Beinen.

„Im Bierholen kriegste ne Eins!", proste ich ihm zu.

„Das ist doch schon mal was. Aber jetzt sag mal, was hat das Tierheim zur Schildkröte gesagt?", fragt er, bevor er die Flasche ansetzt.

Ich nehme den ersten Schluck.

„Mme Pompadour.", verbessere ich ihn.

„Was? Ist das die Rasse?"

„Nein. Ihr Name!"

„Name?"

„Ja, so hat sie sich mir heute vorgestellt."

„Vorgestellt, so so. Das war's dann wohl mit Tierheim."

Keine Frage, eine Feststellung. Der Mann kennt sich aus im Leben.

„Wusstest du, dass es bei Schildkröten zwei Wochen dauert, bis das, was sie essen, hinten wieder rauskommt?", frage ich immer noch gleichermaßen fasziniert wie argwöhnisch ob des neu angelesenen Fakts. Schildkrötenfakt 1.

„Zwei Wochen? Woher weißt du das denn?", fragt mein Schüler ungläubig.

Ich erzähle ihm von meinem Büchereiausflug, komme etwas vom Thema ab, lande beim alten Herrn Weiß, seiner Hand und so.

„Krass.", diagnostiziert er, „Irgendwie traurig, oder? Da hast du doch echt keinen Bock alt zu werden."

„Und für mich bist du schon alt!", lache ich traurig.

„Ich weiß! Dachte ich früher auch, traue keinem über 30 und so. Jetzt bin ich über 40 und denke 60 ist alt und mit 50 denke ich dann 70 ist alt, aber wenn ist denn nun alt?"

Ich schweige.

Er fragt weiter:

„Ist das jetzt was Physisches oder ist das etwas im Kopf? Oder eine Mischung von beidem?"

„Wie alt fühlst du dich?", frage ich ihn.

„Mitte dreißig. Du?"

„Ich hab keine Ahnung! Ich denke meistens höchstens wie 15 oder so, als sei ich noch ein kleiner, unsicherer Teenager, der keine Plan hat und mühsam versucht mitzukommen im Leben, mit den anderen, mit der Welt. Aber heute, als ich seine Hand hielt, da fühlte ich mich plötzlich zehn Jahre älter. Aber das war nicht schlecht, irgendwie. Nicht älter im Sinne von Spießer." Ich suchte nach den richtigen Worten. „Irgendwie erwachsen, aber gut..., vertraut."

„Verstehe."

Und ich glaube ihm.

Ich mache weiter: „Weißt du, früher dachte ich immer Erwachsene wissen alles, können alles, haben das Leben im Griff."

Praktikant lacht höhnisch auf.

„Aber jetzt beginne ich zu begreifen, dass das gar nicht so ist!"

„Genauso ist es!"

„Die sind einfach nur größer, wissen etwas mehr, haben schon mehr gemacht, aber sicher sind die auch nicht!"

„Ganz richtig, man! Und lass dir noch was dazu sagen: Diese ganzen sogenannten Erwachsenen, die mit achtzehn schon ihr Leben durchgeplant haben, die sitzen im Gefängnis, in der Falle, denn alles kommt anders, als man denkt! Wenn ein Mensch anfängt seine Zukunft zu planen, dann fällt hinter den Kulissen das Schicksal lachend vom Stuhl und lädt schon mal die Pumpgun durch, um dir in die Fresse zu feuern!"

„Hallo!", nölt jemand vom Fenster her, seine Jacke ungeduldig auf den Tresen hin und her schiebend.

„WAS?", herrsche ich ihn an, „Siehst Du nicht, dass wir uns unterhalten!"

„Warte!", unterbricht Praktikant mich und richtet sich an den Nörgler: „Wie alt bist Du?"

„Hä? 28. Was geht's dich eigentlich an?!"

„Und wie alt fühlst du dich?"

„Acht-und-zwan-zig!", sagt er langsam und zieht die letzte Silbe in die Höhe, als wären wir begriffsstutzig.

„Siehste, sowas mein ich.", sagt Praktikant zu mir, mit dem Zeigefinger Richtung Nöler stochernd. „Der hat doch jetzt schon verloren. Wenn du dich in dem Alter schon so alt fühlst, wie du bist, wie sollst du dann jung bleiben, im Kopf mein ich, Ideen haben, spinnen. Und glaub mir, ohne Spinnereien wird das Leben nichts!"

Augenblicklich denke ich an den alten Herrn Arndt, seinen Trompeter von Säckingen und weiß genau, was Praktikant meint.

„Was fällt Dir ein!", fährt der Typ Praktikant an. „Nur weil Du ein alter Sack bist und keiner mehr deine faltigen Eier lutschen will, musst du mich noch lange nicht so blöd anmachen!"

Im Gegensatz zu ihm weißt du, was mit seinen Tascheninhalten passieren wird.

Als wir nach der Nacht noch etwas vor dem Loch rumstanden, etwas, was ich mir eigentlich geschworen hatte nie zu tun, wollte auf keinen Fall ein typischer Aufbruchschnacker werden, mensch, ich Langweiler, fragt mich Praktikant:

„Vogel, darf ich dich mal was fragen?", und guckt mich schief an.
„Klar man." Ich schiebe mir die Hände in die Tasche.
Drucks, drucks.
„Weißte, wenn ich dich jetzt nicht gleich am Anfang frage, dann traue ich mich später nicht mehr.", labert er und guckt mich jetzt nicht mehr an.
„Ja, was denn nun, leg los!"
Ich drängele, ich ahne, was jetzt kommt, war ja nicht das erste Mal, dass ich das erlebe. Ich singe nur wer, wie, was, der, die, das.
„Bist du eigentlich Mann oder Frau.", schießt er raus. Mit Punkt hinten.
Eine Frage in Verkleidung.
Sage ich doch.
„Was wäre dir denn lieber?", frage ich zurück.
Eine meiner Standardantworten.
„Puh, du, ist mir ja egal... ob du jetzt ein Kerl bist oder nicht, ich hab ja nichts dagegen, also gegen keines, also, du weißt schon...", brabbelt er ins Nichts.
Ich lächele ihn an: „Siehste?!"
„Jo.", sagt er, schweigt einen Augenblick, denkt. „Hast eigentlich recht.
Verlegenes Lächeln. „Nimmste mir nicht krum, oder?"
„Quatsch, Alter! Ein Praktikum ist ja dafür da, um Fragen zu stellen.", frötzele ich.
Wir müssen beide lachen, Händeschütteln, Schulterklopfen, bis dann, okay, okay, bye bye.

Neben den zwei Abenden in der Woche, die ich im Loch sitze, musste er noch zwei weitere Tage in der Woche für Lüzifer Frondienste verrichten. Übrigens habe ich anfangs nicht am Wochenende im Loch gesessen, wie jetzt, sondern erstmal Mittwoch und Donnerstag, da ist kein Schwulenprogramm, Mittwoch kommen die Headbanger und am Folgetage steigen die Grufts aus ihren Särgen. Die Metler waren zwar freundlich, aber immer derbe besoffen und durch die Bank hässlich, ob Männlein, ob Weiblein. Die Musik war zugegebener Maßen geil, aber die wollen ihre Lederjacken gar nicht ausziehen, braucht man wohl als Gegengewicht zu den Haaren. Dann die schwarze Meute, geht gar nicht mit mir! Die sind mir alle zu tot, die Musik schlug mir derbe aufs Gemüt, das Schrauben Getanze, und eine Garderobe voll ausschließlich Schwarzer Mäntel ist für einen Garderobendiener die Hölle, ich trage schwarz, bis es etwas dunkleres gibt, bla bla. Emos können ja nicht mal lächeln, Grufts können immerhin grinsen aber die Gays wissen einfach, wie man feiert, party on Wayne, lass krachen, Stößchen Poppöchen,

YMCA, we are family, I will survive, das sind Mottos nach meinem Geschmack! Auch die Arschlochquote ist bei den Homos niedriger, die kennen sich damit halt aus, lieber das Arschloch hinhalten statt raushängen, da sind Profis am Werk, also wechselte ich schwupps zum Wochenenddienst. Ich bemitleidete den Praktikanten angemessen und für seinen nächsten freien Tag haben wir uns verabredet. Irgendwie macht mich das glücklich, ich eiere lächelnd auf das Rad durch den frühen Morgen nach Hause, genieße den unbedarften Tag, schnuppere die leere Stadt, ergötze mich am presolaren Farbenspiel des Himmels, ein paar Flugzeuge hinterlassen Risse in der Realität, der Mond sagt gute Nacht, ein paar Sterne blinzeln noch neugierig auf die Erde, legen ein Prickeln in die leckere Morgenluft,
    Das Vöglein hat nen Praktikanten
    Die Freundschaft einen Aspiranten
Kaufhoftüte mit Farbdose und Pinsel lustig an meinem Lenker baumelnd. Endlich mal ein normaler Mensch! Wer hätte das gedacht, dass ich mich mit jemanden anfreunde, der fast doppelt so alt ist, wie ich, der einen ganz anderen Hintergrund hat, keiner dieser Bildungsbürgerstudenten, dieser #Hipster, mit Spinat-Chia-Smoothies, Gluten- und Lactosefrei, Meinungen zu Selbstmordattentätern, Flüchlingen, Drei-Ton-Musik, Kirgistan, Narendra Modi und allem und jedem. Auf meiner düsteren Reise ins Neverneverland habe ich über mich gelernt, dass ich mich nicht um diese Dinge kümmern kann. Ich kann mir keine Meinung zu Politik und Weltgeschehen leisten, Dinge, die ich nicht beeinflussen kann, unmittelbar, mit der Hand erreichen, anfassen, abtasten, spüren, über die kann ich mir keine Gedanken machen, wenn es hochkommt dann zum Wetter, The less fuck you give, the happier you are, ich brauche alle Kraft, die ich aufbringen kann, um mein kleines Leben zwischen kahler Wohnung, Pizza und Loch am Laufen zu halten. Meine bisher größte zusätzliche Verpflichtung waren Büchereibücher, die zu einem bestimmten Termin zurückgebracht werden wollen, aber ohne üble Konsequenzen, sollten sich doch mal ein paar Wochen länger herumlungern, Kohle rüberschieben und alles ist wieder gut. Jetzt habe ich mir ein Lebewesen aufgehalst. Eines mit einem sehr niedlichen Hals. Aber die Mme Pompadour ist von mir abhängig, so wie ihre Namensgeberin es von Ludwig XV. war. Es ist kein anspruchsvolles Lebewesen, die kleine Schildkröte, immerhin kein Hund, Katze oder etwas mit Anwesenheitspflicht, doch in jedem Falle etwas anderes als ein Buch. Ein kleiner Schritt, ein kleiner Schritt nach dem anderen, so klappt es, erst war die Wohnung, dann die Pizza, dann der Job, dann das Haustier, jetzt ein Mensch, den ich als Freund betiteln kann, wenn auch ein keindäumiger

Krüppel, thumbs up, Praktikant! Geht doch Vogel, geht doch. Vögelchen wird flügge und hüpft schon auf dem Ast herum. Hoffentlich hält er mich.

KAPITEL 10

Es ist Montag. Bei den meisten Leuten beginnen so viele traurige Geschichten, über schlechte Laune, schlechte Jobs, schlechte Leben, Ich fühle mich nicht so gut, ich glaube ich hab Montag, Das F in Montag steht für Freude und so. Bei mir, einem nur teilweisen produktiven Teil unserer Gesellschaft, feige Sau und fauler Sack, Überlebenskämpfer in Vollzeit, ist dieser erste Tag der Woche weniger vorbelastet. In der Regel weiß ich es nicht einmal, wenn Montag ist. Meine Wochentagswahrnehmung beginnt gewöhnlich erst gegen Mittwoch, Donnerstag, davor ist alles einfach Tag, danach ist Freitag Arbeitstag, Samstag Arbeitstag und wieder Tag, das ist meine Woche. Indessen heute weiß ich Bescheid! Es ist Montag. Und ich habe einiges vor! Ha, Vogel hat was vor, die Natur schläft nie, raus aus den Federn, rein in den Tag, gefiederter Freund! Besser nicht wörtlich nehmen, sonst werde ich ein gerupftes Huhn, ein Suppenhuhn, Gottlieb Wendehalses Gummihuhn! Ungewohnt energiegeladen taumele ich ins Bad, fuck, mein Schienbein, pissen, Morgen Mme Pompadour, niginigi Kindersprache.

Belebt und mit zwei adäquaten Tüten bewaffnet, derzeit noch mit schmutzigen Stinkklamotten vollgestopft, verlasse ich die Wohnung, Rad wartet treu, erstmal den Ballast abwerfen und ich quietsche frohen Mutes zum Waschsalon Fixwash3000. 3000, ey! Was in den 90ern noch 2000 war, ist heute 3000. Aber die 2000 spielte jedenfalls noch auf ein real zu erwartendes Datum an, aber 3000, was soll das?! Die Superzukunft wartet auf dich, in diesem Waschsalon, Back to the Future, die Zukunft beginnt hier, in nur 3000 Jahren ist deine Wäsche fertig, die Zukunft hängt davon ab, was du heute tust: Wäsche waschen. Durch den strategisch geschickten Einsatz von Deo, Pausentagen, Notgeschrubbel mit Rei in der Tube, und ein trainiertes Gedächtnis dafür, was ich wann und in wessen Umfeld getragen habe, ist es mir gelungen überraschend lange mit der spärlichen Klamottenauswahl auszukommen, ohne eine Waschmaschine bemühen zu müssen, unverschämt lange, könnte man auch sagen, verboten lange, wären die Worten meiner Mutter, widerlich lange. Das Fuckoff3000 ist fast leer, anders kenne ich es nicht. Es riecht leider nicht nach frischer Wäsche, was angemessen gewesen wäre, mich vielleicht auch hätte stutzig machen sollen, aber alle anderen Wascheinrichtungen sind zu weit weg, faule Sau und so, sondern es müffelt hier eher, als würde hinter den mauerartigen Maschinen die ganzen verlorenen einzelnen Socken ungewaschen auf bessere Zeiten und ihren Zwilling warten, eine Stinkspur auswerfend, ein Hilferuf der ewigen Singles. Ein desinteressierter Ausländer sitzt hinten, liest eine Zütüng, neben ihm eine leere dieser karierten Stoffplastik-Riesentaschen, keine Ahnung, wo die die immer herhaben, habe ich noch nie im Laden gesehen. Weiter vorne fummelt irgendein Student an einer Waschmaschine rum, während er mit einem Unsichtbaren ein Gespräch führt, entweder ist er irre oder hat ein Freisprechhandydings, ich hoffe für mein Wohl aufs zweite, keinen Nerv auf Waschsalonschnacker, der mir ein Gespräch ans Knie nagelt. Für den eventuellen Fall wähle ich sicherheitshalber zwei Maschinen möglichst weit weg von seiner, schüttele die Iltiskleidung hinein, kaufe Pulver, schütt drauf, money rein, los geht die wilde Fahrt! Vvvmmm, schwummelschwummel, schwummelschwummel, aber heute habe ich keine Zeit für das meditative TV-Programm, der Vogel hat Programm heute, auf auf, munter weiter kleiner Reiter!

Die nächste Station ist ein Laden mit dem Namen Der Flohmarktladen, Ist es ein Flohmarkt, Ist es ein Laden, Nein, es ist ein Flohmarktladen! Vorteil zum richtigen Flohmarkt: nicht nur am Wochenende, auch bis abends, überdacht, kein Orientalengefeilsche, überschaubares Angebot. Laden: 5; Flohmarkt: Nuulll! Und im Vergleich zum Tütenhero Kaufhof billiger, ist halt gebrauchter Ramsch. Wie ein blindes Huhn pickt sich der Vogel durch den Laden, es riecht hier etwas nach Second Hand Laden, aber nicht ganz so klamottig, eher nach alten Büchern, feine Sache, auf der Suche nach schildkrötenkompatiblen Untertassen oder so, etwas, das als Wasserbad und Futternapf dienen kann. Gestern habe ich sie in Ermangelung dessen in der Vogelbaddusche trinken und baden lassen, während ich den Abfluss mit meiner Hacke verstopfte. Sie genoss den Ausflug an die See und versucht mir durch Amputation meines Zehs zu danken, an dem sie begeistert herumbiss. Futter kaufen steht heute auch auf dem Programm! Ich kann nicht umhin, dabei die ältere Frau zu beobachten, die ihren Oma-Einkaufsroller durch die Gänge schubst, kleine Vasen und Nippesfiguren hochhebt, dreht und wendet und ununterbrochen vor sich hinredet. Die hat, so vermute ich, kein Freisprechhandy und nur sich selbst, die ihr zuhört. Und eine Vitrine voll kleiner Porzellanfigürchen, die sich geduldig immer wieder die immer gleichen Geschichten anhören. Oder wurde es diesen Preziosen jetzt zu langweilig, weshalb sie auf der Suche nach neuen zerbrechlichen Ohren ist? Ihr Gespräch, was ich bei Näherkommen verstehen konnte, hat bestimmt so manch menschliches Ohr zum Zerbrechen gebracht.

„Ist so manches, gekonnt hätte, immer wieder, gesagt eben, nicht, eben nicht, ... gut, ich habe ihn nie geliebt, ... gut, auch gedauert, das war so, viel verstehen, warum auch."

Gut, dass es geduldigere Zuhörer gibt.

Dagegen hätte die Enigma sowas von abgelost. Gut, dass Hitler diese Oma nicht kannte, mit der hätten wir den Krieg gewonnen.

Vogel wird fündig, trage drei verschiedene Flachbehältnisse zur Kasse, zahle 5,25 Euro. Die unglaublich freundliche Kassiererin, wie kann jemand in so einem Job so fröhlich sein, darüber sollte ich später mal nachdenken, one does not simply smile at work, vielleicht nur ein Studentenjob, jung genug wäre sie, wickelt mein Erworbenes in altes Zeitungspapier und reicht es mir mit meinem aufrichtigen Lächeln. Ich verstaue die Teile in meinen Tüten und ihr Lächeln in meinen Wundwinkeln. Direkt nach mir drängt Nippesfrau an die Kasse.

„Na, Frau Kufnagel, haben Sie heute wieder was gefunden?", fragt die herzliche Kassiererin. „Na, das ist aber wirklich ein süßes Kerlchen, das Sie da ausgesucht haben.", lobt sie die Ware der Kundin, ein kleiner Clown aus Porzellan.

Ich blicke mich um und sehe die Selbstgesprächführerin stumm strahlen. Das ist Einsatz, das ist Solidarität, das ist Leben! Die Verkäuferin sieht mich noch einmal an, wie ich da so unschlüssig herumstehe und lächelt mich gutmütig an. Faszinierend. Ich lächele zurück. Faszinierend. Auf dem Weg zurück zum Fixer3000 mache ich noch einen Zwischenstop beim Türken, kaufe Karotten, mit Grün dran, eine Gurke, einen Kopfsalat und hoffe damit Mme eine angemessene, französiche Küche bieten zu können. Schildkröten sollten übrigens jedes Jahr Winterschlaf machen, am besten in einem Kühlschrank, steht im Buch! Schildkrötenfakt 2. Der Autor kennt Rußland nicht! Da gäbe es höchstens Schildkröte am Stil im Frühling. Naja, bis dahin ist ja noch Zeit, kommt Zeit, kommt Rat. Wie lange das wohl mit meiner Wohnung, die gar nicht meine Wohnung ist, mit meinem Kühlschrank, der auch gar nicht mein Kühlschrank ist, sondern ein wahrliches Relikt des kalten Krieges, wie lange das alles wohl noch gut geht. Vielleicht sollte ich mit der Mme Pompadour im Winter in den Süden fliegen, so wie es ein guter Zugvogel tut.

Na, jetzt fliege ich es erstmal zurück zum Fixwash. Ausländer mit Karotaschen ist weg. Student steht telefonierend vor dem Laden. Meine Maschinen laufen noch. Schleudern. Das ist weniger meditativ zu beobachten, also entscheide ich mich für einen Warteplatz mit Fensterblick, da kann ich mich gemächlich der Human-Ornithologie hingeben, dem Beobachten von menschlichen Vögeln. Dafür bin ich ja allein namenstechnisch schon prädestiniert!

Ich muss auch nicht lange warten. Akt 1, der Vorhang hebt sich und zwei Alkpenner betreten die Bühne. Den prallen Tüten nach, kommen sie vom naheliegenden Asso-Markt, schon gut betankt versuchen sie sich gegenseitig zu stützen, ein wenig vielversprechendes Manöver, lassen wir uns überraschen. Wider Erwarten kommt es nicht zum Sturz der Männer, ein überraschendes Moment in der Inszenierung, gelungen, sondern ihres Tüteninhaltes, denn das überforderte Plastik reißt unten und diverse Bierflaschen poltern heraus, zwei Mal klirr, viel Gekuller. Penner bleiben verdattert in Zeitlupe stehen und gucken verdutzt auf das Malheur und den unwiederbringlich verlorenen Gerstensaft.

„Scheiiiiiße!", sagt Penner Nummer 1.

Penner 2 hält sich mühsam schwankend auf den Beinen.

Nach diesem Höhepunkt beginnt nahtlos Akt 2.

Penner 1 bückt sich und sammelt die in verschiedene Richtungen gerollten Bierflaschen wieder ein.

Penner 2 hält sich mühsam schwankend auf den Beinen.

Penner 1 tut die geretteten Bierflaschen in die am Boden stehende Tüte zurück.

Penner 2 hält sich mühsam schwankend auf den Beinen.

Die Spannung steigt.

Penner 1 hebt die Tüte an, der Arm steigt, Trommelwirbel, die Tüte verliert Bodenkontakt, Tusch, Überraschung, die Flaschen fallen unten heraus! Wer hätte das gedacht?! Ein Mal Klirr, Gekuller.

Ich weiß nicht, ob ich lachen oder weinen soll, Konträrfaszination at it's best, am besten so fest facepalm, dass mir die Tränen kommen.

„Scheiße, ey!", sagt Penner 2.

Was mag Akt 3 dieses Dramas bringen? Ist ein Lernen mit so viel Promille überhaupt noch möglich? You had my curiosity but now you have my attention.

Begeistert folge ich dem geschrienen, interessantes Stilmittel, Dialog.

Penner 1:

„Ey, Scheiße, ey!" Zumindest mussten sie nicht viel Text lernen. Fassungslos starren sie auf die neue Tragödie.

„Eydu mussja aunich kaputte Tüte tun!!!", herrscht Penner 2 seinen Gefährten an, der wenig eloquent nach einer Pause mit einem wütenden, rauen Laut antwortet:
„Jaaaaa!!!"
Schwerfällig sammelt er erneut die noch intakten Flaschen ein.
Penner 2 hält sich mühsam schwankend auf den Beinen.
Penner 1 stellt die Flaschen in die Tüte.
„NichdeTüte!!!", ruft Penner 2. Ahh! Ein Punkt für's Lernen.
„Jaaa, man!", keift Penner 1 zurück.
Sie verstauen die restlichen Flaschen träge und umständlich in sämtlich zur Verfügung stehenden Kleideröffnungen und schlurfen sich gegenseitig stützend weiter ihres Weges. Abgang, Vorhang. Nicht schlecht das Stück, eine Tragikomödie, die den Protagonisten verbietet die Komik ihres eigenen Dilemmas zu erkennen, mit knackigen, eingängigen Dialogen, am Ende ließ der Spannungsbogen für meinen Geschmack etwas zu stark nach, da muss der Regisseur vielleicht noch mal ran, mal sehen, was morgen die Kritiker schreiben. Mit so einer Oma-Einkaufskarre, wie sie der Stammpenner des mir nächsten Assomarktes verwendet, wäre das auf jeden Fall nicht passiert. Das unterscheidet die Spreu vom Weizen, den Hopfen vom Weizen. Die Karren-Hersteller sollten ihre Zielgruppen mal überdenken, das eröffnet doch völlig neue Marktsegmente, Zielgruppe 60+ und Zielgruppe Promille 2,0+.
Nach dieser Perle der Human Ornithologie ist auch meine Wäsche fertig geschleudert. Ich stopfe das feuchte Zeug in die Plastiktüten, da nun durch meine Einkäufe aber weniger Platz in den Tragetaschen zur Verfügung steht, Fehlkalkulation Vogel, nicht mitgedacht, wirst ausgelacht, muss ich einen Teil der klammen Pampe auf meinen Arm schichten. Gerade will ich so beladen den Waschsalon verlassen, da sehe ich, dass jemand beim Rad steht. Was dabei viel größer ist, als die Angst, dass jemand mir Rad vor der Nase wegschnappt, ist die Faszination, die autounfallgaffergleiche Anziehung auf das Individuum, das Rad begutachtet. Ich habe dieses Wesen schon ein paar Mal durch das Viertel wandern sehen, kann mich aber an den Anblick nicht gewöhnen, zu kurz waren die Augenblicke, die ich mich getraut habe, sie zu beäugen. Ich vermute zumindest, dass es sich dabei um eine „sie", handelt, es hat zumindest einen großen, verstörend tiefhängenden Busen, der durch viele Schichten bunter Fetzen bedeckt wird, wie eine Gypsywoman, die in den Schredder geraten ist, wie Steven Taylors Mikrofonständer, nur bei weitem nicht so grazil, eher tonnenhaft ist die Figur, vor allem oben rum. Die kegelförmigen Beine stecken in aus-

gewaschenen lila-grünen Leopardenleggins, die fleischigen Füße in flachen indischen Schlappen. Aber die Krönung befindet sich oberhalb des Halses. Der Schädel an sich erscheint riesig, das Gesicht nimmt nur einen kleinen unteren Teil davon ein, eine grünlich angemalte Haut, what?!, dunkel geschminkte Lippen und tiefe, schwarz umrahmte Augen, die dich mit einem Wimpernschlag verfluchen können. Und deine Kinder. Und Kindeskinder. Direkt über diesen tückischen Augen, beginnen die Haare, dieses Haaretwas, ein Beehive-artiger Haarhelm, doch ohne jegliche frisurartige Form, der ungeahnte Höhen erreicht, ein Haarfilz, Filzberg, groß und breit, wie ein Gebirge, thront dieser Haufen aus Hornfäden auf dem Wesen, die Konturen verschiebend, ins Absurde treibend, ein Haarballung mit Menschen drunter, ein Batzen, ein Klumpen an verknoteten, verkletteten Haarsträhnen, von denen man hofft sie sein künstlich, aber einem diesen Gefallen wohl nicht tun und damit das ganze Wesen in eine groteske Kreatur verwandeln. Die Schwester von The Head (dieser Comic auf mtv, der den Alien im Kopf hat). Bereits in der Vergangenheit fand ich den optimalen Namen für Es, „die Pudelfrau", halb Mensch, halb Pudel, halb Hexe, doch, ich kann rechnen, aber hier hat der Teufel die Hand mit im Spiel und hebt alle Gesetze auf. Diese Pudelfrau steht also vor dem reisenden Rad, befühlt dessen Sattel, betoucht den Lenker, tritt dann gegen das Vorderrad, spuckt auf den Gehsteig und stratzt weiter. Whew, das war knapp.
    Verkehrsstau durch einen Pfau?
    Nein, das ist die Pudelfrau!
    Mit Haut und Haar'n sie Dich verdau
  Ha, da bekommt mit Haut und Haaren eine ganz neue Bedeutung, ihre Nahrung vertilgt sie sicherlich auch mit dem Haargefilz, Strähnen lösen sich, tasten nach der Beute, greifen, kletten, verketten, dringen ein, lösen auf, saugen die Beute aus, die Heimsuchung der Gattung Homo Pudeliens. So lange habe ich es noch nie ungestraft betrachten können. Ungestraft wird sich allerdings noch rausstellen, eigentlich müsste ich bei Rad jetzt einen Exorzismus durchführen, bevor ich es je wieder berühre, doch die Lappen sind schwer auf meinen Armen, die Tüten ziehen, da gehe ich den Kampf mit dem Dämon ein, behänge und beschichte Rad mit meiner triefenden Garderobe und schiebe alles nach Hause. Auf solche Tage wartet ein Human Ornithologe unter Umständen Jahre, wie ein Naturfotograf, ein Spielball des Zufalls, zur rechten Zeit am rechten Ort, und das mir, der Vogel, ein Glücksvogel, davon kann ich lange zehren, meinen Kindern noch erzählen, Memoiren schreiben, ein Festakt, danke Universum, für diese Gnade, ein Frohlocken! Die Sonnenstrahlen erwärmen die frische Wäsche,

der Duft des Sommers, Sonne von oben und Sonne von innen, ein Sonnenvogel!

Bestens gelaunt schleppe ich die wohlduftenden Kleider die Treppe hoch, zur Wohnung mit dem verblassten Namensschild „Arndt". Ich stochere mit dem Schlüssel um, am, im Schloss rum, kann halt nicht sehen, Mode auf den Armen gestapelt, halb in den Knien, Sportcenter ist nichts dagegen, never skip leg day, Vogel Strauß, Beine aus Stahl, stocher, stocher, fuck, nun geh halt auf, da höre ich eine Stimme hinter mir.

„Ich möchte dir etwas sagen." Weiblich, brüchig, leise und zugleich fordernd, etwas schroff.

Abgelenkt drehe ich den Kopf, schiele nach hinten, der Schlüssel rutscht wieder raus, klar. Auf der Treppe nach oben steht eine Frau, vielleicht um die dreißig, bisschen graue Maus, noch nie gesehen.

„Wo kommst du denn her?", ist das einzige, was mir einfällt.

„Von oben. Ich wohne oben, über euch."

„Mir."

„Was?"

„Mir, nur über mir, der alte Herr Arndt ist tot."

„Oh. Wusste ich gar nicht." Sie wirkte niedergeschlagen, die Stimme bricht weg.

„Aber alles gut, ist ruhig eingeschlafen.", versuche ich sie zu beruhigen. In dem Moment rutschen mir alle Klamotten vom Arm. Sicher Digga.

„Alles gut, hm?", sagt sie leise und guckt ins Leere.

„Äh, du wolltest mir was sagen?", bemühe ich sie wieder auf die Spur zu kriegen und beginne meinerseits die feuchten Teile wieder auf die Spur zu kriegen, aufeinander zu stapeln, jetzt am Boden, man lernt dazu, schneller als die zwei Penner Flitzpiepen, immerhin.

„Ja."

Pause.

Sehr sachlich, gar monoton kommt:

„Ich möchte dich darüberinformieren, dass ich mich umbringen werde und möchte dich bitten, danach die Polizei anzurufen, damit meine Leiche nicht tagelang am Verwesen ist. Das möchte ich nämlich nicht. Danke."

Das Ganze bringt sie mit einer gedämpften doch festen Stimme hervor, sie hat es eindeutig vorher geübt, vorbereitet und auswendig gelernt, wie eine Telefonnummer, Vokabeln, und sagt ihr Sprüchlein jetzt auf, ein Gedicht für den Weihnachtsmann. Ich glaube nicht, dass der Weihnachtsmann das gelten gelassen hätte.

„Äh, wie bitte, was?!"

Das Gesagte erreicht erst langsam mein Gehirn, zu fern ist der Inhalt meiner Stimmung, bin perplex, eiskalt erwischt, hab ich das echt gehört? Oder schiebt sich gerade eine versteckte Realität über meine, die echte, ich meine physisch eine Verschiebung wahrnehmen zu können, der Raum, der Boden, es verliert seine Zuverlässigkeit, war ich eben schon hier, gehöre ich hierher, wo ist das nur?

„Du hast mich genau verstanden. Ich möchte es nicht wiederholen. Einmal war schwer genug."

In ihrer Stimme schwingt Erleichterung und eine in meinen Augen unangebrachte Aggressivität. Was macht die mich dumm an?! Ich starre sie wortlos an. Hallo, die hat ja wohl nicht alle Tassen im Schrank, sich umbringen, überfällt mich mit Wäsche auf dem Arm, mitten im Tag, *ich* soll die Polizei rufen, weiß rein gar nichts von mir, kommt einfach mit ihren Wünschen an, verwesen, einem Wunsch, den man nicht mal seinen besten Freunden aufbürden würde, selbstsüchtig, Hauptsache für sie, die tote sie, ist gesorgt, ja, klar, fragen wir doch den Trottel von unten, der macht das schon, ich päppele eine geschundene Schildkröte auf, helfe dementen Rentnern ins Bett, bin der gute Samariter für alle, kommt alle her, gebt mir eure Bitten, eure Forderungen, eure Sehnsüchte und Träume, ich erfülle sie alle, der Wunschvogel, nur den Bauch reiben, schon fällt ihm ein goldenes Ei aus dem Arsch und wer hilft mir, wer erfüllt meine Wünsche, mein Schmachten, mein Heimweh, mich fragt dabei keiner, vielleicht hätte ich auch gerne einen Wunsch frei, lasst mich einfach alle in Ruhe mit eurem Scheiß, ich kann die Welt nicht retten, ich kann ja kaum mich selber retten, ich will diese Frau nicht retten, egal wo sie wohnt, soll sie sich doch selber retten, die bitch, shut the fuck up! Ich drehe mich schlagartig zur Tür, zornig, ramme den Schlüssel ins Schloss, wütend, zielsicher, zum Glück, sonst hätte ich die verdammte Tür eingetreten, stoße sie auf, schäumend, trete meine gesammelten Feuchtklamotten rein, rasend, stiere die fremde Frau an, hassend und schreie, explosiv:

„Mach' deinen Scheiß alleine, lass mich in Ruhe, ich habe meinen eigenen Scheiß am Hals!!!", und schlage die Tür ins Schloss. Schluss. Mit. Lustig.

Wutschnaubend, Rauschen in den Ohren, meine Schläfen, orientierungslos, steife Fäuste, strenge mich an, meine Atmung wieder unter Kontrolle bringen, bin voll auf Adrenalin, spüre meinen Herzschlag im Hals, badumm, badumm, atme stoßweise, tief ein und aus, schnaufen trifft es. Suchend sehe ich mich um, bin drinnen, hinter der Tür, der Wahnsinn ist draußen, der kleine Flur, umgeben von einem Teppich aus durchfeuchteten Kleidern, schlage mit der Faust gegen die Wand, „Fuck, fuck, fuck!", aua, fuck! Hört das denn nie auf?! Was geht?! Dachte vorhin noch, naiver Weise, dass ich eine Lösung in greifbarer Nähe hätte, einen Weg, eine Richtung zumindest, eine Ahnung, so ein kleines Licht am Ende des Tunnels, das da hinten blinkt, hier lang, hier lang, eine Antwort, das erste Wort einer Antwort und schon ändert das verfickte Leben die ganze Frage, hält sich nicht an die Spielregeln. Meine mühsam erkämpfte Antwort passt nicht mehr, so gar nicht, 42!

    Maden solln Deine Augen fressen
    Ich scheiß auf dich
    will nur vergessen!

KAPITEL 11

„Wasn mit dir los, man?!" Erst in Prakitkants Blick erkenne ich, wie ich aussehen muss. Mindestens so scheiße, wie ich mich fühle.
„Komm' rein.", murmele ich, tapse wieder zum Bett und lasse mich Bauch voraus wie ein Sack darauf fallen.
„Mich hat die Pumpgun erwischt.", nuschele ich ins Kissen.
Ein Kloß formt sich in meinem Hals, nein, wird dicker, was soll das denn jetzt, ich kann kaum noch atmen, fühle wie meine Mundwinkel nach unten zittern, kann nicht dagegen ankämpfen, als hätte das Öffnen der Wohnungstür einen Korken herausgezogen, das Wasser steht unter aufgestauter Kohlensäure, Mentos in Cola, spritzt heraus, mit ungeahnter Wucht, mit wütender Erleichterung sucht es sich seinen Weg, ich bin machtlos, lasse los und schluchze. Warme Tränen sickern ins Kissen, ich drücke mein Gesicht noch fester hinein. Praktikant setzt sich auf die Matratze, neben mich, ich bekomme Schlagseite, mein Körper lehnt sich an seinen, er legt seine Daumenlose Hand auf meine zuckenden Schultern und lässt mich einfach sein. Es tut weh, tut so weh und tut so gut, ich heule, rotze, atme schluckweise warme, muffige Luft ein, kämpfe dagegen an und lasse wieder los, jaule wie ein verletzter Hund, nicht in der Lage zu denken, zu sprechen, lasse mich stärker gegen sein Bein sinken, fühle seine Hand, die ebenso Trost in mich leitet wie auch meine Heulerei noch weiter anfacht, die Gewissheit vermittelt, dass ich meinen Kampf nicht alleine kämpfen muss, einen Waffenbruder an meiner Seite habe. Lasse laufen.
Wir liegen nebeneinander auf dem Bauch quer auf der Matratze und beobachten Mme Pompadour, wie sie auf ihren kleinen, tarngrünen Stampfbeinchen durch die Wohnung krabbelt. Das Grollen Rußland kann dem Kaltblüter nichts anhaben, lässt sie vollkommen unbeeindruckt. Ich habe ihr gestern noch aus meinen Büchern, CDs und Plattenstapeln drei Höhlen gebaut, stand im Buch, stehen sie drauf, kann ich bestätigen, sie verkriecht sich gerne, hat eine eigene Höhle dabei und kriecht trotzdem noch in eine, Doppelhöhle, ich bin dann mal weg weg, weck mich bloß nicht auf, ich wünschte mir, ich hätte so etwas, ein Versteck im Versteck, einen

Rückzugsort vom Rückzugsort, eine Matrjoschka zum Wohnen, fernab von gerufenen Weckern, vom Aufstehen, von Nachbarinnen, vom Leben, eine Rekluseninception. Aber ich weiß nicht, ob ich so stark wäre wie sie, befürchte, ich würde Doppelhöhle mit Sicherheit nie mehr verlassen.

„Das ist ja echt krass.", sagt Praktikant. „Sowas hab ich ja noch nie gehört."

Ich lache schwermütig. „Ne, das hat bestimmt kaum jemand."

Ich blicke ihn an, das erste Mal seit dem Türöffnen, dass ich ihm wieder in die Augen schauen kann. „Danke, man!"

„Kein Problem." Er lächelt und meint es so.

Wir schweigen, verfolgen einen gemächlichen Höhlenwechsel.

„Naja.", räuspere ich mich, „Jetzt genug Trübsal geblasen, erzähl mir was, wie war die Arbeit mit Boss gestern?"

„Vogel, du wirst mir das nicht glauben!"

Wie von einem Schalter umgelegt wird er ekstatisch:

"Also, fing öde an, Laden total leer, nur Müller schwärzt die Wände ein, Boss laber laber, fasel fasel, ich mhm, mhm, aber dann: Weißt du, dass Boss noch einen Laden hat?"

„Noch einen Laden? Hat nie was davon erzählt." Dabei quatscht er gern mal viel, wenn der Tag lang ist. Und die Marketingbegriffe vielfältig.

„Dachte ich mir, er sagt, ich soll das niemanden von der Crew sagen. Weiß nicht, ob ihm das peinlich ist oder warum nicht, vielleicht macht er das auch ganz schwarz, keine Ahnung. Auf jeden Fall, das ist nur ein paar Meter vom Loch entfernt, da hinten, wo die Gasse abgeht, weißt du?"

„Jaja, klar. Ich dachte da kommt nichts mehr, da stehen doch die Müllcontainer, oder? Vorne dran, auf der anderen Seite, ist doch ein Puff drin."

„Das weiß ich nicht, aber genau, bei den Containern da. Also, wir dahin, Boss klopft an so ne olle Metalltür, geht son Fensterchen auf, wie im Film. Der Typ sieht Boss, macht sofort auf und lässt uns rein. Drinnen son bisschen heller als im Loch, auch ein Gang, aber nach unten, enge Treppe geht runter in einen Kellerraum, da kommen wir auf eine Art Empore und da stehen Leute und jetzt pass auf..."

„... und pissen runter!", rufe ich seinen Satz zu Ende.

„Ja man, woher weißt du das?!"

Er schlägt mich enthusiastisch auf den Arm.

„Das ist die Pisskiste!", verkünde ich schwungvoll. „Davon hat die Müllerin mal Vati erzählt und Vati hat es mir erzählt. Ach da hat Lüzifer den aufgegabelt!"

Jetzt wird mir einiges klar.

„Die Pisskiste, haha, ja, der Name ist Programm, meine Herren, da weißte was du kriegst, nur wo Pisse drauf steht, ist auch Pisse drin, worauf die Leute so stehen! Ich hab sowas ja noch nie gesehen vorher, dachte ich guck nicht richtig!" Praktikant freudig außer sich.

„Congratulations! Achievement unlocked!"
Handshake.
„Stimmt, wieder was erledigt!"
Grinz.
„Aber what has been seen cannot be unseen, holy moly! Und weißt du, dass es da noch andere Räume gibt?"
„Ja!" Ich amüsiere mich königlich! „Von Vati alles gehört, in der Pisskiste gibt's Sekt und Kaviar, nur das Beste von der Karte, Vati hat kein Blatt vor den Mund genommen.", suhle ich in wohligem Ekel, platze raus mit:
„Lass pladdern!"
Lach!
„Scheiß die Wand an!", exklamiert Praktikant.
„Ja, wenn es nur die Wand wäre!"
„Dem Laden kann ein Shitstorm nichts anhaben.", liefert Praktikant nach.
Wir kichern wie zwei Teenagmädels.
„Deshalb ist der Müller so beschissen!"
Hehe.
    Gelb und braun das sind die Farben,
        woran kannst in der Kist' dich laben!
„Und wie riecht das in der Kiste?", will ich angewidert wissen. Oops, pups!
„Keine Ahnung, du, war ja die ganze Zeit mit dem durchträngten Parfümteufel unterwegs, also demnach: nach Boss Homme!"
„Nice, nice!", lobe ich die Schlagfertigkeit. „War wahrscheinlich besser so, also, vom Olfaktorischen her. Aber dass der Laden Lüzifer gehört, davon wusste ich noch nichts. Woher weißt du das?"
„Er hat mir da alles stolz gezeigt, wie im Loch neulich. Wir sind dann hinten noch in so eine Art Büro, da hat er Zeug aus einem Tresor geholt und da war son Typ, der hat ihn auch Boss genannt. Dann hat er mich die ganze Zeit vollgeschwafelt, mit seinen komischen Wörtern da, Benchmark, Stepstone, Tagcloud, der hat keine Ahnung, was das ist und so. Mein Gott, der hat son Quatsch gelabert!"
„Wir sollten uns echt Bullshit-Bingo-Zettel drucken.", warf ich ein.
„Ich hab ihm dann beim Tragen von irgendwelchen Boxen voller Papierkram helfen müssen, keine Ahnung, ist mir auch egal, solange ich am Ende

meinen Wisch bekomme, um endlich diese Umschulung zu machen.", sagt er gedrängt.

„Wozu brauchst du eigentlich eine Umschulung? Als Kellner oder so kannst du doch überall jobben."

Praktikant hält mir seine Hände vor die Nase.

„Oops, stimmt ja."

Pi mal Daumen ohne Daumen
ist nur Pi mal kannst-mir-glauben

„Aber mit so einer offiziellen Fortbildung in der Gastro oder Hotellerie, mit einer Note und so, das sieht das dann schon anders aus." Zuversicht dringt aus seiner Stimme.

„Verstehe."

Ich hoffe für ihn, dass das alles klappt! Ich drücke ihm die Daumen, wo er sich das ja nicht mehr selber machen kann. Das Daumendrücken, nicht was du schon wieder denkst. Wir beschatten weiterhin Mme Pompadour, die sich nun für eine Höhle entschieden zu haben scheint.

„Sag mal, was hast du mit der schwarzen Farbe gemacht?", fragte mich Praktikant nach einer Weile.

„Die schwarze Farbe! Die hatte ich ganz vergessen. Was für'n Tag man. Komm!", sage ich und klopfe ihm auf die Schulter, während ich mich auf der wobbeligen Matratze unbeholfen hochstemme.

„Ich zeig's dir!"

Wir gehen zum Zimmerchen, das tue ich zum ersten Mal seitdem ich es am vermeintlichen Verwaltertage geschlossen hatte. Ich hielt es verschlossen, denn ich wollte dem alten Herrn Arndt seine Ruhe gönnen. Das ist jetzt sein Zimmer, wir haben Zimmer getauscht, Zimmerchen gegen Zimmer. Er ist jetzt der, der weniger Platz benötigt. Er ist der, der weniger Miete zahlt – bis gar keine. Er ist nach wie vor ein stiller Untermieter, fällt nicht durch Gesprächigkeit auf. So wenig wir auch sprachen, lernte ich doch aus beiden Gesprächen. Wer weiß, was er mir sonst noch alles verraten hätte, hätten wir mehr Zeit gehabt. Es ist gut möglich, dass ich Zimmerchen so belasse, weil ich mich noch nicht von ihm verabschieden möchte. Er verschwand zu plötzlich, konnte nicht Abschied sagen, keine gute Reise wünschen. Das ist ein Unterschied zu den anderen Toten, die ich bisher kennenlernte – sage bewusst kennenlernen, denn die konnte ich sehen, anfassen, schlaff, kalt, starr, schaler Geruch, dem Auge nah, der Haptik fern, fremdes Vertrautes, vertrautes Fremdes, konnte ihren Tod im wahrsten Sinne des Wortes be-greifen, da kam mein kleines Spatzenhirn mit. Kleiner Vogel lernt, was der Tod ist. Es ist etwas Reales. Bei dem alten Herrn Arndt war der Tod unsichtbar, schlich sich hinter meinen Rücken ins Haus, berührte Herrn Arndt mit eisiger Hand, stahl ihn mir, nahm ihn und hinterließ mir nur die leere Wohnung. Konnte den Tod nicht sehen, nur seine Auswirkung. Die Lücke, die er riss. Die Lücke füllt das Zimmerchen. Lieber die Tür zulassen. Ich lege meine Hand auf das Türblatt, halte einen Moment inne, fühle, lege die andere Hand auf die Klinke, sammle Mut und öffne die Tür. Ganz geht sie nicht auf, ob des Krempeltetris, trete zur Seite, um Praktikant durch die Öffnung lugen zu lassen. Das würde Gang-Gabi gefallen!

„Was ist das?", sein Kopf im Zimmerchen.

„Das ist der Krempel vom alten Herrn Arndt, der hier vorher wohnte, vielmehr bei dem ich vorher wohnte. Bis er gestorben ist."

„Der vom Namensschild, kapiere. Der ist tot?"

„Ja. Als der tot war, kam die Tochter hier an und hat ein paar Sachen abgegriffen und den ganzen Krempel hier dagelassen.",

Wir gucken durch den Durchlass auf die Hinterlassenschaft.

„Weißt du, das Zeug hier, das wollte sie nicht haben, aber ihm hat es was bedeutet und jetzt ist es hier zusammengepfercht. Das ist alles, was von ihm noch da ist. Das ist das meiste, was von ihm noch da ist. Die hat mir Geld gegeben, damit ich das wegschmeiße, aber das fühlt sich inzwischen wie ein Sakrileg an, wie Grabschändung. Ich weiß, das ergibt keinen Sinn, von der Logik her ist mir das klar, aber von den Gefühlen her habe ich den Eindruck, dass ich ihn im Stich lassen würde. Oder verraten würde. Irgendwie so."

Herrlich, dass man beim Praktikanten einfach drauf los brabbeln kann.

„Hm. Ich glaube, ich kann das nachvollziehen.", sagt Praktikant nachdenklich. „Wie gut kanntest du ihn?"

„Eigentlich gar nicht, wir lebten hier so nebeneinander, der hat nicht viel geredet, weißt du. Gar nicht lange, nur ein paar Wochen irgendwie. Umso gemeiner käme es mir vor, wenn ich jetzt das Zeug wegschaffe, als würde ich ihn gar nicht kennen wollen, als würde ich ihn verdrängen wollen.", versuche ich zu erklären.

„Du hast gesagt, du nimmst die Farbe mit, weil du was vergessen willst. Was ist es?"

Jetzt fragt er doch nach, aber jetzt ist der richtige Zeitpunkt, jetzt bin ich reif über die Antwort nachzudenken, mich ihr zu stellen, mir gegenüber ehrlich zu sein.

„Ja, das habe ich glaube ich falsch formuliert."

Ich durchforsche meine Innereien nach der treffenden Beschreibung.

„Es ist nicht so sehr vergessen sondern eher abschließen, ich will es zu

Ende bringen. Damit ich weitermachen kann. Und er auch irgendwie. Oh man, klingt das kitschig. Voll der Eso-Scheiß!"

Peinlich, peinlich.

Praktikant bleibt ernst, nickt.

„Das macht Sinn.", stimmt er zu.

„Das *ergibt Sinn*, es heißt *ergibt* Sinn, auf Deutsch.", kann ich nicht unterlassen zu verbessern.

„Echt?!"

„Echt. Macht Sinn kommt aus dem Englischen, makes sense. Auf Deutsch *ergibt* es Sinn." Oberlehrer lässt grüßen, Strebervogel, so macht man sich Freunde.

„Aha.", Praktikants Blick sagt: „Alles klar, Alter..."

Dann schmunzelt er belustigt: „Bisschen zwanghaft, oder?"

„Ja, sorry!", lache verlegen, „Ist sone Macke von mir. Besserwisserei, ein Hobby, das Dir Freunde macht!"

„Nenne Deine Macken nicht Macken, nenne sie Special Effects.", sagt er grinsend, „Dann geht's dir gleich viel besser!"

Ich verarbeite seine Aussage.

„Ja! Klingt echt besser!"

Special Effect, herrlich, bin begeistert! Dieser Vogel kommt mit Special Effect Besserwisserei, my superpower Klugscheißeritis. Ist es ein Vogel, ist es ein Flugzeug? Nein, es ist neunmalkluger Naseweismann!

„Und was jetzt mit der Farbe?", unterbricht er meine Superheldenkarriere und kommt somit auf den Punkt zurück.

„Damit will ich die Tür anmalen, dann ist alles dahinter versteckt, in einem schwarzen Loch verschwunden, für niemanden erreichbar, kann in Frieden ruhen und ich habe dafür gesorgt. Dann kann ich weitermachen. Hoffe ich."

„Hm. Klingt fair. Ist auf jeden Fall einen Versuch wert."

„Dachte ich auch."

„Fangen wir an?", fragt er und klatscht betriebsam in die daumenlosen Hände.

Wir streichen die Tür, mit nur einem Pinsel und wenig Platz wird es eine ziemliche Sauerei, eine lustige Sauerei, wie Kinder, die mit Fingerfarben spielen und dabei noch nicht von vermeintlichen Konsequenzen versaut sind, keine Angst vor schmutzigen Fingernägeln, unter denen die Farbe nicht mehr rausgeht, keine Angst vor Flecken auf den Anziehsachen, keine Angst vor Kleckern auf den Fußboden, die Angst vor meckernden Müttern ausgeblendet, leben im Moment, Erfahrungen machen, zum ersten Mal. Ich will auch im Moment leben und Herrn Arndt in der Zeit leben lassen, die seine war, bis sie zu Ende war. Meine ist nicht zu Ende, noch nicht. Ich will unsere Zeiten trennen, sie haben sich berührt, aber nur für einen gewissen Zeitraum, jetzt ist seine versiegt oder fließt in einer anderen Dimension weiter, eine, die ich von hier aus nicht erahnen kann, und meine fließt hier weiter, meine Raumzeit ist noch nicht zu Ende, nicht solange ich es nicht beschließe, wie die Egozentrikerin von oben und das möchte ich momentan nicht. Ich gebe dem alten Herrn Arndt Frieden und möchte mir Frieden geben. Das Auge fällt auf die neugeschaffene schwarze Fläche, kein Punkt um anzusetzen, nicht fündig geworden wandert es weiter, in eine Dimension, die sichtbar ist, spürbar ist, begreifbar ist. In einen Hier-Raum und eine Jetzt-Zeit. Praktikant hat sich gegen Ende zurückgezogen aus unserem schwarzen Gemenge, sich hinten im Flur auf den Boden rutschen lassen, lehnt lässig an der Wand, schaut mir zu und lässt mich meinen Gedanken nachhängen. Ich streiche das letzte Stückchen weiße Tür in Loch-Schwarz, ziehe den Pinsel zurück und trete einen Schritt nach hinten.

„Nicht schlecht, oder?", tue ich meine Zufriedenheit kund.

„Was meinst du, ich kann nichts sehen.", witzelt er.

„Ich weiß auch schon gar nicht mehr, was ich meinte, als wären meine Gedanken in einem schwarzen Loch verschwunden.", mache ich weiter.

Wir betrachten das schwarze Loch. Und es fühlt sich gut an.

„Gut.", sage ich.

„Gut.", konstatiert er zufrieden.

Immer noch auf die nicht mehr vorhandene Zimmerchentür blickend, stelle ich die einzig vernünftige Folgefrage:

„Nudeln?"

„Aber so was von!"

Arbeit macht hungrig!

Wir sitzen im Corleone, auf meinem neuen Stammplatz und Praktikant beäugt entsetzt und fasziniert die Vitrine mit der Nudelgondel, die genau auf dem Platz steht, auf dem ich früher zu sitzen gewohnt war. Jetzt versperrt dieses Ungetüm mein exakte y-Achse, so dass ich immer etwas schief sitze, eine schiefe Achse, Asymmetrie, zwischen warmer und kalter Küche, mein Koordinatensystem ist verschoben, was wird dann daraus, wenn der Raum sich krümmt, die Schwerkraft sich anders konzentriert, ein Schwanken, unter meinen Füßen, ich kann es förmlich spüren.

„Ein Kunstwerk, oder?", breche ich seine Starre mit Sarkasmus.

„Ein Wahnsinn!", stöhnt er respektvoll und vermag immer noch nicht seinen Blick von dem Objekt abzuwenden.

Das Ding ist auch wahrlich, äh, bemerkenswert. Eine venezianische Gondel, fast einen halben Meter lang, gebastelt aus trockenen Nudeln verschiedener Sorten, da hat eine dicke Mmamma lange für kleben müssen. Oder gibt es trockene-Nudel-Klebe-Künstler? Mit Sicherheit, wenn es so etwas wie Foodfotografen gibt, die aus unverdaulichen Materialien wie Motoröl und Styropor Lebensmittel nachstellen, dann gibt es auch Nudelmodellageure, die aus Lebensmitteln unverdauliche Gegenstände nachstellen. Ein Meister dieser Zunft hat dieses Gebilde erstellt, wahrscheinlich made in China, kleine, knotige Kinderfinger, von Klebe verpappt, wie Roboter nach ungekochten Fussili und Farfalle greifend, ohne sich zu trauen eine davon in ihre hungrige Mäuler zu stopfen. Mit diffizilen Transportmanövern in alle Welt verschifft, gondeln die Hartnudelskulpturen jetzt in Glaskästen von Italienischen Restaurants in aller Welt. Und eine davon auf meiner y-Achse. Zu meinem Unglauben erntet die Gondel bei jedem meiner Besuche zahlreiche Ahhs und Ohhs von künstlerisch minderbemittelten Gästen. Praktikant, wie zu erwarten, reagierte in der einzig akzeptablen Form, mit einem Schauder, Grauen und Horror, wie es in früheren Zeiten Besuchern von Kuriositätenkabinetts gegangen sein muss, die in Ethanol eingelegte Embryonen siamesischer Zwillinge oder die Frau ohne Unterleib begafften. Oder heutzutage den Bären Roman, halb Mann, halb Ursus.

„Und ich dachte, dein Badezimmer sei das Schlimmste hier im Haus.", konstatierte Praktikant.

„Tja, weit gefehlt, mein naiver Freund!"

Mein Aliendarm hatte ihm schon einen Schrecken eingejagt, als wir versuchten unsere schwarzen Hände zumindest rudimentär von Farbe zu reinigen. Kichernd stapelten wir uns im Bad vor dem Winzwaschbecken und ich erläuterte ihm die von mir geprägten, wissenschaftlichen Bezeichnungen dieser Räumlichkeit. Ein Weiser trägt sein Wissen weiter. Während wir fettige Pizza und fettige Nudeln in uns futtern, erzähle ich Praktikant vom Pizza Kotze, seinen Spezialitäten, dem einmaligen Duft, der hier im Corleone dagegen einfach nur abstinkt, es riecht frisch und nach Tomaten und Käse und so, wie ordinär, und Kotzes ungeplantem Ende.

„Du bist ja hart!", bewertet er mein Anschwärz-Schreiben.

„Ja, schon klar, hab nie gesagt, dass ich ein Engel bin." Hab ich nich, bin ich nich.

„Muss ja nicht gleich ein Engel sein, aber du hättest den Typen wenigstens erstmal direkt ansprechen können.", meinte er sachlich.

„Ich weiß, man. Ich bin manchmal echt eine Lusche, immer schön hinten rum, auch nicht viel besser als der Tuntenmüller." Feige Sau.

„Aber in der Situation war es das, was ich tun konnte. Ich war echt am Arsch. Bin, bin meistens noch am Arsch. Muss sagen, dass ich mich erst gestern zum ersten Mal wieder wohl gefühlt. Nach langer Zeit wieder glücklich, einen Hauch davon, wie ein zartes Parfum. Und dann die Pumpgun."

Ich ahme das Schießen mit einer solchen nach.

„Ich wollte dich damit nicht dumm anmachen, ich weiß, wie hart das Leben sein kann, hab davon immerhin schon fast das Doppelte von Dir auf dem Buckel."

Während er sprach, bewunderte ich, wie er es zustande brachte ohne Daumen so behände das Besteck zu handhaben, wickel, wickel, Nudeln rein, wickel, wickel, wie ein Profi.

Ohne Daumen drehst die Nudel
Drehste schneller hastn Strudel

„Du hast das eigentlich voll richtig gemacht. Meine Erkenntnis ist, nur du kannst dich um dich kümmern, deshalb musst du für dich sorgen und deine Grenzen abstecken. Wenn das das höchste der Gefühle war, was du da hingekriegt hast, dann ist das voll korrekt. Ich dachte damals nach dem Unfall mein Leben wäre zu Ende, ich weiß, klingt dramatisch, da leben andere mit ganz anderen Sachen, aber für mich war das erst einmal das Ende, ich konnte nichts mehr machen, nichts mehr anfassen, nichts mehr halten, meine Hände waren auch voll verbunden, konnte mir nicht den Arsch abwischen, keinen Computer oder auch nur ein Buch selber bedienen, kein Telefon tippen, nicht schreiben, kam mir total hilflos vor, wie ein Krüppel, unerträglich! Ich dachte echt, ich bring mich jetzt um, was soll ich denn überhaupt noch, an Partnerschaft oder Arbeit gar nicht zu denken. Hab mich da voll reingesteigert, wollte nichts von anderen hören, die wussten ja eh nicht, wie es mir geht und so, alle abgelehnt." Wickel, wickel. „Aber da musste ich durch man, du kannst nicht stark werden, wenn du nicht über deine Grenzen gehst, oder gestoßen wirst. Ich habe da viel über mich gelernt, danach, als ich wieder denken konnte, weißt, was ich mein? Erst dann konnte ich weitermachen, konstruktiv mein ich, habe mir alles beigebracht, essen, schreiben, Knöpfe zumachen, ohne Daumen und so und es ging, irgendwie geht ja alles. Außer Daumen drücken."

Wir grinsen.

Ich schweige erst einmal, versuche zu verarbeiten, was er mir erzählt hat. Versuche es mir vorzustellen, wo er durchgegangen ist. Und dass er mich verstehen kann, dass er das okay findet, was ich gemacht habe, mein feiges, faules Verhalten, obwohl er ja nun viel mehr durchgemacht hat.

Könnte es in Ordnung sein, dass ich so gehandelt habe? In meiner eigenen, kleinen Welt? Wäre es auch in Ordnung, mich deswegen nicht mehr selber fertig zu machen? Es für mich abzuhaken? Oder gar akzeptieren? Kann ich so buddhistisch sein?

„Ist vielleicht eine dumme Frage, aber, nach dem ganzen Zeug heute, mit Dinge beenden und so, hast du dich von deinen Daumen verabschiedet? So irgendwie physisch mein ich."

Entschuldige diese Yogi-Tee-Frage, aber interessiert mich gerade wirklich.

„Weiß was du meinst. Hat mir ne Therapeutin auch empfohlen, konnte ich aber nichts mit anfangen, kam mir total albern vor damals, ich sehe ja, dass die Dinger weg sind und ich fühle es, Phantomschmerzen manchmal, vom andere Stern, fucking hell."

Er macht eine Pause.

„Kann sein, dass ich jetzt mehr damit anfangen kann, keine Ahnung. Muss ich mal drüber nachdenken."

Ich mag es, dass er über Sachen nachdenkt. Über echte Sachen, handfeste Sachen, nicht über Suffixe isolierender Sprachen oder sone Hirnwichse.

„Wir haben gerade beide viel zum Nachdenken, stelle ich fest."

„Dann probieren wir doch, es nicht zu ernst zu nehmen. Leben ist hart genug."

„Hast vollkommen recht!" Gut. Merken.

Wir stoßen an!

Da durchfährt ihn ein Ideenblitz!

„Lass uns ein Code-Wort ausdenken, weißte, wie beim SM, frage nicht, woher ich sowas weiß."

Lachen.

„Wenn einer von uns zu viel nachdenkt oder sonst wie abspackt, dann knallt der andere ihm das Passwort vor den Latz, das heißt dann ‚Hey Alter, reiß dich gefälligst zusammen, du hast schon so viel geschafft, da wirst du das auch noch schaffen!'."

„Dass SM so nützlich im Alltag sein kann, hatte ich nicht gedacht!", erkenne ich an. „Natürlich bin ich dabei!" Geheimcode, Bruderschaft, wer kann da widerstehen?!

„Beim SM?" Dummdreist der Praktikant!

„Beim Codewort.", erkläre ich betont langsam, „Eines nach dem anderen.", und zwinkere ihm zu.

Wir brainstormen nach einem Codewort, es muss neutral sein, nichts mit in-der-Scheiße-stecken, selten verwendet wäre gut, damit man es nicht irgendwann mal in echt braucht und es gar nicht so meint. Und lustig würde auch nicht schaden. Ok, Parameter definiert. Ich leihe mir vom beflissenen Kellner mit dem Namensschild: Ciao, il mio nome Luca einen Kugelschreiber und notiere passable Vorschläge auf der Serviette. Nudelgondel ist einer davon, aber zu negativ belegt entscheiden wir. Die Top 3 sind: Schaumkeks, Heiermann, Bratkartoffelverhältnis.

„Was ist ein Schaumkeks eigentlich?", fragt Praktikant mich dann.

„Ein Negerkuss."

Ja, so nenne ich das noch, nenne das Kind beim Namen, im vollen Bewusstsein trotzig und politisch inkorrekt, man kann es doch echt auch übertreiben, schmiert euch eure schokoladenüberzogenen Schaumküsse sonst wohin!

„Ha, einleuchtend! Ich bin für Schaumkeks!"

Entschieden, Schaumkeks der Lebensretter, die Ohrfeige zum Besinnen, der Reboot-Button, süß und klebrig. Und notfalls machste ein Gute-Laune-Brötchen draus, langweiliges Brötchen, Negerkuss in die Mitte, batsch, lecker!

Mit einem Lächeln klettere ich nach einem gemeinsamen Ramazotti (yuck!) die Treppe zum alten Namensschild hoch, Pizza natürlich wieder in Münzgeld gezahlt, wirkt immer praktisch arm, mich haut keiner an, der mich abzählen sieht, naja, bin ich ja auch, werde von keinen Nachbarn abgepasst, suche in meiner Wohnung nach Mme Pompadur, lege mich auf den Boden neben sie und streichele eine ganze Zeit lang das kleine Köpfchen. Ruhe. Zart. Das Leben ist unsagbar in seinen Facetten. Bringt die irrsten Kreaturen zutage. Werden locker 100 Jahre alt, solche Schildkröten, können vom Rücken kaum aufstehen, können nicht schwimmen, sind langsam, werden trotzdem 100 Jahre alt. Wie schaffen die das? Ich will keine 100 Jahre alt werden. Denke, ich halte es da eher mit der Qualität, als mit der Quantität. Anders als bei Pizza. Ich packe die Schildkrötenfutterschalen vom Flohmarktladen aus, spüle sie im Bad aus, mein Blick fällt auf den Spiegel und mich überkommt eine Idee. Ich hole die Farbdose, stupse den angetrockneten Pinsel rein und mal einen faserigen Balken über die Augen im Spiegel. Ruhe.

Atme durch.

Fülle Wasser für die Schildkröte ein. Farbdose und Pinsel landen im Müll. Brauche keine weiteren Schwarzen Löcher, jetzt habe ich einen Schaumkeks.

Vor dem Schlafengehen hole ich noch das Schifferklavier aus seiner Box, lasse meine Finger über die Tasten gleiten, klickere sanft über die Bassknöpfe, schnalle mir die Kiste um. Balg auf, verheißungsvolles Knistern, Balg zu. Ich spiele, aus der Erinnerung, Schlaf Kindchen Schlaf. Der Zauber der Musik ertönt. Der Zauber des Gespräches schweigt. Diesmal kommt keiner zum Unterhalten. Nur Rußland rumort gleichgültig vor sich hin. Ich beschließe mir Noten zu besorgen.

Mitten in der Nacht, für andere Menschen eine Tageszeit, zu der man das Haus zwecks Arbeit verlassen muss, werde ich durch den Natalie-Wecker geweckt, der gerufene Wecker, weißte, von vorhin mal. Ein merkwürdiger Name? Das versteht sich so: Im Haus gegenüber oder so, wohnt ein armes, armes Mädchen namens Natalie, mit einer scheinend sehr, sehr unglücklichen Mutter (ich habe sie einmal gesehen, kein Wunder, dass sie unglücklich ist), die, sobald beide das Haus verlassen, damit Natalie von Muttern mit dem Auto zur Schule gekarrt werden kann, anfängt ihre arme, arme Tochter anzuschreien, egal, was. Natalie, komm' her! Natalie, bleib stehen! Natalie, lass das! Natalie, nicht in die Pfütze! Natalie, nicht auf den Schnee! Natalie, beeil' Dich! Natalie, dies nicht, Natalie, das nicht! Arme, arme Natalie kann es ihrer sehr, sehr unglücklichen Mutter überhaupt nicht recht machen. Natalie, atme nicht! Der Höhepunkt war mal: Natalie, jetzt wachen deinetwegen wieder alle auf! Das ist auch der Beweis, dass sich schon anderer ob des frühmorgendlichen Gemotzes beschwert haben, doch die sehr, sehr unglückliche Mutter scheint auch sehr, sehr dumm zu sein. Wegen der armen, armen Natalie wacht bestimmt niemand auf, die ist nämlich leise wie ein Floh, da musst du dir schon an die eigene sehr, sehr hässliche Nase fassen, dämliche Natalie-Mutter! Das ist mein Natalie-Wecker.
Wackele aufs Klo, hole einen Tetrapack Milch aus Rußland, der dankt es mir mit einem bösartigen Knurren, andere haben einen Wachhund, ich habe Rußland, da traut sich keiner nahe ran, Vorsicht, bissiger Fridge, irgendwann wird er mir die Hand abbeißen, froh mit allen Gliedmaßen heil davongekommen zu sein plumpse ich wieder ins Bett.

KAPITEL 12

Bis zum Frühstück war genug Milcheis abgetaut, um mein Müsli zu vermatschen. Dann wurde sie wieder in den Gulag geschickt, gemeingefährliches Raunzen. Für den eigentlich obligatorischen Müsli-Abschluss-Milch-Schluck aus der Tüte war leider nichts mehr verflüssigt. Bisschen trocken im Abgang, hängt kugelig im Hals, mit einem Bouquet von Hafer, aber mit Rußland ist halt nicht zu spaßen, der nimmt seinen Job ernst, Ice Bucket Challenge ist nichts dagegen.
    Bitter frierts in Rußlands Eis
    Das hier ist der kalte Scheiß!
Mme Pompadur serviere ich Karottenstückchen und im Hinterhof gepflückten Löwenzahn. Schildkröten Fakt 3: Schildkröten sollten keinen Salat und keine Gurken zu essen bekommen. Besser: Löwenzahn, Klee, Brennnessel. Wer hätte das wieder gedacht?! Sehr hilfreich die Nachhilfeliteratur. Mme Pomp mochte den von mir vorher servierten Salat, haps, haps, haps kleine Zunge, ist dem Tierchen allerdings nicht zuträglich, steht da geschrieben, würde ein Alien einen Menschen als Haustier halten, bekämen wir wohl nie Schokolade, Schnaps oder Windbeutel, alles lecker, schmackofatz, freilich nicht gesund.
    Lecker ist was dich verklebt
    Stirbst zwar früher, doch hast gelebt
Ich beschließe auch noch eine Pflanze namens Golliwoog zu besorgen, Tierhandlung, bekömmliches Grün. Hätte ich den Namen nicht in einem seriösen Fachbuch gelesen, hätte ich gedacht, mich verarscht jemand, Golliwoog aus Hollywood!
    Im Bad stehe ich eine ganze Weile vor dem Zensurbalken auf dem Spiegel. Das hätte mir man früher einfallen sollen! Oder auch nicht, wer weiß, wo ich dann heute wäre. Vielleicht oben mit Frau Nachbarin tot in der Badewanne. Fuck, was denk ich jetzt schon wieder. Stop! Äh, Schaumkeks! Ich muss hier raus.
    Der Vogel verlässt seinen Nistkasten. Oha, jemand hat beim Fahrrad den Sattel mitgehen lassen. Das wird jetzt entweder eine schmerzhafte

Erfahrung im schwarzen Loch, ein wahres Vergnügen für Nacktarsch-Theo, Mr. Garrison, tiefgründige anale Stimulation, oder ein echt gutes Oberschenkeltraining. Wie war das mit Vogel Strauß. Harten, Garten, los! Ich fühlte mich wie Edward Norton in Fight Club, „Ich rannte, bis meine Muskeln brannten und durch meine Venen Batteriesäure schoss. Then I ran some more!", leider bin ich keine toughe Sau, kein Chuck Norris, kein Brad Pitt, kein Tyler Durden. Ich muss dreimal eine Pause einlegen und meine Beine ausschütteln, passend zur Misere versteckt sich die Sonne hämisch kichernd hinter den Wolken, Rücken strecken, ahhh. Strauß hat noch viel zu tun. Bin eher ein Flamingo, mit langen, dürren Beinen, muscles not found. Altenheim found. Der Bau hat nicht an Charme gewonnen. Ein paar Menschen, alte Menschen, sitzen auf metallenen Gitterstühlen oder rollenden Metallstühlen vor dem Eingang, ein junger Mann in weißer Kleidung steht an der Seite, raucht und wischt auf seinem Handy rum.

Ich schiebe das Rad zu einigen anderen, fitteren Fahrrädern in den Fahrradständer. Vorteil: Sattelmangel erhöht die Standortverweildauer exponentiell. Plan: Rezeption, Guten Tag, Station 4, weiter weiß ich auch nicht. Bin selber etwas erstaunt, dass ich hier bin, weiß nicht genau, was ich hier will, nur mal gucken, dem alten Herrn Weiß Guten Tag sagen, ob alles gut ist. Ob ich das überhaupt darf? Hab keine Ahnung von Besuchsregeln in Altenheimen. In Krankenhäusern gibt es feste Zeiten. Und in US-Serien dürfen nur Familienangehörige rein. Ob die meinen Ausweis sehen wollen? Ach Quatsch, letztes Mal waren sie auch alles andere als kontrollsüchtig. Das alles geht mir durch den Kopf, bis ich die verlassene Rezeption erreiche. Schild: Bin gleich wieder da. Hm. Ich gucke mich dumm um. Zwei Omas schleichen ihren Rollatoren hinterher. Eine mickrige Pflanze giert nach Licht. Ein Opa sitzt schlafend in einem Stuhl, der spärlich behaare Kopf weit nach hinten gefallen, der spärlich bezahnte Mund weit nach unten gefallen, das nach oben gerutschte Hemd mit spärlichen Kaffeeflecken garniert. Wie der Bär Roman wohl im Alter aussieht, Platte oben, Pelz unten, ein Bär mit Fleischmütze, kann sich die Rückenhaare hochkämmen, ergibt ein 1a Art Garfunkel Toupet. Kein Bock zu Stehen. Nicht bestellt und trotzdem nicht abgeholt. Aufzug. Vergessen, dass der ja auch fast steht, traurig aber wahr. Kurz nach Neujahr treffe ich auf dem Gang von Station 4 ein. Charme und Geruch von Bahnhofsklo und alter Schule, heute keine Erbsensuppe. Eine alte Frau wackelt dürftig an einer Seite entlang, hangelt sich von Handlauf zu Handlauf. Eine andere treibt ihren Rollstuhl mit winzigen Trippelschrittchen in meine Richtung. Weiter hinten verlässt eine Schwester ein Zimmer und verschwindet sofort wieder zwei Zimmer weiter hinten. Es riecht doch etwas nach abgestandenem Essen, überlagert mit Pisse, sorry, ist aber so, leicht, aber konstant. Ich glaube nicht, dass dieser Geruch jemals wieder aus dem Gebäude zu entfernen wäre. Da hilft nur Abreißen, drüber betonieren, neu bauen. Oder einen Sarkophag drum gießen, wie beim Elefantenfuß in Tschernobyl. Ich höre Schreie, gedämpft, hinter einer Tür, kann es nicht verstehen, weiß gar nicht, ob man es verstehen kann oder ob es nur noch Laute sind, vergessene Worte. Erinnerungen an Worte. Eine Niemandssprache.

```
Wir hören Dich schreien,
die Seele brüllen,
können nichts befreien,
können nichts erfüllen.
```

Langsam gehe ich den Gang entlang, meine Schritte leise auf dem Plastikboden. Die Trippeldame guckt aus ihrem Stuhl hoch zu mir, sie ist klein und unglaublich dürr, ein eingefallenes Gesicht, ähnlich wie die Affen in Planet der Affen, spärliche graue Haare, roter Lippenstift. „Guten Tag.", krächzt sie, lächelt nicht, schaut mich durch dicke Brillengläser an, als sei ich eine seltene Attraktion. Bin ich wohl. Hier brauchste kein Nacktarsch, Bär oder Kugeltitte zu sein, um Aufmerksamkeit zu bekommen.

„Können Sie mir sagen, wie ich hier zum Bus komme?", fragt sie mich in einem höflichen Satz.

„Zum Bus? Äh, welchen Bus meinen Sie?" Mein Hirn versucht schon den öffentlichen Nahverkehrsplan aufzurufen.

„Welchen Bus, welchen Bus, Sie wollen mir auch nichts sagen, Sie sind wie die anderen, niemand will mir hier helfen!", beleidigt trippelt sie weiter, meckernd. „Niemand hilft mir, Sie auch nicht, Sie brauchen gar nicht so zu tun, alle gleich, diese Kanaille."

So entfernt sie sich langsam weiter, mit der Luft zankend. Hab ich was falsch gemacht? Was hätte ich denn machen sollen. Meine Frage war doch gerechtfertigt, oder? Aber Kanaille, welch ein altertümliches Schimpfwort, weiß gar nicht genau, was das heißt, muss ich mal nachgucken, aber auf jeden Fall in den aktiven Wortschatz einverleiben. Ich gehe weiter, überhole die Handlauf-Oma, sie erschrickt, als ich ausweichend an ihr vorbeigehe. „Entschuldigung.", nuschele ich. Sie blickt nur verschreckt.

Ich erreiche einen größeren Raum, anscheinend der Aufenthaltsraum, gleicher Bodenbelag, zwei darbende Pflanzen, eine blühende, aus staubigem Plastik, ungefähr 15 alte Leute, die in Roll- oder Normalstühlen herumsitzen, ebenso darbend, ebenso staubig, manche wach, andere schlafend, manche schaukelnd, andere tönend. Vor ihnen stehen rote Plastikbecher mit Flüssigkeiten drin. Eine spielt mit einem leeren Becher, eine kleine Lache auf der Tischplatte vor ihr. Manche haben eine Art Papierlätzchen um, um Brei oder Sabber aufzufangen. Bäuerchen. Alle dämmern vor sich hin, „Wie menschliches Gemüse.", flüstere ich leise mit mir. Krass, krasser Anblick. So etwas hab ich noch nie gesehen. Ein Achievement von dem ich gar nicht wusste, dass es das gibt.

„Kann ich Ihnen helfen?", überrascht mich eine junge Schwester in Weiß mit ausländischem Dialekt, die neben einer dösigen Oma sitzt und ihr einen Plastikbecher mit Trinkschnabel an die Lippen hält.

„Äh ja, ich, ich bin gekommen, um Herrn Weiß zu besuchen, also zu fragen, ob es ihm gut geht, ich habe ihn neulich draußen aufgegabelt und...", Punkt.

„Ach, Sie sind das, habe schon gehört. Herr Weiß ist in sein Zimmer, liegt in Bett, ist bisschen schwach. Ist Zimmer Nummer...", sie denkt, ihr Zeigefinger zählt unsichtbare Zimmer ab, „...412 oder 414. Name steht an die Tür."

Sie zeigt in eine Richtung, sage danke und mache mich auf den Weg. Extrem, noch nie gesehen. Meine Großeltern leben beziehungsweise lebten zuhause, in kleinen, miefigen Rentnerwohnungen, mit alten Stereoanlagen, an nach Kohl stinkenden Treppenhäusern. Ich komme mir ein bisschen vor wie Praktikant in der Pisskiste, Entsetzen gepaart mit Unglauben, beklommen, neugierig, fremd. Der Geruch müsste auch ähnlich sein, abzüglich Boss-Parfum. Heilige Scheiße, da willste echt nicht alt werden! Soll ich wieder gehen? Nun weiß ich ja, wie es ihm geht, nicht so gut, aber, aber er lebt, liegt im Bett, Schwestern kümmern sich. Schwestern mit dickerem Fell als mein Federkleid. Menschen, die sowas können, die alte Leute können, Elend können, Gemüse können. Mich kennt hier ja keiner, kann doch einfach abhauen. Aber wenn ich jetzt wieder gehe, wie sieht denn das aus, wie ein undankbares Arschloch, wie die Egomanin von über mir, wie die feige Sau, die ich bin. Bin ich die? Will ich die sein? Jenseits der Komfortzone. Ich übertrete sie, meine Grenze, die nur ich abstecken kann. Schwellenangst im Schwellenland. Ich übertrete die Schwelle.

Der alte Herr Weiß, Norbert Weiß, wie das Namensschild weiß, liegt in einem Bett beim Fenster. An der Tür ist noch ein zweites Bett, laut informativem Namensschild jenes von Ferdinand Lettmann, leer, frisch bezogen, ein Pyjama ordentlich am Fußende gefaltet. Im Zimmer kämpfen die Luftarmeen Urin gegen Frisch, Frisch erhält zum Glück laufend Verstärkung durch das gekippte Fenster. Ob Urins Truppen verstärkt werden, weiß ich nicht. Naja, bestimmt. Haben die eigentlich Windeln an? Pampers Rentner-Dry, Premium Protection auch für die Generation Erster Weltkrieg. Ich trete an das Bett von Herrn Weiß. Der sieht irgendwie ganz anders aus, eingefallen. Er starrt an die Decke, blinzelt, starrt. Okay Vogel, reiß dich zusammen, jetzt biste hier, jetzt mach was draus, sei nicht so ein Weichei, der wird dich schon nicht fressen. Hat ja nicht mal Zähne drin, deshalb sieht der so eingefallen aus, Blitzmerker. Rußland Müsli mit ohne Milch wäre hier nicht so angebracht. Ich nehme ein paar Rollstuhlteile oder sonstiges Terminatorgestänge von einem Stuhl, ziehe ihn ans Bett heran, setze mich neben den eingefallenen Kopf.

„Hallo, Herr Weiß!", sage ich laut. „Wie geht es Ihnen?"

Er dreht seinen Kopf, schaut mich an, die Augen fokussieren langsam, stellen mich scharf. Hoffe ich. Ich wiederhole meine Frage.

„Ja.", sagt er. Brüchige Stimme.

Hm, immerhin positiv eingestellt.

„Ja! Ja, das ist gut. Freut mich, dass es Ihnen gut geht. Immer schön positiv bleiben! Wir müssen ja sowieso denken, warum dann nicht gleich positiv, nicht wahr? Freut mich, dass Sie Ihren kleinen Ausflug gut überstanden haben! Sie sind ein tougher Kerl, gelt? Ha, war ich heute auch schon, wissen Sie, mir hat jemand den Sattel vom Fahrrad geklaut, sind Sie mal ohne Sattel gefahren? Holla die Waldfee, ich kann Ihnen sagen, lange halte ich das nicht aus."

Herrje, was rede ich denn hier? Laber, laber, das interessiert den doch nicht, der weiß doch gar nicht mehr, wie Fahrradfahren geht, obwohl, es heißt ja, das verlernt man nie, ob das stimmt?

„Können Sie Fahrradfahren, Herr Weiß?", gleich mal überprüfen.

Keine Antwort.

Ich greife seine Hand, drücke leicht, sein Handrücken ist kalt, die Finger noch kälter, ich nehme meine andere Hand dazu, mache eine Sandwich mit seiner kalten Flosse als Belag, will wärmen, wärme ein frierendes Küken, nehme es unter meine Fittiche, ich bin Vogel, die Glucke, brüte die Eier unter meinem Körper, ganz natürlich, dafür bin ich gemacht, die Glucke stellt keine Fragen, macht nur ihren Job, folgt der Natur, ganz natürlich, natürlich, selbstverständlich, friedlich, das ist meins, der Vogel wärmt.

„Können Sie Fahrradfahren, Herr Weiß?", frage ich noch einmal.

„Ja.", antwortet er.

Habe ehrlich gesagt nichts anderes erwartet. Ob er wirklich fahren kann?

Oder eher konnte? Ist das wichtig? Nein. Es ist nur wichtig, was jetzt ist, was hier ist. Er und ich.

„Ja, prima! Toll! Ich habe kein Auto, nur ein Fahrrad, wissen Sie, eigentlich ist es auch gar nicht meins."

Und ich erläutere ihm das Konzept von das Rad. Und schwafele von meinen Touren zur Bücherei, zum Schwarzen Loch, etwas geschönt diese Episode, FSJ 18-59. Ich erzähle von Mme Pompadour und welche Fakten ich über Schildkröten gelernt habe. Fasele einfach so drauf los, bla bla hier, bla bla da, Frage hier, Ja, Frage da, Ja, kalte Hand wird wärmer, gebe heiße Pizza Hitze weiter, die Energie Italiens, Sonne, Amore, la Dolce Vita!

„Du machst das echt gut.", sagt eine Stimme hinter mir.

Ich drehe mich brüsk um, habe keine Lust mehr auf Stimmen von hinter mir, bin da ein frisch gebranntes Kind, ein Grillhähnchen, verkohlte Schowanni-Pizza, können die Leute mir nicht ins Gesicht sehen, wenn sie was von mir wollen, von hinten in den Rücken ist ohne Ehre, so kam auch Siegfried ums Leben und der war immerhin Drachentöter. Ah, es ist die Schwester von neulich, die Fleischereifrau.

„Ah, hallo.", sage ich lahm. „Stehst du da schon lange?", ihr Duzen aufgreifend, aber es klingt wohl etwas launischer, als ich es beabsichtigt hatte.

„Ja, entschuldige, ist eigentlich nicht meine Art, aber Belinda hat mir gesagt, dass du hier bist und da wollte ich nicht stören. Du machst das echt gut, ehrlich!", und bietet ein versöhnliches Lächeln.

„Ja, ich entschuldige mich, wollte nicht pampig klingen, hab mich nur erschrocken. Hab das nicht gerne von hinten."

Ich versuche auch ein Lächeln. Vielleicht sollte ich das mal vor dem Spiegel üben. Der Mund ist ja noch sichtbar über der Darmzotte.

„Ok, wischen wir beide mit dem Schwamm drüber. Neustart: Wie heißt Du?"

Sie kommt mir entgegen, streckt ihre Hand aus.

„Vogel. Freut mich."Wir schütteln die Hände. Ihre ist heiß, meine von Herrn Weißes Hand etwas runtergekühlt.

„Vogel? Äh, ist das dein Vor-... oder Nachname?", begriffliche Verwirrung.

„Vogel, einfach nur Vogel, das ist mein Spitzname."

„Freut mich Vogel! Willkommen in unserem liebenswürdigen Irrenhaus. Ich bin Britta."

KAPITEL 13

Abends. Vogel und sein Praktikant im sizilianischen Mafiosirestaurant, selbes Setting wie am Abend zuvor.

„Ist das dein Stammplatz, oder was?"

Erklärung der y-Achse, warme Küche unter Tage, tiefergelegt.

„Aber wenn schon einen schiefen Achsen Tisch, warum dann genau den hier neben der Tür, wo man auch noch dem Gondelmonstrum so nahe ist?", bemängelt er meine Platzwahl.

„Damit ich schneller wieder draußen bin. Immer einen Fluchtweg frei halten, in Fahrtrichtung parken, wer bremst verliert, allzeit bereit, verstehst du?"

Praktikant nickt zufrieden. „Das *ergibt* Sinn!", grinst er mich an.

Ich zeige ihm einen hochgereckten Daumen, top!

In dem Moment tritt Ciao, il mio nome Giuseppe an den Tisch, begrüßt uns in filmreifen Italienisch und händigt jedem von uns zusätzlich zum laminierten oversize Menü ein lachsfarbenes Din-A4 Blatt aus, sichtlich etwas aus dem Konzept gebracht ob meines Begleiters Daumenlosigkeit.

„Signori!", sammelt er sich, „Wir haben jetzt auch Gluäten freie unde vegane Speisen für unsere werten Gäste!", postuliert er stolz und deutet auf die fischigen Zettel.

Wir glotzen mit großen Augen erst ihn, dann die Papiere in unseren Händen an.

„Haben alle Allergene markiertä und Signori können alle Pasta als Sojapasta bestellenä undä ganz neu: Pizza Tofu Pomodoro!", wirbt er weiter.

„Wollen Sie uns loswerden, oder was?", fährt Praktikant ihn an, Augenbrauen zornig zusammengezogen, Lachszettel auf den Tisch klatschend.

„Sagen Sie uns doch einfach, dass wir gehen sollen!"

„Wasä? Scusi Signori! Sie haben miche nicht verstanden, ich habe Ihnen..."

Praktikant unterbricht:

„Ich habe Sie ganz genau verstanden!"
Er greift den veganen Lachszettel wieder auf und wedelt agitiert damit herum.
„Gluten frei! Vegan! Äh Soja, Tofu! Was ist denn aus dem guten alten Weißmehl geworden, Kohlenhydrate, Vollei!"
„Si si Signore können natürlich auch alles wie immerä bestellen!", versucht mio nome Giuseppe ihn zu besänftigen.
„Das will ich aber auch hoffen!", beendet Praktikant mit etwas gespielter, etwas noch aufrichtiger Entrüstung und verkneift sich ein Grinsen.
„Si si!", sagt der arme mio nome Giuseppe und entzieht vorsichtig seine Gluten Zettel unseren indignierten Fingern.
„Einmal Pizza Salami, einmal Spaghetti Carbonara. Zwei Spezi.", ordere ich ruhig und reiche ihm die nicht benötigte Riesenkarte zurück.
„Si si, prego, subito!", floskelt der Ober und macht sich dankbar vom Acker.
„Hipster-Laden.", werte ich abfällig.
Praktikant: „Vegan, krieg'sch Plaque! Ich halte es da klar mit Krieger, kennste die? Sone Band, live waren sie super, das Album ist etwas zu brav abgemischt. Jedenfalls, die singen *Ich bin stolz kein Vegetarier zu sein*. Das ist doch mal ein Motto ganz nach meinem Geschmack! Hehe!"
Vertauschte Rollen, ich lerne vom Praktikanten, nützliche Zitate, weise Worte weiser Weiser, man lernt nie aus. Beschließe mir die Krieger mal anzuhören. Kürzlich beschlossene Beschlüsse: Nicht umbringen, Noten besorgen, Golliwoog für Pompadour, Krieger hören. Kürzlich versprochene Versprechen: Bald wieder ins Altenheim kommen. Das habe ich dem alten Herrn Weiß versprochen. Und Britta.
Wir haben uns am Bett von Herrn Weiß noch lange unterhalten. Eigentlich war es gar nicht lange gewesen. Fühlte sich aber so an. Ich habe das Gefühl in der kurzen, langen Zeit viel über sie und von ihr erfahren zu haben, fasse zusammen: examinierte Altenpflegerin, so heißt das offiziell, seit über 5 Jahren im Haus, hier auf der Station sind ausnahmslos hochgradig Demente, oha, gebürtige Hamburgerin, „Hamburger Deern mitm Regenscheerm" wie sie sagt, sie backt gerne, „Für meinen Käsekuche bräuchte ich einen Waffenschein!", kauft Klamotten bei Ebay, passt nicht immer, aber Schnäppchen, mag Nelken und Toffifee, lacht über The Big Bang Theory. Ein Sammelsurium an Wissensschnipseln, Konfetti der Vorlieben, so viel hatte außer Praktikant niemand in den letzten Monaten mit mir gesprochen. Nicht aufdringlich, ganz zwanglos, nonchalant, ungekünstelt, pure Puzzelstücke eines Charakters, locker, offen, fühlte

mich zunehmend gelöster, sie schien ehrlicher, als die Leute, die ich in der Uni kennengelernt hatte, die reden alle, denken, kümmern sich um Menschenrechte in Nepal, diskutieren über Gender, unterschreiben Postkarten an den Bundestagsabgeordneten des Monats, ich fühlte aber wenig Menschliches, oder Authentisches, es schien mir abgehoben, das verstehe ich erst jetzt, ich dachte, das wäre die Welt, die Wahrheit, so müsste man sein, das wäre wichtig, darum geht es im Leben, das wäre sich engagieren. Mag sein, dass es das ist, dass es das *auch* ist. Aber die Atmosphäre im St. Leonhard, das ist, wie es auch ist, die alten Leute da, die sind, wie es auch ist und Britta, die ist, wie es auch ist. Das ist auch Leben. Arndt Leben. Weiß Leben. Unser aller Leben. Paralleluniversum. Es gibt so viel und alles ist gleichzeitig, wie soll man das verstehen? Ich habe von Britta auch mehr über Herrn Weiß erfahren, 83 Jahre, mein Tipp mit 80 war also nicht schlecht, seit 3 Jahren hier, war Technischer Zeichner, musste zu Ende des Krieges noch dienen, hat nie erzählt, was er da erlebt hat, der Teenagerkrieger, Soldat für das Deutsche Vaterland, ein Land, das er nicht mal 15 Jahre kannte, gegen Länder, die er nie gesehen hatte, von denen er nur im Krieg gehört hatte, ohne Schule, alle tot, Witwer, zwei Töchter, die eigentlich nie kommen, hat sie früher geschlagen, haben sie erzählt. Heute ist er hochgradig dement und kann nicht mal selbst auf Toilette gehen.

„Umso erstaunlicher, dass er neulich bis auf die Straße gekommen ist!", sagte sie.

Kann sich kaum noch verständigen, am ersten Tag habe ich so ziemlich sein ganzes Vokabular kennengelernt, die Dinge, die in sein Hirn eingebrannt sind, Branding, Brandnarben, Brandbomben, die die Demenz noch nicht hat ausradieren können. Als er ins Heim kam, einzog, wie Britta sagte, konnte er noch mehr sagen, hat etwas erzählt, von früher und sich gemeldet, wenn ihm etwas nicht passte. Heute sagt er meistens „Ja". Keiner weiß, ob er Ja meint. Bitter. Ja. Obwohl, mit etwas Abstand betrachtet, wie viele Jas hören oder geben wir untertags, die nicht so gemeint sind. Scheinheilige Heuchlerwelt. Würde mich da gerne ausnehmen, ja, klar.

    Sag ja, mein nein
    Ja ja, du Schwein!

„Versprich mir, dass du bald wiederkommst. Er würde sich freuen.", sagte Britta am Schluss.

„Meinst du? Kriegt er das mit?", frage ich und blicke unsicher auf Herrn Weiß, der an die Decke starrt.

„Wissen tun wir das nicht. Ich glaube schon. Ist aber auf jeden Fall einen Versuch wert, findest du nicht? Falsch kann es nicht sein."
Wer kann da Nein sagen. Bestechende Logik.
Praktikant ist schwer beeindruckt, dass ich da wieder hin bin und meint nach meiner Erzählung feixend: „Hat Papageno da etwa eine Papagena gefunden?!"
„Der Vogelfänger bin ich ja, stets lustig, heißa hoppsasa. Von Papagenos Lebensfreude könnte ich mir auf jeden Fall eine Scheibe abschneiden!"
Eventuell sollte ich vom Vogel zum Vogelfänger umschulen, gut gelaunt, mit Weibchen, aber auch ein bisschen ein Spack. Ich glaube ich bleibe lieber ein flatternder, tschilpender Vogel. Flieger, grüß mir die Sonne! Heute lieber kein Ramazotti. Kleingeld aus den Taschen, Tschüß, Tschüß, Nacht, Nacht, hast du einen Fahrradsattel übrig, ich guck mal im Keller, wäre cool, alles klar, bis Freitag dann, lass dich von Lüzifer nicht unterkriegen, ich doch nicht, Nacht, Nacht.
Ich wende mich zum Hauseingang, Büchereikaufhoftüte in der Hand und stutze. Ein neues Graffito, aber keines von den schönen Streetartkunstwerken, künstlerisch und originell, dieses ist eine Schmiererei, schwarzer Schriftzug
  Fuck Gentrefizierung!
mit Rechtschreibfehler, lernt doch erst einmal Schreiben, ihr Rebellen, traurig, traurig. Und das hier! In der alten Arbeitergegend, was soll denn hier gentrifiziert worden sein, das Kotze? Könnte meiner Meinung nach das Viertel sogar ganz gut gebrauchen, hier und da. Alles verändert sich. Menschen wachsen, werden älter, Vorlieben verändern sich. Städte wachsen, werden älter, Bewohner verändern sich. Der Lauf der Zeit. Die Zeit kann niemand aufhalten, es kann nur jeder das draus machen, was er für das beste hält. Fuck Gentrifizierung ist Fuck Fortschritt. Fuck Fortschritt ist Fuck Leben. Leben ist Veränderung. Veränderung ist das einzig konstante im Universum und so. Abgeschmackt, aber wahr.
Darüber sinnierend steige ich die Treppen hoch, immer zwei Stufen auf einmal, Tür auf, Tür zu, wat nu. Klopf, klopf, leise an der Tür, auf dem Absatz umgedreht, Tür auf, hau drauf. Frau Lebensmüde.
„Was!"
Eine angemessene Begrüßung in meinen Augen.
„Ja, du hast recht wütend zu sein.", sagt sie leise, „Und deshalb möchte ich mich entschuldigen."
Blick auf den Boden.

Blick in meine Augen, Reimchen aufgesagt:
„Es tut mir leid, was ich gesagt habe. Ich entschuldige mich dafür und werde dich nicht wieder damit belästigen."
Blick auf Boden.
„Ok.", sage ich angepisst. Entschuldige, dass ich dir in die Eier getreten habe. Entschuldige, dass ich dir ins Bein geschossen habe. Entschuldige, dass ich dich in Brand gesteckt habe. Ist jetzt alles wieder gut? äffe ich sie im Geiste nach. Das war ja echt gemein von mir, aber jetzt ist ja alles wieder gut, ich sage ja, dass es mir leid tut. Auch dafür habe ich Sprüchlein gelernt, ich bin voll von auswendig gelernten Sprüchlein, für jede Situation das passende Sprüchlein, so sprüchel ich mich durchs Leben. Dir geht es schlecht? Trost-Sprüchlein. Ich baue Scheiße? Entschuldigungs-Sprüchlein. Ich will mich umbringen? Verbrenn meine Leiche-Sprüchlein. Wenn doch alles im Leben so einfach wäre. Nur für Vorstandsvorsitzende scheint das Leben so leicht zu sein, tut mir leid, ich musste 5000 Leute entlassen und habe den Laden trotzdem gegen die Wand gefahren, ach als Entschuldigungspflaster bekomme ich eine halbe Million, das ist nur fair. Andererseits ist Frau Selbstmord Nachbarin keine Vorstandsvorsitzende. Soweit ich weiß. Sie ist ein normaler Mensch. Ein Mensch am Abgrund. Da tritt man um sich. Kenn ich.
Ich atme tief durch.
Ich atme noch einmal tief durch.
Wir sagen alle mal Sachen, die wir nicht meinen. Oder nicht durchdacht haben. Erst Hirn dann Mund. Da sollte ich nicht mit Steinen werfen. Obwohl bei ihr, in diesem Falle, alles sehr durchdacht gewesen war, wer etwas auswendig lernt, muss sich das vorher überlegt haben. In ihrer eigenen, kleinen, verqueren Welt war das wohl durchdacht. In ihrer Welt kann sie nur sich sehen. Eine Welt voller Spiegel, ich, ich, ich. Malkovic malkovic. Malcovic? Nur man selber kann sich um sich kümmern, hat Praktikant gesagt und der kennt sich doppelt so sehr aus im Leben, wie ich. Im Rahmen der Evolution hat sie richtig gehandelt. Im Rahmen der Entscheidungsfreiheit. Im Rahmen der Selbstbestimmung. Im Rahmen des freien Willens. Wieso hat dieser Pseudo-Gott uns den freien Willen gegeben, aber verbietet uns so viel, ist doch Bullshit. Ok, sie hat ihr Bestes getan. Fiel ihr bestimmt nicht leicht, sich zu entschuldigen. Ich sollte nicht nachtragend sein. Tiefer Atemzug.
Will auch nicht nachtragend sein. Ich will kein nachtragender Mensch sein. Besser geht's nicht? Ich habe zwar niemanden, in den ich ver-

liebt bin, aber ich möchte trotzdem ein besserer Mensch werden. Gerne hätte ich die Erkenntnis installiert, dass starke Menschen verzeihen, aber intelligente Menschen einfach ignorieren. Das sagt sich so leicht, weiser Facebook-Spruch. Mein System scheint noch nicht bereit zu sein für dieses Update. Ich lauf noch unter Windows 98. Tja, mal wieder abgelost, old school Vogel. Technisch bin ich ein 3. Welt Land. Zeit für ein Software-Update!

„Ok.", wiederhole ich, schlucke runter, „Entschuldigung angenommen."
Sie nickt stumm, blickt unsicher auf den Türstock.
Ich würde die Tür gerne wieder zumachen, aber sie steht jetzt so dicht davor. Immer mitten in die Fresse. Nein. Ich sollte noch was sagen.
„Dann willst du dich nicht mehr umbringen?", platzt es aus mir heraus. Oh Vogel, ja, verurteile du jene, die erst sprechen, dann denken, du König der Blinden, Held der Hypokriten, Fettnäpfchen Hüpfburg, Smalltalk from hell, bravourös gemeistert.
„Doch.", entgegnete sie mit fester Stimme. „Das werde ich. Aber ich werde dich nicht mehr nach etwas bitten."
So ist das also.
„Dann hast du also nichts mehr dagegen, als Leiche vor dich hinzuwesen." Wenn ich schon scheiße angefangen habe, kann ich auch scheiße weitermachen. Bye bye besserer Mensch.
„Doch. Natürlich. Aber im Grunde kann es mir ja egal sein. Ich bin ja tot."
„Stimmt. Nur ich muss dann mit dem Gestank leben."
    Moder' Leiche und verwese,
    wie ein alter Schimmelkäse!
„Ich ziehe dich da nicht mehr mit hinein.", verteidigte sie sich.
„Nein stimmt, wie rücksichtsvoll von dir." Sarkasmus trieft.
Wir sehen uns einen stechenden Augenblick in die Augen.
„Wie wäre es damit,", schlage ich einen nicht durchdachten Vorschlag vor, Hirn warum verlässt du mich, „ich mache es, wenn du mir versprichst, dich noch auf ein letztes Abenteuer einzulassen."
Was? Was rede ich denn da?! Shut up, bunghole! Reden ist Silber, Schweigen ist Gold.
„Wie kommst du darauf, dass ich Interesse an Abenteuern habe? Das Leben ist mir schon Abenteuer genug.", motzt sie.
Wir gucken uns an. Puh, das ging noch mal gut!
„Dann nicht.", & „In Ordnung.", sagen wir gleichzeitig.
Pause.
„Wirklich?", frage ich. Soll ich lachen oder weinen?

„Ja, wenn du es machst."
Es.
Kann ich jetzt noch einen Rückzieher machen?
„Ja.", sagt die abspenstige Hirnpartition. Na, vielen Dank, Verräter, in den eigenen Reihen! Auch Du mein Sohn Brutus!
„Und was für ein Abenteuer soll das sein?"
Nachbarin guckt misstrauisch. Mit Recht, möchte ich anmerken, denn mich würde das auch interessieren.
„Äh, ähm, ..."
Ich sehe mich wild um, versuche mir etwas aus den Fingern zu saugen.
„Das Abenteuer..., das Abenteuer...", stammele ich, um Zeit zu gewinnen, mein Blick radart herum, Flur, schwarzes Loch, Telefon, Tür, Boden, Flur, Treppe, Tür, Schlüssel, Schlüsselbrett, Schlüssel!
„Das Abenteuer ist, zu erkunden, wo dieser Schlüssel hinführt, das Geheimnis seines Ortes zu entschlüsseln, sozusagen!", und ich hielt triumphierend einen dicklichen Schlüssel an einem blauverwaschenen Wollfaden in die Höhe, der bis eben noch am Schlüsselbrett-Schlüssel gehangen hatte.
„Der Schlüssel führt", sagte sie mit gelangweilten Gesicht und dreht den fitzeligen Papierstreifen um, der um den Wollfaden geklebt ist, „in den Keller."
Kugelschreiber, ausgeblichen, Druckbuchstaben.
„Ja, äh, ja klar!", rede ich mich schnell raus. „Das weiß ich doch."
Alles klar, sehr glaubhaft.
„Aber wir wissen nicht, was uns dort unten erwartet!", möglichst geheimnisvolle Stimme.
„Oh, jetzt sind wir schon zwei Abenteurer! Eine Expedition in den Keller, sattelt die Pferde!", möglichst sarkastische Stimme aus flapsiger Nachbarin.
„Du hast Ja gesagt.", erinnere ich sie. Hat sie?
„Ja, das habe ich."
Hat sie wohl. Sie gibt klein bei.
„Heute ist es zu spät. Lass uns das morgen machen."
Treppenabpasserin guckt mich intensiv an.
„So eine Abenteuerreise will wohl vorbereitet sein. Wirst ja wohl noch einen Tag warten können."
„Das kann ich.", sagt sie ruhig. Und müde.
„Dann bis morgen."
„Bis morgen.", Nachbarin dreht sich, geht die Treppe hoch.

Türzone ist frei zum Schließen. Bitte den Sicherheitsstreifen frei halten.
„Hey!", rufe ich hinterher. „Wie heißt du eigentlich?"
Namenlose Nachbarin taucht am Treppenabsatz auf. „Ist das wichtig?"
„Ich bin Vogel."
„Mein Name hat nichts mit mir zu tun. Der wurde mir aufgeklebt."
„Macht nichts. Ich bin ja auch nur Vogel, auch aufgeklebt. Nehme auch fake Namen. Ich bin ein Chatroom. Als Expeditionsgefährten brauche ich einen Namen für dich."
Das ist ja wohl nicht zu viel verlangt.
„Alexandra. Witte."
„Gut." Nicke. „Dann bis morgen, Alexandra." Sachlich.
Nickt. Dreht sich um, geht hoch.
Sich mit suizidalen Menschen zu umgeben, ist nicht gerade das Beste in meiner persönlichen Verfassung. Denke ich.

> Ich bin ein Tölpel, gar ein Narr
> verabred' mich zur Gefahr

Oder ich merke daran, dass es mir gar nicht *so* schlecht geht, dass andere noch viel mieser drauf sind. Es gibt also Pro und Contra. Pari. 1:1 unentschieden. Ab in die Verlängerung.

Zurück in meinem Flur rümpfe ich angewidert die Nase, schnupper, schnupper. Nase an Hirn: Hier stinkt's. Hirn an Nase: Woher? Nase an Hirn: Moment! Schnupper schnupper Richtung Bad. Nein. Schnupper schnupper Schwarzes Loch? Nein. Da können nicht mal Duftstoffe entkommen. Schnupper schnupper Richtung Zimmer und noch bevor ich es Rußland in die Schuhe schieben konnte, erhalte ich die visuelle Bestätigung. Mme Pompadour ist ihrem zweiwochendauernden Darmbedürfnissen nachgekommen und hat den Boden vollgekackt. Und ist dann durchgelaufen, wenn ich die Bremsspur richtig deute. Spuren. Nestbeschmutzer. Es bringt freilich ein interessantes Bewegungsmuster zutage, kaum bin ich mal ausm Haus tanzt die Kröte auf dem Tisch! Gut, dass sie da in echt nicht hochkommt. Äh, gut, dass ich in echt keinen habe... Oder ist das Ganze ein gewiefter Rorschach-Test von Mme Pompafreud? Führt Experimente mit mir durch, tja, was sehe ich, poppende people, mordende Monster, oder einfach nur meinen inneren Stadtplan, chaotisch, wirr, voller Sackgassen. Fakt ist: Da hat das Vögelchen wohl nicht richtig mitgedacht, ist ja klar, dass Mme mal machen muss. Mit dem lila Darmwaschlappen schrubbele ich die Hinterlassenschaften vom altersschwachen Parkett und dann vom bepanzerten Bäuchlein der französischen Dame. Dabei erkläre ich ihr, dass so ein Verhalten allerdings nicht sehr damenhaft ist. Schildkröten Fakt 4: Wenn Schildkröten pissen, sieht das Ergebnis in etwa aus, wie ein pochiertes Ei. Klingt komisch, ist aber so! Pisskiste für Landschildkröten ist pochierte Eiersuppe. Guten Appetit! Um solch eine Sauerei in Zukunft zu vermeiden, sind ja schließlich nicht in der Pisskiste, wenn auch ein Schwarzes Loch gleich nebenan ist und Mme ebenso wie Theo gern mit nacktem Arsch herumläuft, bastele ich eine Schildkröten Pampers, Material: Tempotaschentuch, Leukoplast. Man klebe Tempo am Panzer oben fest, hinten rum, man klebe Tempo am Panzer unten fest. Dabei genug Platz für die Schwanzfreiheit lassen, sonst gibt's Rückstau. Fertig. Mal sehen, als wie praktikabel sich diese unpatentierte Windel erweisen wird. Das Leukoplast ist circa von 1960, wenn ich mir die Rolle so angucke, wellig, fransig, etwas Grünspan, und ebenso wie eine fast leere Tube Dentagard, ein bac frisch-deo, eine rissige Altemännerseife und ein Hornkamm vom alten Herrn Arndt auf der Badablage zurückgelassen worden. Ein Reptil, Ihr Parkett und ich danken Ihnen, Herr Arndt! Auch für den Waschlappen. Ich lasse Mme mit ihrer frischen Binde abdampfen, haute couture, steht ihr, tut was für ihre Figur, sehr schmeichelhaft. Ich bewundere sie übrigens dafür, dass sie sich weder vom Schwarzen Loch, noch vom ewigen, krachenden Eise beeindrucken lässt. Das mag das Geheimnis des Schildkröten Überlebens sein, Gelassenheit, Bear necessitiy, Balou machts vor! Ob Roman der Bär auch was davon hat?

In der Bücherei habe ich tatsächlich ein Liederbuch mit Akkordeonnoten aufgetrieben, ein Lernbuch für Kinder, das ich nun ausprobieren werde, sollte mein Niveau sein. Als ich es auf dem Klo in aller Lilaness durchblätterte, entdeckte ich den Terminus „Wechselbass", und musste kichern, Wechselbalg, Odo, DS9, weißt schon, hehe, hat ja auch ein Balg, meine Quetschkiste, ist demnach eine außerirdische Lebensform, daher vielleicht die bezaubernde Wirkung auf den alten Herrn Arndt, fügt sich damit bestens auch in diese Alien-Wohnung ein. Also das Instrument trägt fortan offiziell den Namen Odo, allein diese kreative Namensgebung macht die Spielkunst nicht leichter, aller Anfang ist schwer, kein Meister Himmel und so. Gut, dass Vogel-Hänschen das Hänschen Klein schon mal gelernt hatte, da bestehen dann noch Chancen für Vogel-Hans.

    Es brummt der Bass, es bläst der Balg
    Das löst aus jedem Ohr den Talg!

Doch zuvor will ich noch kurz eine spontane Idee verwirklichen. Hänschen Klein summend krame ich die Dose mit dem Rest schwarzer Farbe aus der Mülltüte (eine vom Asso-Markt), der Pinsel ist unterdes zu einer steinharten klingonischen Stichwaffe getrocknet, zum Töten geeignet, zum Streichen mitnichten und verlasse mit schwarzer Schmierdose kriegslüstern noch mal die Wohnung, singe die Treppen runter, in die weite Welt hinein. Fortan lesen Passanten, Rebellen und Penner unter dem Schriftzug

    Fuck Gentrefizierung!

    Fuck Ottographie!

Dafür hat sich der schwarze Finger gelohnt. Ein bisschen Intellektualität in die Welt bringen. Wieso sind Menschen eigentlich immer mit ihrem Aussehen unzufrieden, aber nie mit ihrem Hirn?

KAPITEL 14

Manchmal habe ich den Eindruck, meine Entscheidungen treffen sich heimlich ohne mich. Schmieden Komplotte. Im konspirativen Haus. So geschehen gestern bei der Abenteuerverabredung mit Suizid-Alex. Mitgefangen, mitgehangen. Also, nicht beim Suizid, nur beim Abenteuer. Ich beschließe, es mir so amüsant wie möglich zu machen, sonst muss Praktikant noch in Schaumkeks Aktion treten. Und ich beschließe, mir nicht ans Bein zu binden, Alexandra retten zu wollen. Sie ist verantwortlich für sich, ich für mich. Außerdem habe ich mal gelesen, wenn Leute darüber reden, dass sie sich umbringen wollen, dann meinen sie es nicht ernst. Ehrlich gesagt halte ich das für totalen Quatsch! Aber wer weiß. Zumindest sind wir beide erwachsene Menschen. Von Größe und Alter her wenigstens, Reife möchte ich nicht bewerten, ist bei mir gerade in progress, das ist immerhin schon mal ein Anfang, frag' mich also später noch mal. Jetzt lasse ich erst einmal die Sonne rein, in meine Wohnung, dank nächtlicher Lüftung ist der Krötenkackgestank entfleucht, und in mein Gemüt. Anzahl der items auf beschlossener Beschlussliste: -1 (Noten), +2 (s. oben, Spaß, kein Bein-Binder). Ich stelle mich vor den Zensurspiegel und lächle mich an. Ha, das sieht sogar lustig aus, muss ich nicht einmal künstlich grinsen! Porno-Dieter hat gut lachen, die billige Brigitte wartet schon in der Pisskiste auf seine gelben Dienste, da blättern wir in der Speisekarte gleich mal zum flüssigen Teil. Porno-Dieter möchte für unsere Reportage unerkannt bleiben, also zensieren wir seine Augen und nicht seinen Schwanz, der steckt gleich eh im schwarzen Loch. Lolling Lüzifer reibt sich derweil die Hände, wenn er mit der schwarzen Pisskasse zum schwarzen Loch stolziert. Das fängt ja schon mal gut an, Vogel! Phantasie ist am Start, bischn dirty, aber wird ja zensiert.

Alexandra Witte klopft. Kann nur sie sein. Oder sollte doch noch ein Verwalter mein Paradies entweihen? Ich spähe wachsam durch den Türspion und öffne postwendend, in bester Anrdt Manier, begeistert die Tür. Hätte ihr gerne gleich eine gefüllte Wasserflasche gereicht, denn wer weiß, wann wir wieder eine Oase erreichen, aber ich habe keine Wasserflaschen, habe ein 0,5-Liter-Glas aus dem Flohmarktladen, mit Limo-Werbung drauf, 50 Cent. Ungeeignet für eine Reise ins Ungewisse, 20.000 Meilen unter dem Meer, graben wir uns vor auf der Reise zum Mittelpunkt der Erde. Jules Verne wäre stolz auf uns!

„Jules Verne wäre stolz auf uns!", schmettere ich ihr hochgemut entgegen.

Sie guckt verwirrt.

Ok, vielleicht zu belesen.

„Egal. Lass uns aufbrechen!"

Ich schnappe den geheimnisumwobenen Schlüssel und wir trotten hintereinander die Treppen hinunter, am Hauseingang vorbei, nach hinten, der Kühle der felsigen Täler entgegen, zur Kellertür. Vor der Zugangstür bleibe ich stehen und gestehe:

„Ich bin noch nie hier im Keller gewesen."

„Für wen soll das jetzt ein Abenteuer sein, für dich oder für mich?" Die Begeisterung spricht aus jeder ihrer Silben. Nicht.

Sie tritt vor, zückt ihr Schlüsselbund und öffnet die Metalltür.

„Sesam öffne dich!", spreche ich die Zauberformel.

Mit einem sarkastischen Lächeln lässt sie mir den Vortritt. Mir schlägt ein staubiger Muff entgegen, muffelnder Muff, nach Fäulnis, nach Moder. (Da hätte ich besser meinen Smolarz mitgebracht – Sorry, Insider.) Es riecht kalt und alt. Wie Herr Arndt jetzt.

    Wir steigen ab in dunklen Keller
    Wird dadurch das Gemüt ihr heller?

Vogel Jones entzündet die Fackel, ein antiker, schwarzer Drehschalter, so etwas gibt es heute nur noch bei Manufactum, die Wandlampen dämmern ein fahles Licht von den staubig, ehemals weißen Wänden, und schreitet vorsichtig Stufe für Stufe in die Tiefe des Tempels. Die Sinne geschärft, immer vorbereitet rollenden Steinen, springenden Speeren und Gruben voller Schlangen auszuweichen. Er erreicht eine Weggabelung.

„Links oder rechts?", fragt er die kleine Shorty.

„Keine Ahnung."

Hm.

„Ich dachte, du warst hier schon mal?"

„Ja, aber nur in meinem Abteil, das ist links rum."

Shorty Witte deutet in die Richtung.

„Es gibt hier im Haus ganze drei Wohnungen, das sollten wir also schnell eingrenzen können." Indies Verstand ist messerscharf!

Klein Shorty biegt in den Gang linkerhand, sie scheint es schnell hinter sich bringen zu wollen. Die Forscher schreiten die staubigen Gänge entlang, ihre Schuhe hinterlassen Spuren auf einem Boden, der seit ungeahnten Zeiten von keiner Menschenseele mehr betreten worden war, das Licht spielt Schattenspiele, unsere Schatten spielen begeistert mit, werden von Hubbeln und Gnubbeln in den Mauern gekitzelt, tanzen, weichen aus und verstecken sich in dunklen Ecken.

„Hier ist mein Abteil."
Shorty zeigt auf eine Tür aus Holzlamellen.
Dahinter: Dunkel.
Ich spähe durch die Lamellen.
Nichts.
„Ich kann nichts sehen."
„Ist auch nichts drin.", sagt sie. Trocken. „Ich will kein Gerümpel hinterlassen." Knallhart.
Hm. Ergibt aber Sinn. Auf eine trübsinnige Art.

Ich möchte darüber hinweggehen, sehe mich um, nur eine weitere Tür im Gang, aber die Hieroglyphen der Eingeborenen verraten dem erfahrenen Archäologen, dass dieses eine Falle ist, eine Falle mit dem schaurigen Namen „Heizungsraum". Nur ein Schritt in diese Kammer und ein grausamer Flammentod wäre sicher. Hat Schowanni-Igor dort seine Pizza gebacken? Der Appendix des Ganges wurde als Abstellraum genutzt, unverbrauchtes Baumaterial des Corleone Ausbaus stiefmütterlich abgestellt, Leichtbauplatten, eingetrocknete Farbeimer, Tüten voller bekleckster Abdeckplanen, ein paar Fliesen, Parkettleisten, Schrott und Müll. Vandalen schändeten das Grab des Pharaos, Zeichen westlicher Zivilisation verschandeln die Kultstätte, fehlt nur noch ein „Schowanni war hier" an der Wand.

„Muss in der anderen Richtung sein."
Auch der Verstand der eifrigen Gehilfin ist aufgeweckt!
Wir tapern in die andere Richtung, das dynamische Duo irrt durch die Gänge des Labyrinths des Minotauros.
„Hier, das muss es sein."
Klein Witte hat die Zeichen weise gedeutet, das angenagelte, zerknickte Pappschildchen verrät das Versteck der Grabkammer des Pharaos Arndt. Trübe scheint eine verlassene Glühbirne von der niedrigen Decke auf eine dunkelgrün gestrichene Holztür, die unten mit einem dicken Vorhängeschloss in den Farben rot und Rost versperrt ist, rostrot as it is meant to be. Der Staub kitzelt in meiner Nase, schnaub, als ich durch die Holzlamellen des Abteils linse. Im Dunkeln kann ich noch dunklere Schatten von Objekten ausmachen, ominöse Formen besiedeln die Dunkelkammer, stehen

und harren der Zeiten, die da kommen. Geduldig. Haben keine Eile. Haben von seinem Tod bestimmt noch gar nichts mitbekommen. Leben hier in Frieden, abgeschieden von der Welt. In ihrer kleinen, eigenen Welt. Eine Welt der Ruhe. Des Staubs. Des Vergessens.

„Hier,", rubbel Nase, „ist dein Abenteuer."

Vogel Jones überreicht das uralte Artefakt, von dem sie hoffen, dass es die Grabkammer öffnen möge, an die beflissene Shorty.

Alex fuhrwerkt mit dem Schlüssel an dem Wollbändchen im halsstarrigen Schloss herum. WD40 wäre sicherlich hilfreich gegen Mr. Rost, aber genau so wenig im Haushalt vorhanden, wie eine Wasserflasche. Ich blicke ihr von hinten über die Schulter.

„Ich bin echt ein bisschen aufgeregt.", gestehe ich aus der zweiten Reihe, der Tempel des Todes hat seine Zauberkraft entfaltet.

Nachbarin Alex hält inne, Körper erstarrt. Kopf geht schwerfällig hoch.

Pause.

Was ist jetzt schon wieder los?

„Ich überraschender Weise auch.", sagt sie dann langsam in Richtung Tür, Erstaunen.

Sie dreht mir den Kopf zu. Ein kleines Lächeln huscht über ihre Lippen. Fast ungesehen, wie der Geist des Pharaos.

Geht doch! Den Lauf will ich ausnutzen.

„Vorsicht, wir öffnen das Tor in eine andere Dimension, eine neue Welt, alles Möglich kann dort geschehen, Wurmloch, Stargate, Interstellar…"

„Ich hoffe, ich lande da.", fällt Alexandra Witte mir ins Wort. „In einer neuen Welt, meine ich. In einer Welt, in der die Menschen, wenn sie merken, dass zum Beispiel Atommüll hochgiftig ist, einfach die Finger davon lassen. Oder wenn das Ozonloch entdeckt wird, dass von einen Tag auf den anderen alle schädlichen Dinge eingestellt werden. Wo Tiere nicht leiden müssen und Kriege Vergangenheit sind. Dort will ich landen."

Oha! Oder Mein lieber Herr Gesangsverein, wie mein Vater sagen würde.

> Entdecke mir ne neue Welt,
> weil mir die alte nicht gefällt.

Das ist ja schlimmer, als erwartet. Psycho-Woman. Die hat ja echt ein Rad ab! Hat die zu viel Zeugen Jehovas Broschüren geblättert, mit den stümperhaften Kitschzeichnungen von multikulti Menschen, die Arm in Arm mit Löwe und Lämmlein Weintrauben und Ähren streicheln. Obwohl, wenn ich es recht bedenke, wenn Gläubige erwarten, in einem ewigen Himmelreich auf Wolken sitzend Harfe zu spielen oder als Auserwählte nach dem jüngsten Tag die Erde neu zu besiedeln oder sich durch einen Harem voller

Jungfrauen zu vögeln, ist das auch nichts anderes. Angst ist eine kraftvolle Waffe. Glaube ein kraftvolles Opiat. Es ist einfacher zu glauben, als sein eigenes Leben in die Hand zu nehmen.

„Du glaubst jetzt bestimmt, ich spinne.", sagt Alex an mich gerichtet.

„Nein.", entgegne ich schnell und meine es fast so. Zumindest nicht mehr, als andere Leute. Sie grunzt, etwas zufrieden und macht sich wieder am Rost zu schaffen.

„Ich hab's!"

Sie fummelt das Schloss ab, wirft es auf den Boden. Etwas respektlos meiner Meinung nach, aber ich will jetzt keine Haare spalten. Sie guckt mich fragend an, ich nicke, Shorty lässt die steinerne Geheimtür zur Seite gleiten, rumpelnd entschwindet sie in der Wand der Kultstätte. Das Licht ist erstaunt, da hatte es lange Hausverbot und scheint sich nur zögerlich ins unbekannte Terrain vorzuwagen. Staub tanzt lockend vor ihm her. Hätten eine Taschenlampe mitnehmen sollen. Als ob ich so was habe. Scheiße ohne Smartphone, was Flugsaurier?!

Wir stecken unsere Köpfe rein, stoßen aneinander, nach dir, nach dir, ich gehe rein, keinen Bock auf den Kindergarten der Höflichkeiten. Links steht ein Regal, vor uns ein Stapel von vier Autoreifen, hinten steht ein alter Drahtesel, davor zwei alte Plastikstühle, eine Stehlampe mit zerrissenem Schirm, zwei Umzugskartons, mit Stockflecken, Knicken und Rissen. Wir stehen beide in dem lütten Abteil, gucken uns erst einmal um, warten, dass das Licht sich hereintraut. Kein Nazi-Gold, kein Bernsteinzimmer, keine Schatzgoblins, weder Kuh- noch Ponylevel, kein Ende des Regenbogens, nicht mal ein Glas voll Dreck. Aber immerhin auch keine Leichenteile, abgehackte Transvestitenköpfe in Einmachgläsern, indianische Schrumpfköpfe, kein Tor zur Finsternis, kein Diablo. Ich streife zu den Umzugskartons, klappe den obersten Pappdeckel auf, Staublunge. Die Kiste ist bis obenhin voll, Stoff, Muster, Alex greift rein, zieht etwas raus, eine Damenbluse im Farbspektrum der 70er Jahre.

„Hat er das getragen oder seine Frau?", frage ich.

Alex sagt nichts, wühlt weitere Klamotten ans fahle Licht. Alte Stoffe, alte Muster, alte Farben, älterer Mief.

„Das scheinen alles Frauenklamotten zu sein.", attestiere ich.

Herr Arndt eine Transe? Ein Liebhaber seiner femininen Seite? Keine Ahnung. Vermutlich eher nicht.

„Die sind bestimmt von seiner toten Frau.", meint Alexandra, die tote Frau.

Die Forscher können nur Vermutungen anstellen, zu wenig ist über die

Wurzeln dieses indigenen Volkes bekannt. Wurden diese Textilien für religiöse Zeremonien verwendet? Hatten sie eine bestimmte Bedeutung im Alltag dieser Vormenschen? Für den alten Herrn Arndt bestimmt. Stammen sie von seiner Frau, hat er es nie geschafft, sie wegzugeben. Oder aber vergessen. Wie Herr Weiß. Ob der sich noch an seine Frau erinnern kann? Oder seine Töchter? Oder dass er sie geschlagen hat?

Alexandra Witte stopft die Sachen zurück in die Kiste, klappt die Pappe zu. Ich hebe den Karton zur Seite, auf den Reifenstapel, wir gehen in die Hocke und inspizieren den zweiten Karton aus der Vergangenheit. Klamotten und Schuhe, für Frauen, ein paar Kinderkleider. Kleine Schühchen. Die Frau neben mir zieht die Schühchen vorsichtig an den Schuhbändern heraus, sie baumeln, wie die Plüschwürfel am Rückspiegel eines Ami-Schlittens. Hängen träge in der Luft, wirken aber spielerisch, fröhlich, wie nur Babykleidung es kann, ohne irgendetwas sonst zu tun. Dieses Paar wirkt gleichzeitig, als stamme es aus einer anderen Zeit, tut es ja auch, wie ein längst verklungenes Kinderlachen.

    Klein und zart, für kleine Füße
    schicken sie uns alte Grüße

Man, dass ich mal so einen Schnulz schreiben würde, sorry, ist aber so, was soll ich machen?! Alex betrachtet die baumelnden Schühchen lange, lässt sie kreiseln. In ihrem Gesicht kann ich wenig lesen, zum einen liegt es im Schatten der eh schon arbeitsscheuen Birne, zum anderen scheint es ohnehin nicht vieles ihrer Gedanken nach außen zu transportieren. Wie eine Maske, die viel Erfahrung darin hat, Außen- und Innenpolitik strikt zu trennen, Pokerface, ein Visage-Fassade, potemkinsches Gesicht. Wieso will sie in eine andere Welt reisen, lebt sie nicht schon in ihrer eigenen Welt? Oder tun wir das nicht alle? Vielleicht sucht sie aber nach einer Welt, die andere mit ihr teilen. Hat keine Lust länger allein hinter ihrer Fassade zu leben. Und statt sich zu trauen, die Fassade abzutragen, wählt sie die einfachere Möglichkeit, lässt die Fassade stehen, tötet das Mädchen dahinter. Das Leben ist echt nur für die Harten, survival of the fittest. Bin ich hart genug? Fühle mich nicht sonderlich fit.

Aaahhh, Schaumkeks Vogel, Schaumkeks, Schaumkeks! Ich schaumkekse mich selber, erinnere mich an meine Vorhaben, den beschlossenen Beschluss, ich will es für mich amüsant gestalten, mich nicht runterziehen lassen. Ist das Verdrängen? Ist mir egal, bin ja nun auch kein Dalai Lama. Eher ein lahmer Vogel.
    Spaß, Ulk, Albernheit

rettet mich vor Frustgewalt

„Kannste mitnehmen.", schlage ich ihr vor, nicke auf die Schuhe. Sie pfeffert die Schuhe zurück in den Karton, dreht sich wortlos um, tritt zum Regal.

„Vielen Dank für den Vorschlag, aber nein danke, lieber nicht, scheinen mir etwas zu klein zu sein.", sage ich halb laut und ganz sarkastisch.

Pappe den Karton zu, räume den anderen wieder drauf. Kein Grund, hier Unordnung zu hinterlassen. Sind schließlich nicht unsere Sachen. Wem gehören sie? Niemanden. Gibt es Dinge, die niemanden gehören? Außer Aids-Babies und Hunden an Autobahnraststätten? Schauhauhaumkeks Alter! Gar nicht so leicht mit dem Anti-Verdruss-Beschluss.

Mein Blick fällt auf das angejahrte Fahrrad ganz hinten. Es hat zumindest ein Sattel drauf und damit schon mal einen wichtigen Bestandteil mehr als Rad. Ich kämpfe mich zur Rückwand durch, erlange Blickkontakt zum Objekt der Begierde, zwei Reifen, check, Lenker, check, Klingel, check, klingt wie das Lachen einer Hure, die 90 Jahre ihres Lebens Stange geraucht hat, Gepäckträger, check, sogar Lampen, check, check. Entferne ich den Dunkelfilter im Farbspektrum, bleibt vermutlich ein Froschgrün. Was steht da? Bismarck. Ein Kanzler-Rad! Mit Kanzler-Benamten habe ich in letzter Zeit gute Erfahrungen gemacht! Eiserner Kanzler, eisernes Rad. Unzerstörbar. Wie die Bismarck, naja, fast, zumindest ein Schrecken der Meere, deutsche Ingenieurskunst, Schrecken der Straße! Mühsam rümpele ich das verheißungsvolle Gefährt hinter dem Krempel hervor. Leicht ist anders. Grün, ja. Sehr grün. Grün ist in, Grün ist Öko, going green, veggie style, ganz mein Ding, davon weiß mio nome Giuseppe ein Lied zu singen, am besten das von Krieger, ha! Humor zurück, hoffentlich mit einfacher Fahrkarte. Die Reifen des Kanzlers sind natürlich platt, wie eine Flunder, Ostfriesland, Otto-Witze, meine Titten. Bisschen pumpen, hat Arnie bei seinen Titten schon geholfen, haucht hoffentlich auch Bismarck neues Leben ein. Ich bin enthusiasmiert! Am Ende fand der Forscher doch noch den langerhofften Schatz! Ruhm und Reichtum standen fortan Tür und Tor offen, sein Leben sollte nie mehr dasselbe sein, Wein, Weib und Gesang, Nutten und Drogen, den Rest verprassen, dieser schicksalshafte Tag sollte über alles entscheiden und in die Geschichte der Menschheit eingehen. Ich hieve Bismarck rüber, Richtung Lamellentür, fuck, schwer, hier wäre Arnie mit seinen aufgepumpten Titten hilfreich.

Die Witte hockt am Boden, vor sich einen offenen, alten Koffer, der wohl im Regal gelagert war. Einzelne Fotos. Und Briefe. Ein paar Alben. Ich hocke mich daneben, wische durch das Sammelsurium, schwarz weiß, teilweise mit Riffelrand, damals hat man sich noch Mühe gegeben, nix mit 300 Selfies in drei Stunden, cheese oder lieber duck face, kack Facebook voll, kost ja nix, außer Würde, Ehre, Freunde, Lebenszeit und Hirnzellen. Verknickte Ecken, dunkle kleine Menschen, mit starren Gesichtern in starren Kleidern in starren Posen. Starren uns aus der Vergangenheit an. Starring contest. Wir Lebenden könnten nur durch Verbrennen der Lichtbilder gewinnen. Tote: 1, Lebende: Nuuull. The watching Dead. Wir fischen eine ganze Zeitlang durch die erstarrten Figuren. Ich glaube in den einen oder anderen Zügen den alten Herrn Arndt zu erkennen. Oder einen männlichen Verwandten, was weiß ich denn, ich erkenne ja schon Lebende oft auf Fotos nicht, gut, dass #facebook es für uns Kontaktgeschädigte übernimmt.

„Lass uns den Koffer mit hochnehmen.", schlag' ich vor. „Da haben wir richtiges Licht."

Nachbarin nickt. Glaube, sie hat einen Kloß im Hals. Ich vermeide es, sie weiter anzusprechen, will den Kloß nicht zum Bersten bringen. Ich ertrage es nicht, Menschen weinen zu sehen, schon gar nicht Frauen. Oder Männer.

    Tränen rufen meine Tränen
    Für Mitleid sind sie wie Sirenen

Ich schließe den Koffer, bisschen Gewalt, wird passend gemacht, drücke ihn Nachbarin mit einem festen Blick in die Hand, schiebe sie und Bismarck raus, der schlaff über den Boden flappert. Mr. Rost hänge ich pro Forma zurück an die Tür, wage es jedoch nicht mehr ihn zu schließen, wer weiß, ob er sich jemals wieder öffnen ließe. Parke den Kanzler im Erdgeschoss, to do Luftpumpe besorgen, erklimmen mit unserer Beute die Stufen, Shorty mir voraus, aber kein Arsch zum Auschecken am Start. Ohne Zaudern steigt sie am Namensschild Arndt vorbei, empor in mir unbekannte Höhen, auf zum dritten Stock. Schnell folge ich ihr. Gab zwar keine Einladung, aber immerhin auch keine Ausladung. Ihre Wohnungstür leuchtet gelblich, freundlich irgendwie, Klingelschild Witte, rein, klar, sauber, weiß. Tür öffnet, Alex hastet geradezu hinein, ich ziehe die Handbremse und bleibe überrascht im Eingang stehen. Unterschied zum 2. Stock: ganz anderer Grundriss! Hatte genormte Wände erwartet, y-Achsen-Symmetrie, quadratisch, praktisch gut, wie du mir, so ich dir, kennste einen, kennste alle. Doch nix da. Ist das noch dasselbe Haus? Ist ihre Welt so anders, dass die Wände es aufgesogen haben, sich nach ihr ausrichten? Ich weiß, dass die Wände hier Worte aufsaugen, alles ist möglich, open source, open universe. Hey, Stephen King, das wäre doch Stoff für dich, you are welcome.

„Ich bin erstaunt,", drücke ich mein Erstaunen aus, „dass deine Wohnung

ganz anders geschnitten ist!"
Räuspern. „Sind sie alle." Kratzig. „Alle drei Wohnungen sehen anders aus, war schon in allen, keine Ahnung, was die sich dabei gedacht haben."
Da ist wohl ein Architekt explodiert, kann ich mir verkneifen zu sagen. Denn ich bin nicht nur wegen dieses Unterschiedes perplex, sondern auch wegen einer großen Ähnlichkeit: Es ist ebenso kahl, wie in meinem Reich des less is more. Du denkst, weil ich so wenig Krams habe, herrscht immer Ordnung im Vogelnest. Grundverkehrt, fatalerweise. Die paar Klamotten, Bücher, Tempos, Tüten, Glas und son Zeug können erstaunlich viel Unordnung anrichten, genau, schiebe es aufs Glas Vogel, kann es auch nicht mal auf die Schildkröte schieben, war auch schon vor ihrem Einzug so. Hinterfotziges Zeug. Bei A. W. gibt es keine Unordnung, keine Klamotten, keine Bücher, kein gar nichts. Wenn auch viel cleaner, erinnert es mich in seiner Nicht-Ausstattung an ein besetztes Haus, in dem ich mal in Paris eine Nacht verbracht habe, mon dieu, war das ein Siffloch, arschkalt, nur Dreck und Matratzendreck auf den Böden, leere Bierflaschen, volle Aschenbecher, Stofffetzen als Türen, Gestank nach Pisse, schlimmer als im Altenheim, gestörte, verzogene Köter, verfilzte, verzogene Herrchen, die sich gegenseitig mit ranzigen Sicherheitsnadeln piercten, der Vogel hat ja keine hohen Ansprüche, aber das brauch ich nicht noch mal. Wenn wir mal mehr Zeit haben, erzähle ich dir die ganze Geschichte. Schmuddelig oder gar unrein ist es hier nicht, einfach nur blanko, glatzköpfige Wände, abgefressener Boden, obligatorische Matratze, Möbel Fehlanzeige, Textilien Fehlanzeige, Lesestoff Fehlanzeige, Gemütlichkeit Fehlanzeige. Das schockt mich, erwischt mich wie ein Magenschlag von Rambo, diesen Screenshot werde ich nicht mehr von der Festplatte löschen können, schreibgeschützt, nicht zum Bearbeiten freigegeben, die Offensichtlichkeit ist schonungslos, keine Möglichkeit drum herum zu eiern, unmöglich es zu ignorieren, hier hat sich jemand vorbereitet, auf seinen Abschied. Keine Verwundeten zurücklassen. Hier werden keine Gefangenen gemacht, nur Tote bleiben auf dem Schlachtfeld liegen. Bei mir ist die räumliche Leere historisch gewachsen, hier ist sie künstlich geschaffen, zu einem Zweck, mit Absicht, mit Vorsatz. Keine Impulshandlung. Alexandra Witte ist bereit. Hier schleicht der Tod nicht rein, hier wird er gerufen. Rufstrom geht. Ich kann hier nicht eine Sekunde länger bleiben, indiskutabel, undenkbar, dagegen kommen alle Schaumkekse der Welt nicht an. Panisch blicke ich mich um, sie sitzt am Boden, Fotos um sich verteilt, vertieft in Betrachtungen. Ich versuche was zu sagen, Abschied, Erklärung, Entsetzen, bekomme aber keinen Ton raus. Mund auf, Mund zu, Vogel wird zum Fisch, wie ein

fliegender Fisch flüchte ich aus der Gruft, fliege in mein Nest, schlage die Tür ins Schloss, schließe sogar von innen ab, you shall not pass, will alles draußen halten, was ich gesehen habe, eigentlich was ich gefühlt habe, aber dafür habe ich noch keinen Schlüssel gefunden, da würde nur die eisige Mauer der nördlichen Königlande helfen. Winter is coming. Ist Rußland groß genug für mich?

KAPITEL 15

Es ist Freitag. Das weiß ich. Bin also nicht ganz abgesackt. Reiße mir den Arsch zusammen. Noch bevor ich mich überhaupt im Bett bewege. Schlage nur die Augen auf, lasse meinen Blick als erstes das gefährliche Terrain erkunden. Behutsam an die Realität herantasten. Akkordeon gähnt weiß, schwarz und rot in der Ecke, schläft unterm Notenbuch. Anstelle von absurden Gesprächen, hatte die Wunderkommode beim Hänschen Klein Spielen die Geister meiner Kindheit heraufbeschworen. Da gibt es Lieder, von denen wusste ich gar nicht, dass mein Hirn sie noch aufbewahrt hat. Wieso kann man sich merken, welche Vögel Hochzeit feiern, aber nicht schulrelevante Fakten, wie die Chiralität asymmetrischer Kohlenstoffe, fuck you brain! Mme Pompadour gähnt grün und rosa in der Ecke, döst in ihrer Buchhöhle vor sich hin. Panzerpampers scheint ihren Dienst zu tun. Bisschen Schweinkram am Krötenarsch, aber besser als als zweiter Bodenbelag.

„Ich habe Verantwortung."

Ja, Selbstgespräche, ein Zeichen geistiger Gesundheit, manchmal hilft es halt auf jemanden zu hören, der sich damit auskennt.

„Ich kann die Verantwortung übernhemen."

Meine Stimme klingt einerseits fremd andererseits vertraut.

„Ich kann das!"

Ja, go for it! Chackaaa, you can do it!

„Ich kümmere mich gut um meine Schildkröte."

So ist es.

„Dafür muss ich aus dem Haus gehen."

Damn, lief so gut bisher. Okay, Arsch zusammen, zweiter Anlauf.

„Ich schaffe das!"

Ich bin ein echt guter Schaumkekser! Bin etwas beeindruckt von mir. Fühlt sich nicht schlecht an. Ein kleines Lächeln kriecht von meiner Kehle hoch auf meine Lippen. Hello, little Miss Sunshine! Heute versuche ich es mal als Lachmöve.

Ich krame einen Zettel raus und schreibe auf:

Beschlossene Beschlüsse:
1. nicht umbringen: läuft bisher gut
2. Golliwoog für Pompadour: to be done
3. Krieger hören: to be done
4. nicht ans Bein binden, A.W. retten zu müssen: ich arbeite dran, work in progress
5. Luftpumpe für Bismarck: to be done
Noten besorgen: erledigt
Abenteuer amüsant machen: hat Vogel Jones ganz gut hinbekommen
Kürzlich versprochene Versprechen
1. Altenheim
2. Polizei rufen, liegt A.W. tot in ihrer Wohnung

Den letzten Punkt verdränge ich erst einmal. Sonst wird das hier nichts. Gut, Prioritäten, was ist heute wichtig. Nicht umbringen, ok, eine Voraussetzung, das zählt nicht richtig als Prio, denn ohne ist die ganze Liste Kokolores. Also Prio Mme Pompadour und mein Arsch, sprich Golliwoog aus Hollywood und Luftpumpe, damit ich auf dem Rad mit Sattel fahren kann.

„Ist zu schaffen!", mache ich mir Mut, „Das kann ich!"

Mut ist das neue Schwarz, der neueste heiße Scheiß, das Must-Have der It-Girls, der Wind unter Vogels Flügeln, Mut, Mumm, Courage, Herz und Kühnheit, Schneid, Tapferkeit und Wagemut, das sind meine neuen Kleider, mein Federkleid, meine Fittiche, I believe I can fly! Fly as high as the sun! Little Miss Sunshine. Der Kreis schließt sich. Ein guter Kreis. Couragekreis. Like.

Ich poltere die Treppen runter, erst einmal frühstücken, ist schließlich schon Nachmittag, besser spätstücken als nixstücken. Die Ottographie bildet noch vor sich hin, spottet getrost ihrer selbst. Heute ist wieder Ciao, il mio nome Luca im Dienst:

„Pizza Salami?"

Der weiß Bescheid. Lehne mich zurück, blicke rum, nicht viel los zum Spätstück in der Mafiabude. Aber was erblicken meine scharfen Äuglein dahinten?! Halluziniere ich aufgrund von Mut-Overdose oder Pizza-Underdose? Da hinten sitzt Pasta-Paule! Und schaufelt Pasta in sich rein! Oh, ein fast heimeliges Gefühl stellt sich ein, ein Besucher aus der Vergangenheit, aus einer besseren Zeit. Besser? Na, wirklich nicht, was denke ich denn da! Aber lustig, der lebt also noch, ist nicht am Kotzeschluss oder Pastaentbehrung eingegangen. Wo war er in der Zwischenzeit? Wer hat ihn mit Pasta versorgt. Oder musste er erst Erpressungsmaterial zusammenstalken, um sich die unerschöpfliche Nudelzufuhr auf Lebenszeit zu sichern?

Ausgebuffter Allesfresser. Na, Allesfresser stimmt ja nicht. Perfider Pastaffresser. Besser. Womöglich sieht er sich auch als Mastschwein und arbeitet an PastaPauleStopfleber, eine Delikatesse unter den Gourmets von Rotenburg, mit einem Glas Chianti. Er scheint mich nicht entdeckt zu haben oder ignoriert mich einfach, wie früher. Alles beim Alten. Ob er weiß, was mit Schowanni-Igor passiert ist? Sollte ich rübergehen und ihn fragen? Soviel kann ich dann doch nicht aus Mutter Courage auswringen. Und wenn die alten Verhaltensmuster noch greifen, werde ich Manfredine-Manfred hier öfter treffen. Jederzeit, um genau zu sein. Ha, bin gespannt! Laune steigt.

Gestärkt von fettiger Pizza, um ein Kilo dreckigen Münzgeldes ärmer, latsche ich in hipper Rentnerfußbekleidung los, Richtung Flohmarktladen. Treffe weder Theaterpenner noch Pudelfrau, Schwein gehabt. Ah, jetzt begreife ich es erst, deshalb wurde der Sattel geklaut, ich hatte den Fluch der Pudelgypsy vergessen, hätte an Rad doch eine Teufelsaustreibung ausfechten sollen! Lass dir das eine Lehre sein, du leichtgläubiger Vogel! Das passiert mir nicht noch mal! Beschlossener Beschluss Nummer 6: Schutzomen für Bismarck besorgen.

Vor dem Flohmarktladen steht immer so Kleinmöbelkrimskrams rum, ein paar dieser Objekte kommen mir heute unerwartet bekannt vor, zwei Stühle und ein Tisch mit Resopalplatte!

„Äh, wo haben Sie diese Teile her?"

Verdutzt blicke ich zu derselben bemerkenswert fröhlichen Verkäuferin, die da gerade Schnickschnack dekoriert. Die sieht gar nicht so schlecht aus, wird mir beim zweiten Blick klar. Das Vögelchen hat kein Beuteschema, bin nicht so festgelegt, bin ja noch jung an Jahren, vielleicht kommt das mit der Zeit? Die Deko-Freude hat lange, braune Haare, die sie irgendwie hochgetüddelt hat, schöne rosa Lippen und eine angenehm weibliche Figur, alles dran, weich und rund, glücklich geformt, und damit meine ich nicht von der Natur verwöhnt, von ihr begünstigt, Schwein gehabt, sondern dass man sieht, dass ihr Körper glücklich ist, ebenso geformt zu sein, glückselig gedeiht er in seine Form, unter dem langen Hippierock, let the sun shine in!

„Wo ich die her habe? Ich glaube, die hat Peter vorbeigebracht, vor drei, vier Wochen, ein Obdachloser, der immer mal wieder was findet. Er meint, die haben einfach vor einem Haus gestanden, hat wohl jemand entrümpelt. Pro Teil 10,- Euro, wenn Sie alle nehmen, können wir 25,- machen. Setzen Sie sich ruhig mal hin!"

Sie strahlt mich an, als hätte sie auf eben diese Frage gewartet und als hätte sie auf eben mich gewartet, endlich, jetzt ist ihr Tag perfekt, besser kann es nicht mehr werden!

„Äh, nein danke."

Kann meinen Blick noch nicht ganz lösen. Bin ich in der Truman Show, featuring Vogel? Oder wie kommen die Teile hierher? Ich meine, das ist ja nun schon Monate her, dass ich das Zeug in der Nacht und Nebel Aktion aus der Arndtschen Küche runtergeschleppt und das Chez Vogèl geöffnet und geschlossen habe. Wo waren sie in der Zwischenzeit? Hätte ne GoPro dranschnallen sollen. Haben sie eine Weltreise gemacht? Viele Grüße aus Hawaii, Deine Stühle! Oder standen sie unter einer Brücke, die Küche des obdachlosen Peters? Café Petèr! Wahrscheinlich war er das Gemotze von Penner satt! Peter hat immerhin auch keinen Herd. Bin ich ein Obdachloser mit Obdach?

„Ich staune nur, wie klein die Welt doch ist.", sage ich halb zu mir selbst.

„Ja, das ist manchmal frappierend, nicht wahr?!"

Wieder trifft mich ein Strahl.

Ein Phänomen die Frau.

„Äm,", reiße mich los, „ich suche eigentlich eine Luftpumpe, haben Sie sowas?"

„Ja, da haben wir irgendwo eine Kiste, warten Sie, ich suche sie Ihnen gleich raus!", sie strahlt in den Laden.

Ich lächle fassungslos hinterher, ob der Kleine der Welt und der kolossalen Freundlichkeit. So geht's also auch!

Trabe brav hinterher, schnuppere etwas an alten Büchern und warte bis die wahre Miss Sunshine eine Plastikkiste auf den Verkaufstresen hievt. Luftpumpen, Fahrradschlüssel, Kinderklingeln, Anklipslampen.

„Hier haben wir mehrere Luftpumpen, schauen Sie in Ruhe durch, was Ihnen gefällt."

Ich krame.

„Die sollten alle noch funktionieren. Falls eine es nicht tut, bringen Sie sie mir einfach zurück, okay? Das ist kein Problem, das kann immer mal passieren."

Noch ein Pluspunkt zum Flohmarkt, ich werde nie wieder auf einen Flohmarkt gehen können, zu minderwertig erscheint dieses Konzept indes. Puh, wer die Wahl hat, hat die Qual, Luftpumpentortur, eine ist wie die andere, alle schwarz, eine weiß, eine silber.

„Kosten die alle gleich viel?", versuche ich die Auswahl einzuschränken.

„Ja, ja natürlich, 2 Euro das Stück." Lächeln.

Jetzt kramt sie mit. Wahrscheinlich spürt sie, dass ich mich nicht entscheiden kann, sie ist nicht nur eine Ausgeburt an Fröhlichkeit, sondern auch an geradezu kriminell hilfsbereit. Ist hier irgendwo eine versteckte Kamera? Lande ich nachher auf youtube?

„Welche Farbe hat denn Ihr Rad?", fragt sie mich.

„Grün, knallgrün."

„Ah, dann würde ich Ihnen die weiße Luftpumpe empfehlen, das sieht zu grün schöner aus, als schwarz."

Ist das so! In einer Schnickeschnacke-Dekowelt wahrscheinlich schon.

„Danke!"

Ich bin aufrichtig erleichtert und greife mir das weiße Exemplar heraus. Ich prüfe es am Daumen, pups, pups, scheint zu funktionieren. Luftpumpe mit Blähungen, eine Pupspumpe.

„Klingt doch gut!"

Die Freude ist begeistert.

Ich gucke sie an, ein Mundwinkel schmunzelt.

Sie muss lachen und dieses Lachen klingt so albern, gluckerig, hüpfend, hupend, herrlich, dass ich glatt auch lachen muss. Sie gluckert weiter:

„Haha, ich meine, für eine Luftpumpe, dieses Geräusch, klingt gut für eine Luftpumpe."

He, Humor hat sie auch, check!

Sie legt eine Schippe Hilfsbereitschaft nach:

„Dazu würde doch auch gut dieses grüne Schloss passen. Oder haben Sie bereits ein Fahrradschloss?"

Natürlich nicht. Das widerspricht doch jeglichem Werte der Kommune, wer zweimal mit derselben pennt, das Prinzip der freien Liebe und des freien Rades, wer will, der nehme, hört hört, wahrlich wahrlich ich sage euch, du sollst begehren deines nächsten Rades. Das kann die Atheistin Kapitalistin vom Flohmarktladen natürlich nicht wissen, tja, weißt doch nicht alles, Besserwessie! Ist es Zeit, das System zu stürzen? Das Rad ist zu mir gekommen, hat sich mir angeboten, als Element des öffentlichen Raumes, aber Rad ist passé, Bismarck ist an der Macht, wir sind das Rad! Bismarck ist eine Hinterlassenschaft vom alten Herrn Arndt, ein Erbstück, von Generation zu Generation, das sollte ich nicht leichtfertig an düsteren Straßenecken neben schwarzen Löchern und Pisskisten stehen lassen, ein Fressen für jeden Bedarfsradler.

„Ok", sage ich „nehm' ich!"

Schloss landet neben weißer Pumpe.

Die Lächlerin fischt nochmal im Gerümpeltümpel und zieht einen Frosch heraus, genauer Kermit, auf einer Kinderklingel, grün auf grün. It's not easy, being green.

„Und die hier schenke ich dir!", werde ich angestrahlt und Kermit landet zwischen Schloss und Pumpe. Ich staune sie an, zum einen, sehe ich aus, wie jemand, der eine Kermit-Klingel an seinem Rad haben will, wie alt schätzt sie mich, neun? Zum anderen ist das so süß und liebenswürdig von diesem sonnigen Weibe, dass mir die Worte fehlen, nicht wegen des materiellen Wertes, sondern es ist die Geste, die mich begeistert, so wie neulich, als sie so freudestrahlend dieser Omma den Nippes verkauft hat, es ist einfach SO NETT. Kann so etwas gut gehen? Wie kann so ein Mensch in unserer Ellenbogen-Gesellschaft überleben? Und dazu sind wir beim du gelandet. You can say you to me.

„Sehr gerne!", sage ich in tiefster Aufrichtigkeit! Kratzt schon nahe an Ehrfurcht. Flirtet sie mit mir? Mensch Vogel, da hast du echt zu wenig Erfahrung. Natürlich hab auch ich meine Erfahrungen gemacht, „Vogel willst du mit mir vögeln?", welcher hormonüberbordende Teenager würde so ein Angebot ausschlagen, aber so was mit tiefen Gefühlen und so, Romeo und Julia, Bonnie and Clyde, Siegfried und Kriemhild, Titanic, das war noch nicht dabei, keine Liebe, die etwas erzählen könnte, keine Liebe, über die man Erzählungen dichten würde. Baggern, flirten, anmachen, höchstens Beziehungen über die man twittern würde. Verleiten, verlocken, verführen, da bin ich bestimmt genauson Stümper, wie der Pizza-Casanova. Bevor ich so etwas versuche, platze ich eher vor Schüchternheit, Vogel Strauß, Kopf in Sand, da mach ich lieber schnell nen Abflug, eine Schwalbe macht noch keinen Sommer, ein Vogel macht noch keinen Flirt.

„Darf ich dich etwas fragen?", frage ich sie, während ich zahle, in passendem Münzgeld.

„Natürlich! Wer nicht fragt, bleibt dumm!", sesamstraßt sie aufmunternd.

„Wie machst du es, dass du immer so freundlich bist?"

Eine ganz ernstgemeinte Frage, konzentriert blicke ich sie an, entschlossen, mir kein Mü µ ihrer Antwort entgehen zu lassen, diese Antwort wird Video überwacht, Obacht geben, der biometrische Scan läuft, nicht bewegen. Sie lacht kurz und herzlich auf, hup.

„Eine schöne Frage!", freut sie sich. Sie beißt sich nachdenklich auf die Unterlippe, verdreht die Augen, schnauft einmal durch und hat dann ihre Antwort gefunden:

„Weißt du, die Welt ist schon so voll mit unfreundlichen Menschen, mit Missgunst, Neid, Jammer und schlechter Laune, wir beschweren uns auf so hohem Niveau, wenn man mal drüber nachdenkt,", First World problems, „da ist es doch schön, wenn wenigstens ein paar Menschen Fröhlichkeit und Freude in die Welt bringen. Und ich habe ehrlich gesagt keine Lust,

mein Leben auf der Miesepeter-Seite zu verbringen."
Sie wird ernster.
„Ich habe schon früh lernen müssen, dass das Leben von einen Augenblick auf den andere vorbei sein kann. Carpe Diem ist nicht nur ein Spruch für mich. Ich will das Leben auskosten."
Ich nicke, mache keinen Pieps, brain ist auf record.
„Dazu kommt auch, dass mir mein Job hier echt Spaß macht!"
Die Freude ist zurück in Stimme und Mimik.
„Ich treffe so viele interessante Leute,", sie deutet mit den Armen einen Halbkreis, wie ein Schlagersänger, den Laden einschließend, „weißt du, jeder ist anders,", zeigt auf mich, „jeder sucht etwas anderes und entdeckt etwas anderes und oft sehe ich Freude in den Leuten, wenn sie etwas Schönes gefunden haben, das ist wirklich schön, dann gehen sie mit einem Lächeln hier raus", zeigt zur Tür, „und ich konnte einen Teil dazu beitragen,", zeigt auf sich, „ihren Tag schöner zu machen. Natürlich gibt es Sachen, die mich nerven, auch hier,", Hände flach auf Tresen, „aber im Großen und Ganzen ist das genau das, was mir Spaß macht."
Kurze Pause.
„Weißt du, bei denen, die so richtig auf den Sack gehen,", huch, solche Worte aus Miss Sunshine, „da habe ich meine eigene Methode, Kill sem wis kindness.", sagt sie in deutschgetränkten Englisch. „Das habe ich mal im Internet gelesen und das gefällt mir." Lächeln. „Ich bin dann einfach so unausstehlich nett, dass sie weder ein noch aus wissen." Goldiges Kichern.
„Sei glücklich, damit provozierst du sie am meisten!"
„Wow!"
Nicht gerade eloquent, aber etwas Intelligenteres fällt mir gerade nicht ein. Dass sie 1. Vorsitzende des Schaumkeks Komitees werden sollte, traue ich mir nicht laut auszusprechen.
"Das ist das ganze Geheimnis!", strahlt sie.
"Solltest du auch versuchen, es lohnt sich!", rät sie mir.
„Jetzt entschuldige bitte, ich muss da vorne mal helfen."
Sie wendet sich zum Gehen, dreht sich noch mal zurück, streckt mir die Hand entgegen.
„Ich bin Thekla!"
„Vogel, wie der Vogel."
Ein warmer Händedruck.
„Freut mich, Vogel! Komm' doch bald mal wieder vorbei, hier gibt es noch allerhand zu entdecken. Oder wenn du einfach mal ein Lächeln brauchst!", lacht sie hüpfend, zwinkert mir zu und geht von dannen.

Zwinkern kann also auch süß sein, kannte es nur schmierig gierig von Nacktarsch-Theo. Theo Thekla zwinkern, thwinkern, twinkle twinkle little star. Sternenlicht und Sonnenschein. Thekla Sunshine. Thekla war für mich bisher die böse Spinne von Biene Maja. Ein weiteres Vorurteil zum Überarbeiten. Die Spinne und der Vogel, eine Vogelspinne. Es klang so easy, was sie erzählt hat. Als sei es etwas ganz Einfaches, Unkompliziertes, Natürliches freundlich zu sein. Nicht als sei es eine besondere Leistung oder künstlich Angelerntes. Als läge es in der menschlichen Natur, wie essen und schlafen. In ihrer bestimmt. In aller? In meiner? Freundlich by nature, made in Happyland. Da muss ich definitiv mal drüber nachdenken. Und nachfühlen. Muss ich Praktikant mal zu befragen. Kill them with kindness. Nice. Sollte ich mal an der Tuntenmüllerin testen. If you can make it there, you make it anywhere. Ich sacke meine Einkäufe in die allzeitbereit Kaufhoftüte ein, mache mich ans Gehen, aber eine Frage hab ich noch. Ich warte, bis der Opa, den sie bei den Krawatten berät mit Musteranalyse beschäftigt ist.

„Weißt du, ob es hier eine Tierhandlung in der Nähe gibt?"

Mal wieder ein Fall für Scheiße ohne Smartphone.

„Nein, tut mir leid, Vogel. Aber ich habe unterm Tresen Gelbe Seiten liegen, da kannst du gerne nachschauen. Nimm sie dir einfach raus."

Gelbe Seiten. So muss sich das Leben als Rentner anfühlen.

Nächstes Ziel: Zoohandlung *Ingos Pfötchenwelt*. Nicht sicher, ob die auch was für Panzerchen haben. Und ob ein Laden mit dem Wort Pfote im Namen überhaupt sicher ist für einen Vogel. Vorsichtiges Eindringen ist anzuraten. Schlurfe vor mich hin, staune darüber, wie viele Leute ich allein in der letzten Woche kennengelernt habe, daumenloser Handshake mit Praktikant, der alte Herr Weiß, mit seiner alten, suchenden Hand, Papagena Britta, dann Alexandra Witte, jetzt Thekla Sunshine. Das sind numerisch weniger, als in der Zeit an der Uni, aber qualitativ definitiv mehr. Kein künstliches Problemgewälze, kein pseudo engagiertes Diskussionsgelaber, kein dumpfes Partygesülze. Mehr wahre Menschen. Mehr Persönlichkeiten. Mehr Lebensfreude. Muss unwillkürlich lächeln. Ich habe das Gefühl allmählich anzukommen, in meiner neuen Heimat. Bin nicht nur ein Student in, sondern ein Bürger von, ein Einwohner mit, einem Job, wenn man das so nennen will, sozialem Umfeld, einem Bekanntenkreis, einem Nachbarkreis, einem Freundeskreis. Der Zugvogel wird sesshaft. *Träume raunen* steht an einer Hauswand, das ist doch mal ein Graffito. Da ist bestimmt ein Sozpäd Amok gelaufen, randaliert durch die Stadt, hinterlässt schwärmerische Parolen, um die dösige Gesellschaft in eine

Phantasiewelt zu entrücken, Träume raunen, Wünsche wispern, Illusionen säuseln, Herzen hauchen, Märchen murmeln. Davon könnte die Stadt mehr vertragen. Amok Graffitis einer Mutter: Räum' dein Zimmer auf! Geh' doch mal raus! Mach den Computer aus! Was guckst du denn da? Bis 10 bist du zuhause! Hast du die Hausaufgaben gemacht? Schon wieder Pizza? Ha, passt! Was wären meine Graffitis? Keine Ahnung. Armselig. Weiß nicht, woran ich glaube. Weiß nicht, was sich anderen sagen will. Weiß nicht, was ich mir selbst sagen will. Schaumkeks! Ja, das wäre eins. Es gibt so viel nachzudenken und so wenig Zeit. Sagt der zweimal die Woche Arbeiter. Alles klar. Ich weiß nicht, wie andere Leute das machen, denken die nicht nach? Ich sag' nur AfD, also nein.

Golliwoog ist am Start und Mme Pompadour liebt es! Alsbald Nachschub besorgen! Die Zoohandlung war ebenso vollgestopft wie erwartet, wie einer dieser winzigen wir-haben-alles-Läden in den Dörfern der Toskana, bis unter die Decke, ebenso pansenstinkig wie erwartet und so eng, dass Gang-Gabi ihre helle Freude gehabt hätte. Vermutlich hängt sie tagsüber in einer Zoohandlung rum, jetzt wo es Schlecker nicht mehr gibt. Habe auf Anraten des Zooladen-Öks, mutmaßlich Ingo, in seiner *Pfötchenwelt*, zielgruppenorientiert im Airbrush-Wolf-T-Shirt, wovon er bestimmt jedes Wildtier mehrfach im Schrank hängen hat, auch Sepiaschale gekauft, das ist so ein weißes, flaches, hartes Zeug aus Tintenfisch irgendwie, hat die Form von Mutters Hornhautraspel, ist gut für Panzer. Komisches Tier, komisches Futter. Das schabt Mme so ab, mit ihren kleinen zahnlosen Kiefern, ganz apart, eine wahre Quelle für einen niginigi Kindersprachenschwall, schab, schab, kleine Fugen rein! Und dann macht sie trink trink aus der neuen Schale, den weichhäutigen Hals mit darmperistaltischen Bewegungen tanzen lassend. Schildkröten Fakt 5: Der Panzer soll gar keine Höcker haben, sondern möglichst eben sein. Ich finde, dass eben die Höcker nach richtiger Schildkröte aussehen. So kann man sich täuschen. Nature-Noob. Mme Pompadour hat Ansätze von Höckern, ein Zeichen für Fehlhaltung, der Manteltaschen Tierschänder hatte wohl keinen Büchereiausweis.Fakt 6 gleich hinterher: Bei den Schildkröten sieht man erst nach drei, vier Jahren, ob es Männlein oder Weiblein ist. Ist ja ähnlich, wie beim Vogel, hehe. Meine Madame ist, denke ich, eine Madame, nach Vergleichsbeobachtungen mit den Abbildungen im Schildkrötennachhilfebuch, guck links, guck rechts, guck links, guck rechts, mein privates Wimbledon. Ich bin mir allerdings nicht so sicher, ob man dieses Golliwoog nicht auch rauchen kann, Inhaber Ingo machte ein wenig einen rammdösigen Eindruck, gut, dass ich kein Hashtag bin und meiner Schildkröte das Kraut

wegrauche. Im Zooladen wohnt übrigens neben Ingo auch ein Mops, mit maladem Unterkörper, dem fällt die Kacke ausm Arsch, wenn er sich freut. Ah, ein Kunde, yuhu, freu, kack! Hallo Kunde, streichel mich, ja, fein, kack! Gut, dass es Miss Thekla Sunshine nicht so geht! Aber wäre doch was für die Pisskiste. Mops streicheln, Kacke streicheln, perfekt!
    Der Mops, der lacht, der kackt
    lustig und beknackt
War übrigens rechtzeitig zuhause für ein Nickerchen. Unterschätze nie die Kraft eines Mittagsschläfchens. Zugegeben, bei mir ist es eher Mitternachtsschläfchen, ein Diskoschläfchen, ein vorabendliches und vorarbeitliches Schlummern. Ich bin davon überzeugt, dass der Mensch früher früher lange her mehrmals am Tage geschlafen hat, wie unsere Haustiere, und erst im Zeitalter des Schindens und Ackerns wurde es ihm mit dem Dreschflegel ausgetrieben. Kirchen indoktrinieren Kinderglauben und Uhrzeiten, mit Turmuhren und Kreuzen drauf. So wie manch Dogmatiker die Steinzeit-Diät als das einzig biologisch für den menschlichen Organismus passende Ernährungskonzept postulieren, so halte ich es mit dem Steinzeit-Nickerchen. Das einzig wahre Schlafkonzept für uns Primaten. Ich brauche nur wenige Minuten, köstliche Wärme, gemütlich weich, selbst Rußlands Surren klingt einlullend, fühle die Schwere, Hirn schaltet sich ab, Sandmännchen und ich suchen uns Träume zum Raunen, als müsste ich mich von dem Abgrund, in den ich abgestürzt war, immer noch erholen. Heilschlaf. Schlaf heil! Konzentrationslager des Schlafes. Scheiße, meine Gedanken sind oft politisch so unkorrekt, darf ich echt keinem sagen. Nun gut, schnell weiter, einfach drüber weggehen, als sei nichts gewesen, just smile and wave boys, just smile and wave!
    Wohlig ausgeruht gehe ich Projekt Bismarck an. Pump, pump, pfft, pfft, Finger enger drum, gut, dass Finger luftdicht sind, pump, pump, pump, Reifen bläht sich auf, sprödes Gummi, rissig wie Omas Hornhautfüße, hoffentlich hält der Scheiß, pump, Armschmerz, Herzschmerz, Schwitzschmerz, Gummischmerz, doch das Werk lässt sich vollenden, zwei pralle Reifen, mal sehen, wie lange. Success Kid, bestens, Erschöpfung, Erleichterung, Stolz! Nun zu Kermit. Huren-Husten abschrauben, Kermit anschrauben. Nicht ganz einfach ohne Werkzeug. Hurenhustenschrauben waren zum Glück ebenso porös, wie ihr Lachen und Kermits kleine Schrauben ebenso filigran wie Froschschenkel, ließen sich mit sanften Vogel Fingern festdrehen. Kermits Klingeln klingt wie Theklas Lachen, glücklich gluckernd. Eine nette Erinnerung, macht mich lächeln, macht mich warm. Plus, Erkenntnis beim Testklingeln, ein Objekt der Schaumkeksqueen ist

das bestmögliche Mittel gegen den Pudelfluch, gutes Omen, Gegenzauber, weiße Magie, Phantasmagorie, auf dass Bismarck keine Bestandteile wird einbüßen müssen. Jetzt ist Kermit in the House! Amtsenthebung, Putsch, viva la revolution, hasta la victoria siempre, bis dann Bismarck, du bist gedisst! Kanzler Kermit ist an der Macht!

      Kermit als Kanzler, auch noch green,
      Bismarck würd' sich im Grab umdrehn!

Nichts wie rauf auf den Frosch, das Loch ruft!

KAPITEL 16

Bräuchte noch eine Flasche Schampus, die Jungfernfahrt auf der Bismarck, den Kellermief entlüften, ganz werde ich den Namen trotz erfolgreichen Putschversuches ja noch nicht los, er ist einfach zu schön für assoziative Wortspielerein. Wie es sich für einen Kanzler gehört, ist er nicht leicht zu lenken, kein Fähnlein im Wind, der eiserne Kanzler hält eisern seinen Kurs, Bremsverhalten wie ein Schlachtschiff, bis das mal zum Halten kommt ist England überrannt und Pommern abgebrannt, das Fitnessstudio kann ich mir weiterhin sparen, strammer Max ist gefragt, fette Wadeln zum Radeln, Tom Platz mach Platz, hier komm' ich. Der Sattel, jaha, mein Kermit hat einen Sattel, einen Sattel zum Setzen, Arsch platzieren, Schwerkraft nutzen, ein Hinterbackensofa, da schnurrt der Derrière, bisschen hart das Leder, die alte Lederhaut, ist lustig gefedert, mit dicken Spiralen, die bei jeder Welle musikalisch quietschen, wie ein Sechsjähriger mit Geige. Das passt glockenklar zum quirligen Kermit! Kanzler Kermit, du bist ein Volltreffer!
    Der Vogel und der Frosch
    Wer lacht kriegt auf die Gosch!
Danke alter Herr Arndt! Wo er wohl damit hinfuhr? Hat er damit die Welt entdeckt? Seiner Liebsten Herz erweckt? Raus aufs Land am Wochenend? Quer durch die City ganz behänd? Schade, dass man für ein Fahrrad kein Fahrtenbuch führen muss. Vielleicht ist eines im Koffer? Apropos Koffer, - Schaumkeks! Nein, ich muss jetzt zur Arbeit, keine Zeit für Koffergedanken. Da genieß ich lieber die Fahrt, quiecke durch die Gassen, umrunde wacker Schlaglöcher, Flaschenscherben und Gehsteigpizzen. Laut trällere ich den aktuelle Nummer 1 der Vogelschen Hitparade Hänschen Klein vor mich hin, sehr zur Verwunderung, Belustigung und Fremdschämung meiner Umwelt, aber Scheiß drauf, sing' als würde niemand dir zuhören, außer Kermit, der Frosch, und der hat keine Ohren. Etwas verschwitzt und ziemlich außer Atem gerate ich in die Anziehungskraft des schwarzen Lochs, gehe vor einem Regenrohr vor Anker, angele das grüne Schloss aus Kaufhofs Einkaufstüte, Luftpumpe sicherheitshal-

ber auch an Bord, werfe die Taue um Kanzler und Rinne, Sicherheitsrüttler, approved. Mein Herz pocht emsig, Energie strömt, Mund lächelt zufrieden, stolz blicke ich auf den Froschkanzler und freue mich diebisch! Noch ein neuer Freund im Kreis!

Bestens gelaunt hüpfe ich zur Loches Tür, praktiziere die bewährte Einlassschlägerei, doch was ist das? Die schwarzen Pforten öffnen sich alsdann, sofort, subito, keine Wartezeit, keine Nummer ziehen, no delay, Antwort ASAP. Rambo steht dahinter Spalier, ernster Blick. Dann die Geste. DEFCON 1. Stink im Stiefel, Scheiße am Fuß, Druckabfall in der Kabine, Geier Sturzflug, Frauen und Kinder zuerst. Alarm Fegefeuer! Lüzifer ist heute Luzifer! Ist zwar nur für Insider, aber ich erkläre dir mal die Geste der Warnung: Handfläche nach oben, Finger nach oben und Finger wackeln. Das sind die Flammen der Hölle, als würdest du eine Kuh am Euter kitzeln. Bei Rambo würde sich die Kuh vor lauter Angst nicht trauen nur eine Braue zu verziehen. Ich glotze Rambo ungläubig an, mein Herz rutscht in die Hose, das Herz wechselt den Rhythmus von Erregung zu Panik, alles Blut zum Herzen, Gliedmaßen werden taub, die Ohren tösen. Das letzte Mal war Alarm Fegefeuer, als Boss von seiner Schnecke verlassen worden war, für einen Bankberater, wo gibt's das denn? Das ist wirklich ein Schlag in die Magengrube, er war wochenlang, ähm, deprimiert, wenn wir es zivilisiert ausdrücken wollen, war ne harte Zeit für uns, wie auf rohen Eiern, trippel, trippel, Ballerina, Flüstern und Wattebäuschen, Glacéhandschuhe in Luftpolsterfolie.

Was ist los? fragt meine Stirn.
Keine Ahnung! antworten ihre Schultern.
Ratlosigkeit raunen die Brauen.
Panik signalisieren die Pupillen.
Mit der Mutter der Porzellankiste im Schlepptau schleiche ich auf leisen Sohlen den düsteren Gang entlang, im Tanzraum Vati betreten hinterm Tresen, Alarm Fegefeuer wird auch von ihr gemorst, doch auch nur Achselzucken auf meine stumme Frage, im Garderobenkabuff schließe ich das Türchen ganz behutsam und schiebe sogar das winzige Riegelchen von innen vor, eigentlich eine von Bosses Vorschriften, strikte Trennung von Gast- und Mitarbeiter, der hat nur Angst, dass ich hier im warmen Mantelbett mit einem Barfußtänzer ne heiße Nummer schiebe, setze mich brav auf meinen Hocker und mache sicherheitshalber gar nichts. Der Abend beginnt, die ersten Jacke, Kohle, Schnipsel, Klammer gehen über den Tresen, kein Praktikant in Sicht, damn, wo steckt der, kein Luzifer in Sicht, meine Erleichterung kennt keinen Namen. Das bereichernde Gano-

venschild lasse ich heute selbstredend unter dem Tresen versteckt. Man muss seinen Tod ja nicht herausfordern. Unterwürfig Jacke, Kohle, Schnipsel, Klammere ich weiter. Nach etwa einer Stunde rüttelt es am Zwergentürchen. Es ist nicht Schneewittchen, aber ebenso weiß wie Schnee, das Praktikantchen.

„Fuck, Alter, was denn mit dir los?"

Mein Paniklevel steigt weiter.

Wie ein schlotterndes Häuflein Elend steht er vor mir, kriegt erst einmal kein Wort raus. Ich lotse ihn zum Barhocker, schnipsele zwei Jacken, ohne ihn aus den Augen zu lassen, ist mit Atmen beschäftigt. Ruhe am Tresen, stütze mich auf Praktikantenbeine, Blickkontakt.

„So, was los?"

Jetzt raus mit der Sprache!

„Boss hat mir so einen Einlauf gegeben! Hat mir voll die Hölle heiß gemacht!"

Unterlippe zittert. Kein Wunder, wenn er der Grund für Alarm Fegefeuer ist! Nicht der richtige Zeitpunkt, um das höllische Wortspiel zu würdigen.

„Aber warum denn? Was war los?"

Mehr Details!

„Ich weiß es nicht, man.", fängt fast an zu heulen, „Der meint ich habe ihn verpfiffen, wegen der Pisskiste, weißt du. Der denkt, ich habe die Bullen gerufen!"

„Die Bullen waren in der Pisskiste?!"

Au Backe!

„Ja! Die sind da gestern Nacht irgendwie rein, haben den ganzen Laden auseinandergenommen, alles durchsucht, alle erstmal festgenommen, Riesentrara."

„Ohhh Scheißßße!"

Es gibt keine treffenderen Worte.

„Aber warte, das ist noch nicht alles! Dann kam noch die Steuerfahndung, haben alles durchsucht, hab da doch die Akten für Boss neulich rausgetragen, haben nichts gefunden, aber Boss denkt jetzt *ich* hätte ihn verraten, Scheiße man, der hat mir total Angst gemacht, hab mich fast eingepisst!" Schlotter, irrer Blick, flehend, bittend.

„Aber wie kommt er drauf, dass du das warst?! Hat er da was gesagt?"

Fuck, muss Jacken schnipseln, heute lieber keine Gäste erzürnen.

„Nee man"

Praktikant folgt mir Sicherheitsanker mit den Blicken.

„Sagt selber er hat keine Beweise, sonst hätte er mich schon längst kalt gemacht, hat er gesagt, kalt gemacht! Hier ist für dich deadline! Er meint, er hat sowas läuten hören, dass ihm das jemand gesteckt hätte! Wenn ich jetzt gestehen würde, bricht er mir nur die Arme und son Zeug. Dachte erst, der will mich verarschen! Aber der meint das todernst!"

Oh ja, davon sollte man ausgehen, Anabolikabody ist nicht gerade harmlos. Das wäre jetzt keine hilfreiche Information. Ich versuche Zuversicht auszustrahlen. Flirrendes Atmen. Mein Mund ist ein ernster Strich, Stirn konzentriert, mein Hirn rast, während ich Jacken hin und her schaffe. Endlich Ruhe am Counter. Ich atme durch, versorge mein Hirn mit Sauerstoff, muss denken, jetzt bin ich dran, mit einem puren Schaumkeks ist hier nicht geholfen, das ist ernst, think Vogel, fahr die grauen Zellen hoch!

„Ok, ich fass mal zusammen, ob ich es richtig verstanden habe."

Praktikant nickt eifrig.

Harke meine Synapsen zusammen, feuere sie an, los Jungs, ihr seid ein Team, zeigt, was ihr drauf habt!

„Gestern Bullenrazia in der Pisskiste. Steuerfahndung auch. Haben aber nichts gefunden."

„Richtig."

Schnieft erleichtert auf.

Programm Zuversicht-faken zeigt erste Wirkung.

Weiter, Jungs, ihr packt das!

„Du kommst hier heute rein, Boss zitiert dich ins Büro. Er hat gehört, dass Du ihn verraten hast, hat aber keine Beweise."

„Richtig." Weiteres eifriges Nicken.

„Du hast ihn aber nicht verraten."

Professionelle Feststellung, prosaisch vorgetragen.

„Nie im Leben, Alter!", bricht er ein, „Ich will hier doch nur ruhig durchkommen, meinen Wisch kriegen und die Fliege machen!", verteidigt er sich hektisch.

„Keine Panik, ich glaub dir doch!", versicherndes Schultertätscheln. Ich brabbele denkend vor mich hin:

„Irgendjemand hat ihm gesteckt, dass du das warst. Da kommen ja im Grunde nicht viele Leute in Frage, wer weiß schon, dass du hier arbeitest, zudem erst seit so kurzer Zeit, und weiß dann auch noch von der Pisskiste!" Danke Synapsen, vortreffliche Arbeit! „Das ist doch nur eine Handvoll, alle die hier arbeiten gewissermaßen, wer sollte das sonst sein. Oder hast du irgendwelchen ominösen Erzfeinde, die dich stalken?"

„Nein doch, nicht, dass ich wüsste!"

Ist ja auch nicht Sherlock oder Bond.

„Dann kommt strenggenommen nur der Müller in Frage, oder? Diesem Arschloch wäre es auf jeden Fall zuzutrauen, das ist mal klar, der Wichser. Ich meine Rambo, Vati, geht denen doch am Arsch vorbei, ob hier noch ein Hansel mehr oder weniger rumläuft oder was in der Kiste abgeht. Die sind in Ordnung die beiden. Auch Titsche oder Balázs, nein, nein, unmöglich. Aber warum sollte er das machen?"

Mir fällt nichts ein, außer weil er ein Arschloch ist, eine Kanaille, ob Praktikant weiß, was das Wort genau bedeutet, aber nicht der richtige Zeitpunkt für Duden-Diskussionen.

„Hast du den Tuntenmüller irgendwie angepisst?"

„Nein man, ich habe nicht mal ein Wort mit dem gewechselt! Warum sollte ich?!" Kopflosigkeit, Konfusion.

„Gut Brauner, ganz ruhig."

Jacke, Kohle, Schnipsel, Klammer.

„Ich habe da so eine Idee."

Denk weiter. Jacke, Kohle, Schnipsel, Klammer weiter.

„Was für eine Idee?", will der Totgeweihte wissen.

„Wart' mal ab. Ich muss erst einmal zu Rambo, dann yada yada yada und dann wird alles gut!"

Aktion Zuversicht.

Ich beginne langsam selber dran zu glauben, ich bin besser, als ich dachte, in diesen Dingen. Bin überrascht.

„Yada yada?", fragt er erstaunt, perplex.

„Ja, äh, sorry, das ist ...„

„Weiß, was das ist, Seinfeld! Yada yada!"

Höre ich da Begeisterung? Der Mann kennt sich aus!

"Ich sag nur Brossiere!", steuert er bei. Genau, hier habe ich es geklaut.

„Mr. Peterman, Coffeetable Book!", hau ich die ersten Perlen raus, die mir einfallen.

„Dass du das kennst, bist doch viel zu jung!", staunt Opa.

„Für Quatsch ist man nie zu jung, mein alter Freund!"

„Newwwmannn...", mimt Praktikant.

High five! Well, high nine.

Seine Laune steigt, danke an die 90er!

„Nimm du mal ordentlich Jacken an.", erkläre ich ihm. „Häng alles da rüber, auch die da, ich geh mal kurz zu Rambo."

Im Hirn gärt der Plan.

Drücke die schwarze Spültaste, das einzig nicht schwarze hier ist das ökograue Kratzamarsch-Papier in der billigen Riesenrolle, verlasse die spakige Kabine, gut dass man auf schwarz den Dreck nicht so sieht, mit Bakterien-Luminol sollte hier niemand durchgehen, mit einer Nase am besten auch nicht, ein buntes Bouquet an Fäkalien und Kotzdüften, ein wahres eau de toilette! Aber statt wie ein anständiger Bürger zum schwarzen Waschbecken zu gehen und mir mit rosa Ätzseife die Epidermis wegzubrennen, gehe ich direkt auf Tuntenmüller zu, der mich die ganze Zeit skeptisch beobachtet. Ich halte meine Hände betont feucht, also so nach vorne, herabhängend, wie der Zombietanz in Thriller, trete vor ihn, schaue ihm in die Augen und wische meine Pissmauken gemächlich und demonstrativ in seinem zu buntem, zu weitem, zu weit aufgeknöpftem Tuntenhemd ab. Ganz cool, ganz ruhig, ich bin der Pate, war ja oft genug im Corleone, das ist mein hood, da kenn ich mich aus. Die Müllerin zuckt anfangs kurz zurück, aber für einen Protest ist er zu verdattert oder womöglich doch zu verängstigt? Ich lehne mich langsam vor, dicht an sein Tuntenohr und flüstere kaltblütig, abgeklärt, deutlich, langsam:

„Ich weiß, was du getan hast."

Genieße jedes zischelnde s dabei.

Ich gucke ihn nicht noch einmal an, gehe einfach weiter, bis zur Ecke, dann drehe ich mich um, wie erwartet starrt er mir durch die Schwärze hinterher.

Ich lege noch die zwei-Finger-I-am-watching-you-Geste nach.

Und weg bin ich.

I want to thank the Academy! Holy shit, das Herz schlägt mir bis zum Hals, Adrenalinbenzin, alle Wetter, das war ein Auftritt! Du magst bisher ja gedacht haben, Vogel, jaha, die coolste Sau auf ntv, immer einen kessen Spruch auf dem Schnabel, cool wie ice ice baby, gegossen aus einem Stück Lässig, ohne Sollbruchstelle, my name is Prince and I am funky, doch dieser Eindruck trügt, muss ich widerwillig an dieser Stelle gestehen, wünschte es wäre anders, hätte immer gerne zu den Coolen gehört, die am Schultor rauchen, mal schwänzen oder bei einer Klausur einfach ein leeres Blatt abgeben, ich vertrage nicht mal Kaffee oder Zigaretten, beides stinkt in meiner Welt, wird mir speiübel von, als meine Klassenkameraden anfingen zu Bosses verpönten Hashtags zu mutieren, versuchte ich mich an Fishermans Friend und war zu schwach. Ich bin viel zu sehr Hausaufgabenmacher, Abilerner, Nichtschummler, ein klassischer Warmduscher, Handeincremer, Busfahrscheinlöser, Jein-Sager, du verstehst, Liebesfilmheimlichflenner, so einer bin ich, in Sachen Coolness ein echter Noob, mich würde man sofort aus jedem Dungeon kicken, kein Arsch will mit mir spielen, dem Dauserfragensteller und daher pumpt mir mein Herz bis zum Hirn hoch. Während ich versuche meinen Puls wieder einzufangen, möchte ich dich einer Illusion berauben. Du wünschtest, du könntest mich aufs Klo stalken, um zu checken, geht der Vogel für kleine Männchen oder Weibchen? Mein Geheimnis: Je nachdem, wie voll es ist, mal hier, mal da, alle Vorteile meines angry-young-metrosexuellen Aussehens nutzend, ein bisschen bi schadet nie, da hat der Boss recht, Warteschlangen geschickt umgehen. Im schwulen Loch ist das natürlich eh obsolet, da gibt es nur mixed Pinkelstübchen, auf die Herren-Damen-Piktogramme achtet da kein Mensch, we are family und so. Nur für einen Schwanzvergleich lohnt sich das rechte Klo, da gibt's die Pissrinne. Und ja, in der Frauentoilette ist es generell dreckiger, meine Theorie dazu ist folgende: Bei Jungens geht die Sache schnell, Schwanz raus, piss, Schwanz rein, fertig. Bei Mädels ganz anders, ein langwieriger Prozess, ich kläre die Männerwelt auf: Vorab wird erst einmal mühsam Klopapier in Stückchen gerissen, damit sorgfältig die Klobrille eingekleidet, dann erst Rock hoch, Hose runter und jetzt delikat den Arsch platzieren, piss, nun wieder hoch mit dem Hintern, Klopapierstücke bleiben unter Umständen am erwärmten Oberschenkel kleben, schnell Höschen wieder hoch, Unterleib zensieren, bis dahin fällt hier und da schon mal das ein oder andere Papierstückchen runter, landet ein Tampon-Plastik auf dem Boden, ein Tempo folgt der Schwerkraft, Haare verlassen ihre Erzeugerin und aufgehoben wird hier nichts, Viren und Bakterien tummeln sich auf dem versifften Boden, übertragen womöglich Syphilis, Aids, die Pestilenz, was weiß Tusse denn, also schnell raus aus dem Kämmerlein, nach mir die Sintflut, Lauf, Forrest, lauf! Tuntenmüller steht strategisch platziert zwischen beiden Toilettenräumen, hofft auf Trinkgeld beider Seiten. Der Nepper, Schlepper, Bauernfänger hat bestimmt so einiges auf dem Kerbholz, Leichen im Keller trifft es wohl eher, da kann man mit der ich-weiß-was-Nummer gar nicht daneben liegen. Äh, was genau meinst du, die zerstückelten Kinderleichen, den Casinotresor oder die Snuffporns? Die Frage ist jetzt nur, ob er mir glaubt, der große Bluff.

Ich muss gar nicht lange Jacke, Kohle, Schnipsel, Klammern, da kriecht Müllerin durch das jetzt unverschlossene Türchen, stürmt eher, stürmt kriechend, wenn man das sagen kann, kriecht stürmend, irgendwie so. Ich sehe ihn gleich reinkommen.

„Tritt ein, bring Glück herein!", trällere ich ihm entgegen.

Praktikant, bisher mit dem Rücken zu ihm, dreht sich um, schmeißt die von ihm geklammerte Jacke zu Boden und stürzt sich mit dem Kampfschrei „Du Arschloch!", auf die Tunte, Good morning Vietman! Praktikant groß und schlacksig, long vehicle, schert aus, Müller klein und tuntig, doch ein Mann, also schlägt mit der Körperhaltung eines Mädchens und der Kraft eines Kerls. Langarm erwischt ihn als erstes, Kinnhaken, Treffer, Praktikant: 1, Müller: Nuuull. Zu gerne hätte ich den Kampf weitergesehen, doch ich muss umschalten, hab für diesen Boxkampf nicht gezahlt, zwänge mich lebensmüde zwischen die Kontrahenten, schreie laut:

„Stopp! Stopp! Aufhören!"

Hätte ich das geahnt, hätte ich Natalies Mutter mitgebracht! Es gelingt mir die wutschnaubenden Testosterone auseinander zu drängen, Arm links, Arm rechts, gegen das bitch Gekeife steht kein Arm mehr zur Verfügung.

„Hey!", schreie ich Praktikant an, „Du gehst jetzt raus, zu Vati an die Bar, ok?!"

Ich schwitze, meine Arme zittern, mein Herz hat heute wirklich viel zu tun, Pumperitis.

„Scheiße man, ich mach den Ficker fertig!", war die nicht sachbezogene Antwort.

Von der anderen Seite meiner Arme kommt eine niveaugleiche Erwiderung.

„Praktikant! Los man, hau ab!!!" Bester Army-Befehlston.

Hätte vielleicht doch zum Bund gehen sollen, mir was abgucken. Aber es klappt auch ohne Dienst-Nachhilfe, Praktikant schiebt motzend ab, wir treffen uns noch und so, ich mach dich fertig, glaub ja nicht, dass wir schon fertig sind, du *beep*! Er pfeffert das Türle ins Schloss, was jedoch aufgrund dessen Größe eher niedlich denn wütend wirkt. Nicht leicht in einer Hobbit-Welt als rasender Berserker durchzukommen.

„Na Süße, jetzt sind wir beiden endlich alleine!", provoziere ich Müllerin und tänzele verführerisch zwischen den vollen Garderobenständern und komme mir etwas vor wie Buffalo Bill, ich, sein Opfer, ich sein Besieger, wie er mit weggeklemmten Schwanz und wehenden Tüchern vor dem Spiegel swingt. Komm Müller, hilf mir das Sofa in meinen Van zu schieben.

„Die Scheiße kannst du dir sparen!", zischt Müller und stößt mich grob nach hinten, „Du drohst mir nicht, du Witzfigur!"

Aah, das gibt einen blauen Fleck!

„Sachte, sachte! Jetzt krieg dich mal ein.", motze ich zurück. „Ich habe dir nicht gedroht, es ist reine Deduktion. Falls du es noch nicht kapiert hast, du sitzt hier am kürzeren Hebel und das nicht nur, was das Hirnschmalz angeht!", kläre ich das Kräfteverhältnis auf.

„Einen Scheißdreck tu ich!", noch ein Schupser, obwohl ich schon an deWand bin. Hoffentlich hat die Wand keine Ahnung von Newton, sonst schubst sie mich gleich auch noch zurück.

„*Was* willst du denn wissen, du Vogel?"

Sein Versuch das Wort Vogel möglichst abfällig klingen zu lassen klappt nicht ganz, ist halt kein taugliches Schimpfwort, du Bärchen!

„Ich weiß,", unerschütterliche Stimme, bin plötzlich cool, Überlebensinstinkt setzt ein, friss oder stirb, ich stopfe mir bereit die Serviette in den Ausschnitt, man serviere mir das Mahl, „dass du es warst, der den Boss mit der Pisskiste verpfiffen hast!"

Blickduell. High noon. Keiner gibt nach

„Einen Scheiß weißt du!"

Er fühlt sich im Recht. Zu Recht.

„Woher willst du das denn wissen?", näselt er, nur am Rande bröselt seine Fassade etwas.

Oder bilde ich mir das ein.

„Du hast einen Fehler gemacht, Müller."

Lasse ihn schmoren. Der Aasgeier kann neben dem verhungernden Jungen ausharren. Der Stärker hat Zeit. Zeit ist Macht.

„Hättest besser mal nachgedacht, mit deinen drei Gehirnzellen, du Genie!", erlöse ich ihn, I am a generous God.

„Wer wusste denn Bescheid über a. die Pisskiste und b. den Praktikanten? Das kannst du doch an einer Hand abzählen! Der Boss, der wird sich kaum selber reinreiten, der ist schon mal raus. Vati, kennt zwar die Kiste und auch den Praktikanten, aber wusste bisher gar nicht, dass Boss ihn dahin mitgenommen hat, außerdem, ich bitte dich, Vati gehört doch schon zur Einrichtung, warum sollte sie nach all den Jahren auf einmal Boss ficken wollen, bei Rambo genauso, hatte auch keine Ahnung, dass der Praktikant in der Kiste war, zudem denkt die Kleine doch nur an Fightclub, das ist ein Traumjob für sie hier, no way dass sie den riskiert, außerdem kennen wir alle die drei Regeln vom Fightclub, Rambo kann schweigen! Bleibe hier im Loch nur ich, ich wusste zwar, dass der Praktikant die Pisskiste kennengelernt hat, aber ich bin doch viel zu luschig, ne feige Sau und zu egozentrisch, denke doch über meinen eigenen Tellerrand nicht hinaus, um jemanden zu verpfeifen, geschweige denn jemanden wie Boss, bin doch nicht lebensmüde. Und damit du es weißt, Praktikant und ich sind Freunde und Freude verraten keine Freunde."

He ain't heavy, he's my brother. Vogel, du hast einen Lauf. Vogel, mach ihn fertig.

„Als letzter bleibt da noch der Typ von da drüben, der Büromann aus der Kiste, aber der wird sich kaum selber anpissen, äh,", das vielleicht schon, keine Ahnung, „ich meine, wird sich kaum selber um sein Job bringen, sich freiwillig verhaften lassen, ist doch selber bestimmt eine halbseidene Gestalt. Bleibt nur einer, du, du kennst die Pisskiste besser als wir alle, du hast deine Ohren überall, du warst als einziger von uns Montag hier, die Ecken streichen sich nicht von alleine schwarz, nicht wahr, hast bestimmt mitbekommen, dass Boss mit Praktikant rüber ist. Und um die Beweiskette noch formvollendet zu, äh, beenden: Du bist ein intrigantes Miststück!"

Hercules Poirot ist nichts dagegen, CSI Schwarzes Loch featuring Die Pisskiste. Kommissar Vogel in Aktion! Fühle mich gut, fühle mich optimistisch, nicht unbedingt siegessicher, aber kämpferisch. Justament rückt er mir zugegeben noch mehr auf die Pelle, habe die kalte Wand im Rücken, links und rechts sind wir von Mänteln behangen, dunkel ist es in unserer kuscheligen Nische, kein Mensch kann uns sehen oder würde uns stören, kein undankbarer Gast, kein tobender Boss, dafür ist gesorgt. Das intrigante Miststück hat seine Hände an meinem Kragen, leider überraschend kräftig, raubt mir etwas die Luftzufuhr muss ich gestehen, spricht mir direkt ins Gesicht, rieche Mundspray und Sekt, werde beim Sprechen leicht beregnet.

„Und warum (Pause) sollte ich das (Pause) deiner Meinung nach tun?"

Touché. Gotcha. Oder vielmehr gotchma, nämlich genau das ist der Punkt, der mir nicht klar ist. Weil du ein bösartiges, verlogenes, lügnerisches, verschlagenes, schäbiges Stück Scheiße bist, menschlicher Abschaum, ist zwar die Wahrheit, dennoch kein sonderlich starkes Argument. Die Wahrheit zählt nicht. Die Wahrheit ist, was du glaubst. Die Wahrheit ist, was du andere glauben machst. Die Wahrheit ist, was die meisten denken. Philosophisch, aber nicht hilfreich. Was nun?

„Na, dazu fällt dir wohl nichts ein, du Genie!", faucht er triumphierend.

Mit recht, muss ich zugestehen. Das ist der Haken an meinem Plan. Plan B? Nicht geschmiedet. How very fucking inconvenient! Hirn aufgrund von eingeschränkter Sauerstoffzufuhr, Hektik, Jähzorn und Panik funktioniert gerade nicht gut, Materialermüdung. Ich höre nur mein Herzklopfen, dumpf in meinen Ohren, bumbum, bumbum, darüber ein stetiges Rauschhhhen, gestört von echauffierten Atemstößen, meinen, soviel zum Kräfteverhältnis. Jaja, das Blatt wendet sich, Hochmut kommt vor dem Fall. Und ich falle.

„Ich verrate es dir!", triumphiert die Müllerin plötzlich weiter.

Ich höre wohl nicht recht?! Sollte es wirklich wahr sein und sie gesteht mir jetzt alles, wie in einem schlechten Krimi? Wie die dämlichen Täter aus Reality-US-Crime Sendungen, wo man sich immer fragt, wie kann man so blöd sein?! Und ja, die Leute sind so blöd, gießen mitten im Winter im Garten auf einmal ein Beton-Blumenbeet über einen alten Brunnen, nanu, gerade zu dem Zeitpunkt, wo die Ehefrau auf eine lange Reise geht. Ohne Koffer mitzunehmen. Tja, so ein Zufall! Oder nach einem Raub beim Pfandleiher zu Fuß durch frischen Schnee nach Hause fliehen, wie konnte die Polizei bloß auf seine Fährte kommen?! Darwin Award Beta Test. Kann es sein, dass auch unsere Tuntenmüllerin nicht nur garstig sondern auch grenzdebil ist? Zu gerne mit seiner Durchtriebenheit prahlt? Und ja, er ist so blöd, was wundert's mich eigentlich, eingebildete Schwuchtel!

„Ja, ich war es!"

Der Irrsinn flimmert in seinen Augen, auch bei mangelhaften Sichtverhältnissen nicht zu übersehen, spooky. Wie ein Bond-Bösewicht fährt er mit seiner Offenbarung fort: „Stammkunde Harry, son Pisser von drüben, hat erwähnt, dass Boss mit som Schlacks da war, da war mir die Chose gleich klar! Ich habe die Bullen in die Pisskiste gerufen und den schlacksigen Loser dann bei Boss angeschwärzt!

Ich wünschte ich hätte einen Doppel-Null-Status.

„Und willst Du wissen warum?!"

Walther PPK im Anschlag.

„Weil das mein Job wäre!"

Was? Welcher Job? Praktikant?

„Ich krieche dem fetten Lucien (er zieht den vom Träger verabscheuten Vornamen spöttisch in die Länge: Lü-ßie-ee-nn) seit Jahren in seinen pickeligen Anabolikaarsch,", jegliche näselige Tuntelei war aus seiner Stimme verschwunden, „spiel hier das Hausmütterchen, ja Boss, natürlich Boss, aber gerne Boss, gerne wische ich die Scheiße von der Brille, gerne kratze ich die Kotze von den Fliesen,", der Tonfall klang eher nach Proll, Fußball, Bier aus Plastikbechern, „und alles nur, damit ich mal aufsteige, damit ich hier mal Verantwortung bekomme und der Holzkopf endlich merkt, dass ich den Laden in und auswendig kenne, dass ich das Loch hier schmeißen kann, ich mein, was gehört schon dazu, quer durch die Gänge stolzieren, stinken wie ein eitler Gockel, und dann die Kohle einfahren, das kann doch jeder Trottel!"

Ha, dann gebühre ihm fürwahr der Job!

„MICH hat der Boss damals aus der Kiste geholt, hierher, damit ich alles kennenlerne, doch nicht nur aus Spaß, nein, weil ich das mal übernehmen soll, ich, *ich*!, ich bin der Erfahrenste hier, ich werde Geschäftsführer!"

Ich wünschte, er würde seine filmreife Beichte mit theatralischen Gesten untermalen, was seine Klauen auf entspannende Weise von meiner Luftröhre trennen würde, doch leider kompensierte er die Gestenmalerei nur durch stärkeres Strangulieren seiner Beute.

„Und dann schleppt er plötzlich diesen Trottel an, führt *ihn* überall ein, erklärt *ihm* alles, alles, was ich schon kann, doch *der* soll die Scheiße deichseln? *Der* Spast soll sich auf meinen Lorbeeren ausruhen? Der alte Krüppel? Fuck den Wichser, der Loser, nichts wird's geben!"

Müllerin schnauft erschöpft durch, vollkommen verausgabt, die Wahrheit kann anstrengend sein.

Ich nutze die Gelegenheit, erfülle meine Verbindlichkeit, Mission noch nicht erfüllt:

„Also,", krächze, die Tuntenfinger sind echt eng am Hals, „du hast die Bullen gerufen, dann dem Boss gesagt, das war Praktikant, damit Boss ihn rausschmeißt und du Geschäftsführer wirst?! Das war dein Plan?"

Nur um sicher zu gehen. Realität versus Absurditäten-Check. „Das war nicht mein Plan, Vogel!"

Der Druck wird drahtig, würg!

„Das IST mein Plan!"

Ich rüttel schwach an seinen Handgelenken, bekomme keinen Ton mehr raus. Für manche Menschen fehlen mir die Worte, für andere ein Baseballschläger.

„Wäre noch besser geworden, hätten die vorher die Bücher nicht rausgeschafft, davon hat Harry mir nichts erzählt, aber geht auch so."

Strampele hilflos gegen Overly Manly Man an.

„Denn außer dir weiß das kein Schwein!"

Wieso ist die Tunte so stark?

„Und wenn dein Wort gegen meines steht, wem meinst du dann wird Boss glauben?!"

Röchel! Müllers Stimme driftet immer weiter ins Aus, ich kann nur noch Rauschen hören, meine Lunge betet das „Rambo unser, hilf mir oh Kampflesbe".

„Dir, einem dahergelaufenen Idioten, Idiotin oder was auch immer oder mir, seinem treuen Gehilfen seit Jahr und Tag?!"

Auf einem Selfie würde meine Gesichtsfarbe nach Farbfehler aussehen, und das ganz ohne Filter, gratis, alles im Bundle Vogel, noch ein Special Effekt mehr!

Die Hand schießt ohne Warnung hervor und greift der Tunte an die Gurgel, ha, wer ist jetzt dran mit jodeln! Röchelnd sacke ich wie ein Häuflein

Elend zu Boden, hust, hust, halte mir den Hals, my liver, wie Butthead es etikettieren würde, Sauerstoff flutet meine Lungenbläschen, mein Blut, mein Gehirn, flüchtiger Nektar der Gas-Götte. Tuntenmüller krümmt sich jammernd und winselnd vor meinen Füßen, Wuxi-Fingergriff, Rambos Geheimwaffe, wie der Vulkanische Nackengriff, nur viel, viel schmerzhafter, Vulcan meets Klingon, Verachtung feuert aus Augen und Stimme:
„So, Müller, sprich deine Abschiedsworte!"
Rambo hält ihm ein Handy ans Ohr.
„Boss hört immer noch zu!"
Doch der Beschuldigte kann vor Schmerzen kein anständiges Wort mehr rausbringen. Komisch, eben war er noch so gesprächig! Hagen ist in Schutzgewahrsam, bevor er Siegfried hinterrücks erschlagen konnte! Das Ohr Saurons ist allgegenwärtig, big brother is listening, gut, dass die Stasi keine Handys hatte, nicht auszudenken!
Mein Krächzen:
„Rambo, ich werde nie wieder Witze über deine Körpergröße machen!"
Die zwergenhafte Kampfsau fügte sich nahtlos zwischen die Gewänder, wer hat in meinem Mäntelchen gesteckt, die ist so klein, die braucht keinen Potterschen Tarnumhang, keine Elbenmantel oder gar Ring zum Unsichtbar werden, ist ja selber so klein wie ein Hobbit, pssst, nur gedacht. Ich hebe die schlaffen Finger zum Eid:
„Versprochen!"
Sie grinst befriedigt zu mir rüber.
Du denkst jetzt, na toll, da ist dem Vogel wohl nichts eingefallen, der Tuntenmüller gesteht einfach von sich aus, gähn, sehr originell, schnarch, äußerst spannend, talk to my hand, du Langweiler... Zweifelsohne wäre ein Verhör mit Autobatterie an primären Geschlechtsmerkmalen, Waterboarding und Wahrheitsserum sehr viel packender, dramatischer, nervenzerreißender, einem Leser wie dir würdig, aber was soll ich sagen, das Leben ist kein Wunschkonzert, kein Ponyhof, kein Blockbuster, ich kein James Bond, die Müllerin kein Blofeld, wir sind normale Menschen, weitestgehend zumindest, keine Romanfiguren von Stieg Larsson, Jo Nesbø, Ikea oder sonstigen spannungsgeladenen Nordlichtern und es hat sich einfach nicht anders zugetragen. Ich bin kein Held, Müller ist ein Depp, das war's, aus die Maus. Geschichten, die das Leben schrieb. Nicht mehr, nicht weniger. Schreib ruhig dein eigenes Buch, wenn dir das hier nicht passt, kannste so viele Autobatterien reintun, wie du willst, so viele BMW E30, E39 oder was auch immer.
Du kannst dir denken, heute wurd' gesoffen! Nachdem der letzte Ti-

tel des Abends für das tanzwütige Publikum abgenudelt war, vom DJ mit Schalk im Nacken passend „Nein man, ich will noch nicht gehen", von Laserkraft 3D und dann raus, raus, raus mit dem Volk, standen wir alle gemeinsam am Tresen. Vati stellt die Flaschen auf die Theke, hier ist die Selbstbedienung so viel lustiger als in meiner Garderobe, Rambo demonstriert zum hundertsten Mal den Wuxi-Fingergriff, dessen Präzision nicht mal diverse Promille beeinflussen können, Boss strahlt über das ganze Gesicht, wie ein Honigkuchenpferd, ein Honigkuchenschrank im Maßanzug, ein Honigkuchenbärchen mit glänzenden roten Bäckchen, sprüht Schlagworte wie Teambuilding, Diskriminanzanalyse und Blind-Test in die Runde, im Arm den Praktikanten, der regelmäßig von ihm halb zerdrückt, ob der Erschütterung fleißig Alkohol verschüttet und vor Freude nicht ein noch aus weiß. So sehen Sieger aus, schalalalalaaah! Wo der Müller steckt ist mir egal. Rambo hat ihn an Luzifers Höllentor geschliffen, der Dämon hat ihn mit seinen Pratzen gekrallt, er ward nimmer mehr gesehen. Womöglich logiert er schon six feet under, oder es kommt da jetzt doch noch was mit Autobatterie, Waterboarding und so an die Reihe, kannst ruhig nachforschen, du blutrünstiger Actionfreak, aber ich bin raus aus der Nummer. Vogel Blaumeise hält sich mühsam am Tresen fest, der alles andere als fest wirkt, ich glaub ich bin seekrank, sind wir aufm Schiff? Wellenbad? Möve im Sturm? Oder ist das der Eigendrehimpuls des rotierenden schwarzen Lochs? Ich muss darüber so albern lachen, dass mir der Gin durch die Nase wieder rausläuft. So was kriegt mein Hirn noch unter Alkohol hin, aber sonst nur Banana Banana, nein, nein, falsch, so was kriegt mein Hirn *nur* unter Alkohol hin, der schwemmt auch die unnützesten Schulfakten aus den hinterletzten Hirnwindungen, Hirn-Terminator, hier kommt die Flut, ersäufe Bildung im Promillemeer, der Friedhof der Kuschelfakten, die letzte Ruhestätte der Physik Pflichtstunden, der Taucher im Spiritus, Und reißend sieht man die brandenden Wogen/ Hinab in den strudelnden Trichter gezogen/ Sie rauschen herauf, sie rauschen nieder/ Das Wissen bringt keines wieder! Besoffen kichere ich vor mich hin und die Minions gigglen mit!

KAPITEL 17

Blinzel, blinzel, wache morgens auf meinem Bett auf, gut, mein Bett, na immerhin. Jemand liegt schnarchend neben mir, nicht gut. Jemand angezogen, check, ich angezogen, check, alles im grünen Bereich. Ich stemme mich mühsam hoch, Face-Check: Ah, Praktikant! Naja, so besoffen, wie wir waren, wäre es auch nicht mit rechten Dingen zugegangen, wenn da noch irgendjemand oder irgendwas hätte stehen können, Latten, Warzen, your choice. Lasse mich zurück ins Kissen plumpsen, Augen wieder zu, ahhh, irgendwie immer noch auf Seefahrt, Ahoi Kapitän, *Captain* Jack Sparrow, mein Spätzchen. Regen trommelt gegen die Fensterscheiben, wusste doch, dass irgendwie Wasser im Spiel ist. Hmmm, ist das gemütlich, gebe mich dem sanften Schaukeln des Raumes hin, Rußland imitiert das Stampfen eines Kutters, lausche dem wohligen Sound von Regen von drinnen, I *can* stand the rain Mrs. Lennox, und dämmere wieder weg, habe noch ein paar Träume zu raunen.

Mund trocken, Schmirgelpapier, Wüstensand, Staubflocken, tumbleweed, hieß früher Zunge, aber, schmeck, schmeck, kein Kotzgeschmack, sehr gut, Rekord nicht gebrochen, speifrei seit 2003, alles saufen, nichts kotzen! 2003 habe ich natürlich noch nicht gesoffen, auch wenn unweit meines elterlichen Heimes eine Spelunke namens „Pilsener Eck", alle Säufer der Region anzog, schon morgens auf meinem Schulweg lungerten da Verzweifelte vor dem Eingang herum. Später taufte meine Mutter die Pinte herablassend „Das Peter Hartz", denn die passte so gar nicht in ihre kleine Hausfrauenwelt, ebenso wenig, wie unverschuldete Sozialhilfeempfänger, Schwule oder fettleibige Menschen. Hätte Mami gewusst, wie man Molotov-Cocktails bastelt, und hätte werfen können, Frauen, hätte sie den Laden bestimmt abgefackelt. Am Mittwoch, den 02.04.2003, habe ich auf jeden Fall das letzte Mal gekotzt, ein Magen-Darm-Virus, der in der Schule grassierte, hat mich unmittelbar in einer Mathestunde erwischt, voll auf den Tisch gereihert, Bröckl husten, Frühstücksinhaltsstoffe teilweise noch identifizierbar, einmal sauber abgefrühstückt, Guten Morgen ihr Luschen, alles voll, Buch, Heft, auch von Michi neben mir, Federtasche, der Auswurf klackermatschte auf den Boden, abnormal peinlich ey, ich kann dir sagen, dann hieß ich erstmal ne Weile Reiher statt Vogel, zum Glück war ich in den Tagen nicht der einzige, der aus allen Öffnungen eine derart unangenehme Eskapade durchlebte. Es war mir so ekelerregend, dass ich mir geschworen habe, nie wieder in meinem Leben zu spucken, wie meine Mutter es kultiviert betitelt. Seitdem weder Grau- noch Silber- noch Seidenreiher, nicht mal eine Reiherente und auch dieses triumphale Besäufnis konnte dem Gelöbnis nichts anhaben, ein Vogel, ein Wort! Vogel in einem Wort? DURST! Die Karawane zieht weiter, der Vogel hat Durst! Mal wieder nur Wasser im Hause, ausm Hahn versteht sich. Ich schleppe mich meilenweit durch sandiges, feindseliges Terrain, Wunschziel lila Oase, violette Dunstschwaden gaukelt mir die Fata Morgana vor, verhöhnt mich, verwirrt meine Sinne, das Schwarze Loch hätte mich fast mit seinen Sog erwischt, doch ich trotze ihren Gesetzen, drifte durch die Kurve, dringe in das Außerirdischen Organ, docke Mund an kalkigen Perlator, Wasser marsch! Vor lauter Entwöhnung weiß meine Mundschleimhaut gar nicht wie ihr geschieht und stößt den flüssigen Fremdkörper erst einmal irritiert ab, sorry, heute nur Stammgäste, gulp, gulp, langsam sickert das Elixier des Lebens durch alle oralen Schichten, göttlich, sauge es auf wie Spongebob Schwammkopf, bis ich wieder zu 70% aus Wasser bestehe, oder welche Quote die Natur dafür vorgesehen hat. Jetzt lege ich eine halbe Tube Zahnpasta nach, Dr. Best schrubbt was er kann. Brand vorerst gelöscht, Minze im Atem, aber ich bin mit der Gesamtsituation trotz allem noch unzufrieden. Da muss ich mit härteren Bandagen kämpfen. Falte mich in die Dusche, stütze mich sicher an den praktisch nahen Wänden ab, gegen den Seegang, das Vogelbad entpuppt sich als perfekte Kater-Dusche, lasse zunächst den spärlichen Rinnsal einfach nur laufen, verfolge, wie das Wasser seinen Weg des geringsten Widerstandes über meine Körper findet, der Fluss mäandert, teilt sich auf, fügt sich zusammen, wäre ich aus Stein, wüsche er seinen Canyon stetig in mich hinein, bewege Millimeter, als Gott der Schöpfung, verlege damit ein ganzes Flussbett, forme Gelände, gestalte Kontinente, erstarre zur Salzsäule, lasse mich abtragen und schrubbe dann vehement den Alkmief aus den Poren, einseifen, wundscheuern, abwischen, porentiefrein, auch ohne Lochfraß, wasche mich blitzblank und meine Hände in Unschuld, ready for take-off! Es und ich duftet taufrisch, schaumig shampooesque, fit und feucht, meine Haut glänzt blühend rosig, jugendlich, unverbraucht. Lebensgeister reanimiert!

 Hüllenlos und tropfend patsche ich in den Flur, spüre die kühle Luft, auf der Haut, in jedem Wassertropfen und betrachte eine Weile das schwar-

ze Loch, das das Zimmerchen verschluckt hat. Es hat etwas, wie ich rein und nackt, wie Gott oder das Universum mich schuf, davor stehe, eine Ansammlung von Atomen, die sich zufällig hier zusammengebündelt haben, um einen Vogel zu formen, sich einen Spaß zu machen, Raum und Zeit zum Narren zu halten, hier, im Angesicht der Raumzeit, die sich windet, alle Koordinaten auflöst, ein ungesehener Ort, von niemanden zu ergründen, Rest in Peace. Science bitch!
Albert Einstein, Heisenberg,
Stephen Hawking, Sheldon Cooper
Ich danke euch für euer Werk!
Ihr seid Science Snoop the Snooper!
Ich tropfe ins Zimmer, denn auch der Krötenarsch will mal wieder gewaschen werden, so informierte mich der Geruchssinn. Rußland grummelt gewohnt unzufrieden aus der Küchennische, alles klar im Osten. Nanu, da liegt ja noch ein Praktikant und ich hier splitterfasernackt, doch der schnarcht selig stinkend vor sich hin, kein Ding, kein case of emergency, keine Glasscheibe muss eingeschlagen werden, kein verplombter Handgriff gezogen werden, alle Zeichen auf grün, ich nackedeie weiter. Die Schildkröten-Pampers funktioniert übrigens ziemlich gut, sollte mich ans Europäische Patentamt wenden, die Schildkröten-im-Haus-Aufzieh-Community hat nur darauf gewartet, Millionen werde ich scheffeln, man wird Städte und Planeten nach mir benennen, Vogel, Vogel, Vogel, Vogel for President! Madames derrière wird würdevoll im Größenwahn gewischt, geschrubbt, gepudert und gecremt oder was man auch immer mit Babies macht, brauche zum Glück noch nicht mehr zu wissen, als die Fernsehwerbung aufklärt. Frisch aus dem Ei gepellt zieht sie munter von dannen, krabbelt zielstrebig zurück ins Zimmer, kann heute leider keinen Sonnenplatz auf dem Parkett einnehmen, sie liebt es, ihren Panzer in der Sonne zu wärmen, wandert langsam mit der Sonnenfensterfläche auf dem Boden quer durch den Raum, Eins, Hier kommt die Sonne, Zwei, Hier kommt die Sonne, Drei, Sie ist der hellste Sterrrn von allen, Vier, Hier kommt die Sonne, steigert ihre Kerntemperatur, hätte ich ein Bratenthermometer könnte ich es nachprüfen, streckt dazu gerne ihre Gliedmaßen raus, ein Beinchen nach hinten, eines zur Seite, Kopf ausfahren und vorne ablegen, ganz zutraulich und lebensbejahend! Geht mit gutem Beispiel voran, davon könnte ich mir eine Scheibe abschneiden! Nicht von der Kröte, vom Vertrauen ins Leben, vom Ja! Heute setzen graue Wolken ihren Urin ab, da wird sie vermutlich wieder in eine der Bildungshöhlen abtauchen. In einer Höhle aus Büchern wohnen, das würde mir auch gefallen! Wenn man da im Dunkeln liegt und

lauscht, da haben die Wände Geschichten zu erzählen, Träume Zeit zu raunen. Zeit für den nächsten Schildkröten-Fakt, Fakt Nummer 7, klärt endlich über eine Frage auf, die ich anfangs mal gestellt hatte: Ja, Schildkröten können hören und haben Ohren, die liegen, wie es sich gehört, seitlich am Kopf und sind nur durch gelinde andersfarbige Membranen sichtbar. Eine Schildkröte mit Segelohren hätte es auch zugegebenermaßen schwer beim Kopfeinziehen, ich... stöhn... komm' hier ... ächz... nicht rein! Frühstück? Buärgh, allein der Gedanke, schnell Themenwechsel, sonst war es das mit 2003.

Mein Gehirn ist langsam weit genug hochgefahren, um das Datum abzufragen: Sonntag, nein gestern war Freitag, Samstag, es müsste Samstag sein. Uhrzeit? Pffft. Ah, Praktikanten-Smartphone, grabble am Praktikanten Arsch rum, erstaunlich fest, hätte ich ihm gar nicht zugetraut, lecker, ähm, räusper, also es ist 15:34 Uhr. Erst oder schon? Keine Ahnung, keine Wertung, ganz buddhistisch heute, Vogel Lama. Raumzeitkoordinaten ermittelt. Planabgleich: Ursprünglich wollte ich heute die Papagena im Altenheim besuchen und den alten Herrn Weiß natürlich. Ob Schwester Britta überhaupt da ist, weiß ich ja gar nicht, die muss ja auch irgendwann mal frei haben. Herr Weiß ist auf jeden Fall da, der wohnt da ja. Es sei denn, er ist wieder spazieren, in Pantoffeln, im Regen. Oder tot. Mit Kater im Altenheim auflaufen? Weiß nicht. Mit Kater lesen? Ha, du bist gut! Mit Kater Praktikant beim Schnarchen zuschauen? Minder reizvoll. Mit oder ohne Kater. Bei Regen das Haus verlassen? Oha. Die Zeichen stehen auf nicht gut, der Regen gießt ziemlich heftig in die Waagschale. Hm, Unentschlossenheit greift um sich. Ich könnte auch zur Nachbarin hochschauen, beobachten, wie sie in ihrer Wohnung sitzt und ihren Todesstern baut, doch dieses Kapitel verdränge ich erfolgreich, never underestimate the power of denial, ein heillos treffendes Zitat aus American Beauty, den Film mit der tanzenden Plastiktüte, Plastiktüten-Porno, genau was für's tütenbegeisterte Vögelchen. Unentschlossenheit bekommt mir heute nicht gut. Die Gefahr in Unwohlsein, trübe Brühe, stürmische See, steile Klippen abzudriften ist spürbar, da segele ich ganz nahe am Wind, schön dagegenhalten, Kurs ändern, mit dem Kompass von Captain Spatz! Folge deinem Herzen Vogel! Dann mal los! Hop hop lollipop!

Wie kommt Kanzler Kermit nach Hause? Und dann auch noch abgeschlossen? Ganz schönen Filmriss, Vogel, bitter, bitter, clear history, brauchste auch nicht noch mal, wa? Die Fahrt im Regen tut mir, wie erhofft, sehr gut, eine Dusche auf Raten, kühl, ernüchternd, kopfschmerzmildernd, lungenschmeichelnd, lege meinen Kopf in den Nacken, schließe die Augen, fühle die leichten Tropfen über mein Gesicht tanzen, auf den Augenlidern hippen, auf meinen Lippen hoppen, ippen, oppen, ahhh, köstlich! Und ich werde nicht überfahren, wie in City of Angels, gebe zu, da habe ich geheult wie ein Teenager mit Liebeskummer, ja, Vogel kann Empathie, weicher Kern, wie Mme Pompadour, wir Tierchen verstehen uns, ein Herz für Tiere, ein Herz für Schnulzen. Wenn mich jetzt Bullen anhalten, bin ich meinen Lappen los, mit dem Restalkohol im Blut, eieiei, Vogel am Rande der Legalität, Filou, Lump, ist das eine Kanaile?, ein wahrer Strolch, ein wahrer Storch, kann keine gerade Linie fliegen, trudel trudel, zu viele gegorenen Beeren gepickt, was?

Rumpele in den Altenheim Fahrradständer, Kermit fühlt sich im Regen bestimmt pudelwohl, wie ein Frosch im Wasser. Schloss angelegt, wenn man Fahrrad fahren wirklich nie verlernen sollte, ist das sicherer in dieser betagten Umgebung. Ein grauhaariges bis glatzköpfiges Empfangskomitee döst wieder im Hauseingang vor sich hin, unausgelastet, uninteressiert, warten, auf das Leben, auf Godot, auf den Tod. Die Dame an der Rezeption ist heute ausnahmsweise mal nicht beschäftigt und blickt mich erwartungsvoll an, indes mittlerweile weiß ich, wo ich hin muss. Beinahe hätte ich den Fehler begangen, wieder in den slomo-Elevator zu steigen, hab aber noch was vor im Leben und mache rechtzeitig die Biege zur Tür „Treppenhaus". Ein Fehler, wie mein Kater mir bald zu verstehen gibt, er maunzt und jault wie ein Eispickel im Hirn, Basic Instinct lässt grüßen, heute wäre der Aufsnooze besser gewesen, wie man's macht ist's verkehrt, gut, dass hier sonst keiner verkehrt, verkehrsberuhigte Zone, Wenn ich mal allein sein will, stelle ich mich einfach im Baumarkt an die Info, oder im Altenheim ins Treppenhaus, so sieht wenigstens niemand meine hangover gebeutelte Schmach, die sich in dreistufigen Pausen äußert. Peinlich, peinlich! Strategisch ungünstig platziert, verstellt mir eine Oma den Treppenhausausgang mit ihrem Rollstuhl. Ah, der Geruch, hatte ich schon vergessen, puh...

„Entschuldigung.", sage ich zu ihr.

„Ja?", sie blickt mich groß an. Was könnte ich wohl wollen?

„Ähm, Sie stehen mir im Weg, könnten Sie bitte etwas zur Seite fahren?" Höflich bin ich, ein Pinguin im Frack.

„Ja, aber gerne, selbstverständlich!"

Sie kurbelt an ihrem Rollstuhl rum, vor zurück seitlich, kommt nicht vom Fleck.

„Geht's so?", fragt sie hilfsbereit.

„Ja, äh, danke, danke sehr."

Ich quetsche mich an dem ebenso wie zuvor im Weg stehenden Stuhle vorbei, wünschte ich wäre ein Wechselbalg, würde diesen Stunt deutlich vereinfachen.

„Bitte, bitte, gerne!", quäkst sie zufrieden.

Ich stratze Richtung Weiß, doch Blockade-Oma ruft mir hinterher:

„Sie, Sie, Sie können es sehen? Haben Sie es gesehen?" Ihre Stimme klingt plötzlich so kläglich, so brüchig, dass ich nicht anders kann, how very inconvenient, als mich zurückzudrehen.

„Das Oben! Wir haben kein Oben!", fleht sie mich an.

„Wir haben kein Oben?" Oder was hat sie gesagt?

„Nein!", jammert sie und zeigt mit ihrem dürren Arm schräg nach oben, ausgezehrt wie der Zweig-Arm eines Schneemanns, wie das Ärmchen, das Hänsel der Hexe durch die Stäbe reicht.

„Oh."

Was soll ich darauf sagen?!

„Aber wir haben hier einen Fußboden, wir haben ein Unten.", fällt mir spontan ein. Ein überzeugendes Argument, so finde ich. Sie senkt ihren Arm, zeigt auf den Boden.

„Wir haben auch kein Unten." Vollkommen verzweifelt!

Das ist natürlich schlecht.

    Oben und unten sind verloren
       neue Dimension geboren

„Alles ist anders!", klagt sie weiter. „Die Welt hat sich gedreht!"

Ja, das will ich doch hoffen, sonst würden wir ganz schön auf die Fresse fliegen! Sie blickt mich hilflos an. Ich muss irgendwas sagen. Tja, wo fängste an, wo hörste auf?! Professor Harald Lesch, ich übergebe an Sie!

„Was ist anders?" Eine Frage, geschickt Vogel, Ball zurückspielen.

„Die Welt hat sich verschoben! Diese Kette!", sie zerrt an ihrer Halskette aus dicken, roten Plastikkugeln, „Die hatte ich vorher nicht an und jetzt ist sie da!"

„Aha!"

Da fällt nicht mal meinem Restalkohol etwas ein. Auf so etwas bereitet einen die Uni nicht vor! Auf dieses, wahre Leben!

„Ja, alles ist verschoben, die Welt hat sich gedreht, alles ist verkehrt, kein Oben! Und kein Unten."

Sie wendet ihren Blick ab, trippelt mit den Füßen den Rollstuhl antreibend los und brabbelt kopfschüttelnd: „Kein Oben, kein Unten, nein, alles verkehrt."

Gucke ihr ratlos hinterher. Da war Herr Arndt ja nichts dagegen! Und all das ohne Akkordeon! Was würde das Teufelsinstrument hier anrichten? Und was, wenn sie recht hat?! Womöglich ist sie die Auserwählte, kann die Matrix lesen, sie durchdringen, die Bullets aus der Luft pflücken. Womöglich kann nur sie, diese Oma hier, wahrnehmen, wie sich ein Paralleluniversum auftut, die Realität sich verschiebt, die Dimensionen sich auflösen, Oben und Unten ihren Bezug verlieren und die Welt vom schwarzen Loch geschluckt wird! Wir sagen, sie sei plemplem, Stephen Hawking computert „OH-OF-COURSE, WHY-HAVNT-I-THOUGHT-OF-IT!". Nachdenklich gehe ich den nüchternen Gang entlang, eine mit ihrem Rollator wandernde Oma in Schaumstoffschuhen, vielleicht macht Ferran Adrià jetzt in Schuhe, der denkt sich, was der alte Christian Louboutin kann, kann ich auch, brüllt „Hei Hei!" und „Du alte Drecksau!" vor sich hin, ich bin offenbar nicht gemeint, whew, sollte mal Natalies Mutter hier einliefern, hier kann sie Tag und Nacht nach ihrer Tochter schreien, ohne dass sich jemand daran stört!

„Hören Sie mit dem Geschrei auf! Das ist ja nicht zu ertragen! Man sollte sie wegsperren!", ist die ungehalten Schreiantwort einer anderen Oma nicht zu überhören, „In den Keller sollte man Sie einsperren!"

Ok, nicht einmal hier darf man ungestraft lärmen. Hei Hei schreit Flüche zurück, keif keif hin und her, Kindergarten goes Old School. Ein Opa mit langer Nase und Haarbüscheln in den Ohren, in einem grottenhässlichen und viel zu großen Jogginganzug, sitzt vorgelehnt auf einer Bankkante, im Blick Erschrecken, Müdigkeit. Ich nicke ihm freundlich zu. Großes Fragezeichen in seinem Gesicht.

„Hallo!", ruft es mir fröhlich aus dem vollen Aufenthaltsraum entgegen. „Das ist ja toll!"

Und sie ist da.

Ich komme kaum zu Wort, Britta redet, Hei Hei schreit und schon ist beschlossen, dass sie, Britta, nicht Hei Hei, in einer halben Stunde Pause macht, Britta wünschte sich das heillose Geschreie würde mal Pause machen, derweil ich zu Herrn Weiß gehe, der immer noch schwach im Bett liegt, und sie mich dann abholen kommt. Sehr erholsam verplant zu werden, nicht selber denken, Verantwortung abgeben, sehr Katerfreundlich! Freue mich mehr, als ich geahnt habe, wird mir klar, als ich Richtung Weiß Stube schlurfe. Aha, Herr Vogelfänger, wasn da los in dir, wirst dich doch nicht bei Thekla mit Glücklich infiziert haben! „Arschlecken!",und „Kannst dir selber machen!" von Schaumstoffoma können mir keinen Dämpfer verpassen.

Besoffene und Demente haben eine große Schnittmenge im Verhalten, vielleicht bin ich hier heute doch gar nicht so schlecht aufgehoben, wird mir klar, als ich dann das Zimmer mit leichtem Pissaroma des alten Herrn Weiß betrete. Ein Vogel unter vielen. Herr Weiß liegt da, wie beim letzten Mal, starrt an die Decke, blinzelt, starrt, nur sein Pyjama ist ein anderer. Ich ziehe wieder den Stuhl ans Bett und greife seine Hand. Wieder kalt. Vogel der Sandwichmaker umfasst die kalte, alte Männerhand.
„Hallo, Herr Weiß!", sage ich laut.
Keine Regung.
So weit, so gut.
„Wie geht es Ihnen?", frage ich langsam.
Nichts.
Nun gut.
„Hören Sie mal, ich hab gestern was erlebt, naja, eigentlich war es sogar heute, heute Morgen."
Und ich beuge mich näher an sein Gesicht und schildere ihm anschaulich die ganze Geschichte vom Tuntenmüller, manche Stellen umschreibe ich ebenso taktvoll wie unmerklich, zum Beispiel die Natur der Pisskiste, den Spitznamen des Intriganten, reduziere die Flüche auf ein geschliffenes Maß, Vogel kann auch vornehm, wohlerzogen, weltgewandt. Friedvoll lauschend, meine verschwiegene Nippesfigur, mein privater Zuhörer, mein Beichtvater. Mein Therapeut? Frauenmagazine für konsumfreudige Modepüppchen postulieren doch gerne, dass jede Frau einen schwulen Freund haben muss, doch womöglich sollte jeder einen dementen Freund haben, dem er einfach alles erzählen kann, der nicht auf eine Lücke im Bericht wartet, um seinen Schmonz loszuwerden, sondern brav lauscht und eine gute Gesprächspause zu schätzen weiß. Der tratscht auch garantiert nichts weiter, weil er es eh gleich wieder vergessen hat. Mit Dementen wäre Fightclub nicht das geworden, was es war! Vielleicht braucht jeder jemanden, dem er einfach mal die Hand halten kann. Ohne, dass es etwas bedeutet. Ohne, dass man den Facebook Status auf Kompliziert stellen muss. Ohne, ohne alles, einfach als Mensch. Zu Mensch. Um einen anderen Menschen zu fühlen. Um sich selbst als Mensch zu fühlen.
So ein dementer Mensch ist im Grunde wie ein Haustier, schlafen, essen, streicheln, um das sich jemand anderes kümmert. Ziemlich komfortabel. Warum ich da früher nicht drauf gekommen bin?! Na, welcher normale junge Mensch geht schon in ein Altenheim? Ey, Babo, lass mal das Altenheim auschecken, is voll cool da, ich schwör! Man besucht höchstens sei-

ne eigene Omma, derbe gelangweilt, ja Oma, sehr interessant, so so du hast eine Ente gesehen, mhm, dazu ein zimmerwarmes Stück sahniger Kuchen vom Blech, Schlager Musik und sich ewig hinziehende Stundähn...
„Ins Altenheim abschieben", der Begriff vermittelt auch nicht gerade Lebensfreude. Oder Wertschätzung. Aber was willst du machen, wenn jemand so dement ist, wie die Patienten hier, den kannst du doch gar nicht zuhause behalten, wie soll denn das gehen, der braucht doch 24/7 jemanden, der sich damit auskennt. Das ist kein Abschieben, das ist Fürsorge. Nur meine Meinung.

Als ich mich zum alten Herrn Weiß herunterlehnte, knisterte seine Matratze und von Neugier getrieben popelte ich am Laken herum und entdeckte, dass unter dem Bettlaken eine oben saugfähig unten plastiklich Unterlage untergelegt ist und sich unterlegen fühlt. Quatsch, natürlich nicht, das letzte. Aber das erklärt, warum die Matratze vom alten Herrn Arndt nach seinem Tod mit naturbedingten Schließmuskelversagen nicht durchgesuppt war, wahrscheinlich hatte der auch so ein Sicherheitsnetz gespannt. Wäre auch für Besoffene nicht unbrauchbar. Wieder eine Parallele. Jetzt haben wir schon zwei Produkte in der Schnittmenge, Einkaufstrolleys und Pissunterlagen. Wer hätte das gedacht, Alkohol macht kurzzeitdement. Und zu viel Alkohol macht langzeitdement, bye bye braincells!

 Wenn du säufst, um zu vergessen,
 wird mit der Zeit dein Hirn zerfressen.
 Sauf nur weiter, du zerfällst,
 bleibst nur ein Schatten Deiner selbst.

Damn, dieser Reim fiel mir außerordentlich leicht. Message received, brain! Als ich meine Abenteuerschilderung aus dem Schwarzen Loch beendet hatte, lehne ich mich zurück, meine Hände entziehen sich langsam und plötzlich hält er fest. Ich schaue ihn an, er zurück.

„Hallo, Herr Weiß!", begrüße ich ihn. Erneut.

„Ja." Flüsterstimme. Und lächelt.

Ich muss einen Kloß runterschlucken. Halte seine Hand. Schlucke und lächle. Stumm. Und glücklich.

„Ja, wir haben hier wirklich einige, die sich das Hirn buchstäblich weggesoffen haben.", bestätigt Britta, als ich ihr meine Theorie unterbreitete. Dass ich selber einen Kater habe, verschweigen ich dabei geschickt, muss ja nicht gleich mit den nichtkotzenden Kernkompetenzen prahlen.

„Körper vergiftet, Gehirn vergiftet, kannst du dement werden. Auch wenn du dann irgendwann keinen Tropfen mehr trinkst, die Demenz bleibt. Wir haben eine Ex-Säuferin, die ist jetzt 56, über zwanzig Jahre jünger, als unserer Durchschnitt, die wird jetzt die letzten 10, 20, 30 Jahre ihres Lebens bei uns verbringen."

Oha Vogel, Trunksucht not good, noch ein Grund, keine Filmrisse mehr heraufzubeschwören, sonst bleibst du irgendwann in einem unendlichen Filmriss hängen, was für ein scheiß Trip! Fuck, da stecken die drin?!

„Aber das zeigt mir, dass Du gut beobachten kannst und dich in die Bewohner einfühlen kannst.", fährt sie fort.

Mach weiter Baby, genauso, ja, so gefällt es mir, das geht runter wie Butter!

Es hatte aufgehört zu regnen, wir sitzen auf einer dunkelgrünen Plastikbank, die unmotiviert im sogenannten „Garten" herumsteht, einem kargen Grünstreifen zwischen kargem Gebäude und karger Mauer, vernachlässigt von Sonne und Pflege, aber man nimmt, was man kriegen kann, in diesen Garten kommen echt nur die ganz Harten! Dennoch verströmt er auf mich einen gewissen Charme, kleine Tropfen hängen forsch und quirlig an Blättern und Ästen, wenn auch ohne sonnigen Glitzerschein, Mangels Sonne, alle Farben glänzen satt, quer durch die Gartenpalette von grasgrün, moosgrün, über gänseblümchenweiß, gänseblümchengelb, bis zu astbraun und trampelpfadbraun. Doch am intensivsten ist der Duft, das postpluviale Aroma, dass mich die Lungen immer wieder vollsaugen lässt, bis ins letzte Bläschen, jede Zelle meines Körpers soll von dieser Ausdünstung der Mutter Erde genährt werden, so riecht das Leben, feucht, warm, ätherisch, modrig, mit einer Prise Steinstaub, Vogel der Öko, der Naturanbeter, ein Vogel in seinem Element.

Lass mich durch die Lüfte schweben
Schnuppern, zwitschern, einfach leben.

Opferbereit, wie ich bin, habe ich eine meiner Kaufhoftüten selbstlos dargebracht und an ihren geschweißten Seitennähten brachial getrennt, um uns eine trocken-Arsch-Unterlage zu basteln. Auf der hocken wir jetzt, formatbedingt furchtlos nah beieinander.

„Ich habe dir doch letztes Mal erzählt, dass Herr Weiß früher seine Kinder geschlagen hat. Was denkst du heute darüber?" Britta guckt mich geradeheraus interessiert an.

„Ja, das hat mich schon beschäftigt." Hat es. „Aber ich meine, hey, wir leben jetzt, ich kannte den ja früher nicht, ich meine, hätte er jetzt 100.000 Juden vergast, das wäre glaube ich was anderes, obwohl das auch wieder unfair ist, damit sage ich ja, dass das eine schlimmer ist, als das andere, aber für die Kinder ist es das bestimmt nicht, naja, aber ich muss den Menschen jetzt so nehmen, wie er ist, das heißt, ich muss es nicht, aber ich will es, so ohne Vorurteile, ich kann ja nicht von allen alles wissen, um dann erst zu entscheiden, ob ihn auf der Straße grüße oder nicht, weiß man ja von niemanden, was weiß ich, was mein Nachbar alles getan hat oder nicht getan hat und was ihm heute vielleicht leid tut, was er bereut, gerade, wenn er so dement da rumliegt und nur noch drei Worte sagt, weißt du? Also, ich meine, so sehe ich das." Direkt druckreif Vogel, Grammatik 1, Subjekt, Prädikat, Objekt, da merkt man das Abitur, die 13 Jahre Schule haben sich gelohnt!

Britta schweigt. Ist sie etwa ein Grammar-Nazi? Oder war ich mal wieder politisch inkorrekt, frauenfeindliche Schnepfe, asozialer Aasgeier, haters gonna hate. Wo ist der Back Button, darf ich nochmal?

„Das sehe ich ganz ähnlich.", erlöst sie mich. „Es gibt viele, die es anders sehen, einmal Arschloch, immer Arschloch, aber was hilft es mir in der Arbeit. Soll ich zu dem jetzt extra unfreundlicher sein? Nein, das geht nicht, das kann ich mit mir auch nicht vereinbaren, so will ich nicht arbeiten. Finde ich gut, deine Meinung. Danke."

Heilfroh! Aber danke?

„Wofür?"

„Dass du darüber nachgedacht hast. Dass du es ernst nimmst. Dass du so ehrlich bist."

Butter trieft auf mein Gefieder, saugt sich durch in alle Dunen, fliegen unmöglich, aber wieso sollte ich hier auch weg wollen?! Lass mich in Buttersoße schwimmen, Papapapapagena!

„Hast du mal überlegt, ob du im Altenheim arbeiten willst?", kommt es dann unverwandt.

Was? Nein! Ich will Butter! Keine schwierigen Fragen, über Arbeit, Zukunft, Erwachsenendinge, ich sehe nur groß aus, ich bin es gar nicht, ich tu nur so, ich will doch nur spielen, ich bin ein Wrack, das sich zwischen Bodenmatratze, Mafiabude und Loch bewegt, mehr als eine Schildkrötenwindel bekomme ich am Tag nicht hin, mein Leben fühlt sich so karg wie dieser Garten an, langsam wachsen hier und dort ein paar Blumen, Primula Praktikanta, Tulipa Thekla, Papaver Papagena, aber die wollen erst einmal gehegt und gepflegt werden, mit Regenwasser gegossen, mit Schildkrötendung gedüngt, mit Miss Sunshine beschienen, ich bin noch lange nicht reisefertig, sitze auf ungepackten Koffern, mein Leben ist ein Irrgarten und ich habe keinen roten Faden, der mich wieder rausführt. Papaver Papagena scheint das Entsetzen in meinem Gesicht ablesen zu können.

„Du, ähm, ich meine das nur nett!" Sie wird kleinlauter. „Ich weiß ja, dass du studierst."

Ha, logo, und wie!

„Was studierst du eigentlich?"

Ich antworte mit einer wegwerfenden Handbewegung.

Sie insistiert zum Glück nicht, sondern:

„Du hast auf jeden Fall im Leben bestimmt was anderes geplant, als in einem Altenheim zu arbeiten."

Ich weiß zwar nicht, was ich geplant habe, aber sie hat Recht, ein Altenheim kam darin nicht vor.

„Aber ich finde, dass du das so gut machst! Du hast einen Draht zu den Alten, das hat nicht jeder."

Einen Draht? Ich kann ja kaum ein drahtloses Telefon bedienen. Aber könnte eben dieses ein Zeichen sein, Old School Vogel unter Old Schoolern? Muss man retro sein, um hier zu arbeiten? Britta macht nicht gerade den Eindruck, als lebe sie hinterm Berg.

„Und schon gar nicht jeder, der hier anfängt. Viele machen das nur, weil Altenpfleger eben gesucht werden, aber nicht, weil sie sich für Menschen interessieren. Traurig, aber wahr."

Das ist in der Tat ätzend. Hätte ich ehrlich gesagt auch nicht gedacht. Ich muss mal wieder feststellen, dass ich aus einer sozial verwöhnten Bildungsschicht komme, wo man noch den naiven Anspruch hat, sich einen Beruf zu wählen, der einem zusagt, der einem gefällt, wo man seine Talente einbringen kann, sich ausleben kann. Nie war ich bisher versucht, mir ein Berufsfeld nur deshalb auszuwählen, weil da gerade Leute gesucht werden. Das wäre höchstens am Ende meines vermeintlichen Studiums auf mich zugekommen, aber das ist so weit entfernt, darüber kann ich noch gar nicht nachdenken. Darüber kann ich mir noch nicht mal Sorgen machen.

Ist diese Forderung etwa zu viel verlangt? Wenn man Sachbearbeiter beim Finanzamt ist und sich nicht für Sachen, Arbeit oder Finanzen interessiert, ist man da goldrichtig. Wenn ein Zahnarzt nur Zähne aber keine Menschen mag, sind genügsame Patienten trotzdem zufrieden, denn niemand käme auf die Idee, den Bohrer wegen der Streicheleinheiten aufzusuchen. Aber so ein alter Mensch, der will doch nicht nur spröde versorgt werden. Bilder von behinderten Kindern in rumänischen Kinderheimen kommen mir in den Kopf,

    `Traurig blicken hohle Augen`

    `junge, alte, tote Augen`

    `können nachts den Schlaf mir rauben`

die Tag ein, Tag aus in ihren Gitterbettchen vegetieren, Köpfe vom Liegen verformt, da wird einmal die Woche die Windel gewechselt, ein Kanten Brot reingeworfen, aber jeder versteht doch, dass ein Mensch mehr braucht! Studien haben ergeben, dass Körperkontakt Frühgeborenen in Brutkästen hilft, ja ach ne?! Dafür braucht es doch keine Studien, dafür braucht es einfach nur gesunden Menschenverstand. Ja, ich weiß, ein rares Gut.

„Ja, ne, schon klar, ist nicht blöd angekommen. Ich meine, mit dem Studium, da weiß ich eh nicht... Aber."

Pause. Ja aber was eigentlich?

„Aber, ich glaube, ich kann mir deinen Job echt nicht für mich vorstellen, ich habe das nicht so mit Blut und so, weißt schon, kann ich nicht."

Und Pisse. Und Kacke. Altenheim-Pisskisten-Hybrid wäre doch eine Geschäftsidee! Omas aus deiner Region kacken dich voll! Natursekt Jahrgang 1925, Aficionados sind entzückt! Habs auch nicht mit Kotze, wie du weißt. Auch nicht mit Nadeln. Und Kathedern. Ich will nur für Sex gedachte Körperteile in die für Sex gedachten Löcher einführen, sonst nichts. Naja, Dildos und so, aber gewiss keine Arzt-Geräte, Herr Doktor Sado!

„Na, da gibt es ja aber noch jede Menge andere Berufe in einem Altenheim, musst ja nicht Pflegefachkraft werden. Es gibt auch Betreuungsassistenten, Präsenzkräfte, Tagesbetreuung, Ergotherapeuten, Physiotherapeuten, Logopäden und so. Die haben auch alle mit alten Leuten zu tun. Und natürlich noch jede Menge normaler", sie malt Anführungszeichen in die Luft, „Berufe, wie Köche, Buchhaltung, Sekretärin, Cafeteria, Hausmeister und was weiß ich."

Doh! Eigentlich logisch, aber man denkt immer nur Altenheim = Altenpfleger. Fertig. Fühle mich gerade etwas dumm. Aber Dank Theklas Sesamstraße weiß ich auch ein Mittel dagegen:

„Und was ist das so genau, was macht man da?"

Hab ja keinen Plan. Habe mir Gedanken über Studiengänge gemacht, und wie du weißt, nicht mal das ernsthaft, durchbrowste die Liste der Studiengänge von Angewandte Linguistik, Geschichte der Antike, Sozialer Verwaltungsdienst, bis zu Zupfinstrumenten, aber über die, Fingerzeichen, normalen Berufe habe ich mir herzlich wenig Gedanken gemacht, was gibt's denn da, Maler, Bäcker, Verkäufer, habe höchstens mal kurz über Taxifahrer nachgedacht, das wohl wahrscheinlichste Berufsfeld mit einem Abschluss in einem geisteswissenschaftlichen Studium. Willkommen im wahren Leben, du Vogel!

„Kurz gesagt, du förderst bei den Alten das, was noch da ist, versucht möglichst sinnvolle Beschäftigung zu machen. Kannst ja mal mit den Kollegen reden, die können dir das viel besser erklären, als ich." Weißes Lächeln.

„Hm."

Was das alles für Berufe gibt! Die grauhaarige Dame von der Berufsberatung, eine Pflichtbesuch in der 10. Klasse, mit einem extra peppigem Brillengestell, Worte wie peppig, frech und pfiffig sind als Schlagworte für Hausfrauenfrisuren vom Land und zu bunte Brillen reserviert, ich weiß nicht, ob sie dieses aus eigener Überzeugung oder als Tribut an ihre Zielgruppe trug, hat mir vorgeschlagen, ich soll ein Volontariat in einer Online-Redaktion machen, nur weil ich erwähnt habe, dass ich gerne Reime reime. Der Vogel und Online, klar, das ist meine Welt, da passt Hipster Vogel bestens rein, gibt auch kaum Leute, die „irgendwas mit Medien" machen wollen, auf einen Vogel wie mich haben die gerade noch gewartet. Vielen Dank für die sinnvolle Beratung, sehr hilfreich! Bin da noch ratloser rausgekommen, als ich reingegangen bin. Und immer noch bin.

„Ich weiß nicht, ich könnte mich jetzt noch gar nicht entscheiden, was ich machen will. Das ist so eine große Entscheidung, weißt du, ein Beruf, das Leben ist noch so lang, ich fühle mich viel zu...", ...unreif, planlos, unfertig..., „...jung. Wie alt bist du eigentlich, Britta?"

„25. Du?"

Ah, ich mag sie! Weißt, keine von den „Was schätzt du denn? Rate doch mal" Weibern oder noch schlimmer die „Verrat' ich nicht!" Tussen oder „20+" Kinderkacke. Sag, was Sache ist und gut ist, Fakten, Fakten, Fakten!

„21." Glaub ich. Wusstest du auch noch gar nicht, oder? Gut, dass wir drüber gesprochen haben.

„Was gefällt dir an deiner Arbeit hier?", frage ich sie und muss an Thekla denken, die so fröhlich ist, ja glücklich, in einem so unscheinbaren Job.

„Hm." Sie denkt, Augen gucken nach oben, Brauen brauen sich und Mund knutscht sich zusammen. „Das Gehalt kann es jedenfalls nicht sein!" Höhnisches Lachen.

„Ha, ich weiß!"

Sie dreht mir den Oberkörper zu, zieht ein Bein angewinkelt auf die Kaufhofunterlage, Ellenbogen entspannt auf die Lehne. Erzählpose eingenommen.

„Also, wir haben eine Bewohnerin, Frau Mauser, kann ich dir zeigen nachher. Frau Mauser gehört zu den Unfitten unserer Bewohner, eine, die selbst mit Hilfe kaum noch laufen kann, gar nicht mehr sprechen kann, man muss sie schon sehr gut kennen und beobachten, um zu erahnen, was sie will. Sie kann weder selber essen noch trinken, muss versorgt werden, wie ein Baby. Sie sitzt den ganzen Tag in einem Stuhl, schaukelt ihren

Oberkörper so vor und zurück, knete ihre Brust, bohrt sich einen Finger in die Wange, brabbelt guttguttguttguttgutt und ähnliches vor sich hin."
Oha. Das ist Brittas Alltag. Für Normale ist das Ausnahmezustand. Hier ist normal Ausnahmezustand.

„So, neulich hatten wir Musik an im Aufenthaltsraum. Frau Mauser musste auf die Toilette gebracht werden, aber du hast ja gesehen, wie eng es da ist, neben dem Tisch, da kann man nicht mal zu zweit nebeneinander gehen. Also, ich gehe langsam rückwärts, halte Frau Mauser an den Händen.", sie hält ihre Arme nach vorne, ich nicke Scharadenverständnis.

„Da, wo dann mehr Platz ist, lasse ich sie rankommen, um sie drehen zu können, so."

Sie fasst mir kurz an Hüfte und Schulter, ich rieche eine Spur von Desinfektionsmittel.

„Da umklammert sie meine Taille, schmiegt sich an, wiegt sich, als würden wir tanzen! Sie will gar nicht mehr aufhören! Mir stiegen Tränen in die Augen!" Sie blinzelt schnell

„Sorry, das muss voll kitschig klingen. Aber so eine Geste, von jemanden, von dem wir gar nicht wissen, was sie überhaupt noch mitbekommt, das war so, so, phantastisch! Da habe ich gedacht, ja, dafür mache ich diesen Job. Für solche Augenblicke!"

Ihr Blick orientiert sich wieder, war zwischenzeitlich ganz verklärt gewesen, betrachtete die Erinnerung, tauchte ein, in den unvergesslichen Augenblick, schön, schön das mit anzusehen. Ich will sie verstehen, will ihre Antwort verstehen, will es auf meiner Festplatte speichern, 01110011, will es nicht nur ihretwegen verstehen, will es auch meinetwegen verstehen, will prüfen, ob ich ihre Antwort umbiegen kann, auf mich adaptieren kann, um auch solche unvergesslichen Momente zu erleben. Benutze deine Gefühle, Obi-Wan, und finden du ihn wirst, flüstert mir Yoda ins Ohr

„Sehr nährend, oder?"

„Schön gesagt!" Sie schlägt mir zustimmend auf den Arm.

„Ich bin ein Hippie und kein Physiker.", verdrehe ich Sheldon Coopers Worte, was sie mit einem Grinsen quittiert.

Wir schweigen eine Weile vor uns hin, starren versunken auf die jämmerliche Begrünung. Ich meine in der Ferne ein Hei Hei zu hören, hei heihei hei Gangman Style.

    Eine Geste ohnegleichen,
    märchenhaft und wunderbar,
    kann ins fremde Herz sich schleichen,

brennt sich ein für immerdar.

„Natürlich gibt es auch super nervige Sachen in dem Job."

Britta rückt sich zurecht, reißt mich aus meinem Gereime

„So viele unnütze Regeln, zu wenig Personal, faule Zeitarbeiter oder welche die kaum Deutsch können, die verstehen nicht, was sie machen sollen und die Bewohner verstehen sie schon mal gar nicht. Dann geht einem der Irrsinn der Bewohner natürlich auch oft auf die Nerven, wenn da eine ständig rumschreit oder sich zum zehnten Mal an dem Tag in die Hosen scheißt oder man pausenlos grundlos beschimpft wird. Die wissen ja nicht, was sie tun, aber auf Dauer kann das echt an die Substanz gehen."

„Glaub ich!" Tu ich. Ich kann aus dem Loch wenigstens abhauen, wenn ich die Schnauze voll hab oder schimpfende Penner auf dem Gehsteig zurück lassen.

„Aber", macht Britta weiter, „das hast du in jedem Job,", darauf war ich auch schon gekommen, „irgendwas ist immer scheiße."

Vor allem in der Pisskiste.

„Es kommt auf das Große und Ganze an, dass das stimmt. Und das stimmt. Jeder Tag ist anders, die Menschen sind irre, aber liebenswert, Kollegen, wie Bewohner." Lachen. „Gott, ich kling ja wie ne Werbebroschüre. Schluss jetzt, reden wir von was anderem!"

„Sterben viele bei euch?", kann ich das Thema noch nicht fallen lassen. Könnte ich viele alte Herr Arndts sterben sehen? Ich kenne Herrn Weiß erst ein paar Tage, aber will jetzt schon nicht, dass er stirbt.

„Hm, so sechs bis zehn pro Jahr, schätze ich. Bei den meisten freue ich mich für sie, die quälen sich so am Ende, da ist es dann echt eine Erlösung."

Hier ist der Tod normal. Gehört dazu.

„Hm."

Bin nachdenklich, so habe ich das noch gar nicht gesehen. Ist sogar etwas Gutes, sozusagen. Da hat der alte Herr Arndt es ja im Grunde gut gehabt, ist im eigenen Bett ruhig eingeschlafen, so hoffe ich, oder an einem Erstickungsanfall jämmerlich krepiert, so hoffe ich nicht, dazu schweigte Tochter sich aus. In unserem Leben gehört der Tod eigentlich auch dazu. Ein Geben und Nehmen. Aber never underestimate the power of denial, weißt ja. Wir sind groß im Verdrängen, können und wollen das ausblenden. Tod ist abgeschoben ins Altenheim und Krankenhaus. Trotzdem viel Tod in meinem Leben aktuell, erst der alte Herr Arndt, dann ich in meiner Depression, fake Tote im Gruftie Loch, tote Pizza, tote Schabe, totes Pizza Cozza, tote Zuhörer im Nippesladen, tote Gehirne in Pennerköppen, tote

Bierflaschen auf dem Gehsteig, totes Rad ohne Sattel, todsuchende Nachbarin, Fotos eines Toten im Koffer, fast toter Herr Weiß, lebende Tote im Altenheim. Und ich? Toter Vogel oder lebender Vogel? Neulich habe ich gesehen, wie ein Rabenvogel auf der Straße an einer toten Taube herumhackt. Lecker. Die Natur ist grausam, hab ich da gedacht. Ja, für den, der es sonst verdrängt auf jeden Fall. Für die einen ist es Tod, das Ende, für die andere Nahrung, Leben. Ich erinnere mich an eine Skulptur, die ich in einem Museum auf Klassenreise nach Magdeburg gesehen habe, habe natürlich derbe desinteressiert getan, wie uncool, Museum, gähn, aber habe das Teil heimlich mit meiner Erinnerungskamera fotografiert, mal wieder Scheiße ohne Smartphone, ja, ich weiß, Skulptur hieß *Trauernde*, Frau, hängende Schulter, Kapuze im Gesicht, unten umklammert ein Mädchen das Frauenbein, schüchtern, lächelt, „spielt mit dem Betrachter", wie die Führertusse es hochgestochen verlangweilte. Ging mir nicht aus dem Kopf, oben Trauer, unten Lächeln, wir verlieren Leben, wir schenken Leben, Lebbe geht weiter, the circle of life, das Leben ist ein Kreis. Und es ist meine Entscheidung, ob ich das als Chance oder als Bedrohung sehe. Dran ändern kann ich jedenfalls nichts. Ich glaube das hat Thekla gemeint. Über all das sinniere ich immer noch, als ich später auf Kanzler Kermit zum Loch radele.

Zwischendurch zuhause, Praktikant weg, Zettel da: „Vogel ist schon ausgeflogen! Hoffe der Vogel lässt sich vom Kater nicht erwischen!" Er hatte mich in seinen Krallen, aber ich konnte entkommen! Kater verschwunden, Regen auch. „Sorry, muss Heim, sehen uns 23h im Loch. Und schaff dir mal ein anständiges Handy an, kann keine Emojis malen!" Dahinter eine Nachricht von Woodstock, Snoopies Vogelfreund oder ein entstellter zwinkernder Smiley oder ein Komma, das von einem Laster überrollt wurde und nun von Strichpolizisten umstellt ist, man weiß es nicht. Früher hatten wir noch keine Smileys, wir mussten noch selbst lachen. Hinten drauf: „P.S.: Hätte an der Badheizung fast mein Schienbein eingebüßt, gefährlich bei dir für den gliederlosen Praktikanten!" Hehe, der arme Kerl, ja der Aliendarm ist nur für Eingeweihte, sollte eine Gebrauchsanweisung schreiben, mit Lageplan aller Gefahren und Sehenswürdigkeiten, können ja nachher blaue Flecken und Beulen vergleichen, Kriegstories austauschen.

Praktikant wartet vor dem Loch auf mich, irgendwie rührend. Umarmung, Rückenklopfen, Katervergleich, haha und hehe. Heute lasse ich ihm den Vortritt mit der Tür Hämmerei, er muss es ja lernen, ich gebe ihm eine Angel, keinen Fisch, langfristig denken, das die wahren Meister sind. Rambo öffnet grinsend die Tür, wir brofisten, doch der Schlacksikant schlägt die Faust aus und umarmt die Kurze kurzerhand. Kurzerdaum. Rambo erst irritiert, dann breiteres Grinsen.

Im Gang kommt uns die nächste Überraschung entgegen.

„Balázs!", rufe ich!

Für die 99 Komma Periode 9 Prozent meiner Leser, die kein Ungarisch können, sprich: Bollahsch! Er umarmt mich lachend! Ist nicht sonderlich groß für einen Kerl, aber appetitanregend durchtrainiert.

„Egésszégedre! Szeretlek!", schmettere ich ihm ins Ohr, er drückt mich noch fester.

„Was machst du denn hier?", stöhne ich unter seinem Schraubzwingarmen.

„Ich arbeite jetzt hier! Mache Hausmeister. Mache Müllerjob!"

„Nein?!"

„Ja!"

„Geil!!!"

Noch mal umarmen!

```
Ungar ersetzt den Tuntenmüller
Gestern der Sieg, jetzt dieser Knüller!
```

Praktikant freut sich einfach mit, dem ungarischen Freudenfeuerwerk kann sich niemand entziehen. Ich stelle sie vor, auch eine Umarmung, viel Gelache, Gebrabbel, Tschüss, bis später! High Five mit Vati, Boss schon gesehen, nein, ich auch nicht, wird schon auftauchen, gut gelaunt ins Kabuff, bereit für Klammern bis der Arzt kommt! So kommt es dann auch, kein Arzt, aber die Schwulen, Homos aller Welt vereinigt euch, der Strom reißt nicht ab, nach der Jacke ist vor der Jacke, krasser als beim CSD, als wollten alle mit uns feiern, das Schwarze Loch schluckt und schluckt und schluckt, die Luft kannst du bald schneiden und in Würfeln verkaufen, es riecht wie ein Nasentampon aus drei-Monate-non-stop-getragene Tennissocken, die auch zum Wixwischen mißbraucht wurden, Nacktarsch-Theo kommt aus dem Darkroom nicht mehr raus, Roman-Bär hat sein Rudel mitgebracht, Gang-Gabi rubbt sich die Nippel wund, Präserhannes gehen die Gummis aus, der beste Abend ever!

Zwischen Jacke, Kohle, Schnipsel, Klammer erzähle ich vom Altenheim, prahle mit meinem Anti-Kotz-Rekord, stelle mein Altenheim-Pisskisten-Hybrid Geschäftsmodell vor, Praktikant füllt meinen Filmriss etwas auf, quetscht mich über Balázs aus, kleiner Ausschnitt:

„Was war denn das vorhin, kannst du Ungarisch?"

„Hehe, ne! Nur ein paar Brocken."

Jacke, Kohle.

„Abgefahren! Bring' mir was bei! Was heißt Hallo?"
Schnipsel, Klammer.
„Ich kann nur Prost und Ich liebe Dich!"
Jacke, Kohle.
„Du kannst Prost und Ich liebe Dich, aber nicht Hallo?"
Stau in der Produktionskette.
„Klar man. Ein beschäftigter Mensch hat keine Zeit für Smalltalk, Konzentration auf die wesentlichen Sachen im Leben!"
Lachen entzerrt den Stau, weiter geht's!
Während derlei alberner Labereien mit Praktikant und vielerlei Klammerei, gelingt es mir, ein Update meiner beschlossenen Beschlüsse zu vollziehen:
Nicht umbringen erledigt
Hollywoog erledigt
Noten erledigt
Luftpumpe erledigt
Radschutzomen erledigt
Abenteuer Spaß erledigt.
Altenheim auch erledigt.
Verbleibt nur Krieger zu hören, rock on!
Was für eine Quote, Vogel der Quotenkönig!
A.W. nicht retten müssen: läuft gut, finde ich, kämpfe für mich, sie muss für sich kämpfen.
Und mein Versprechen sie nicht verwesen zu lassen.
Okay, das ist zahlenmäßig zwar nicht viel, emotional aber sehr.
Gut, dass es heute so viel zu Jacke, Kohle, Schnipsel, Klammern gibt.
Gut, dass Praktikant da ist.
Gut, dass es Schaumkeks gibt.
Gut, dass heute der beste Abend ever ist!

In der flauen Phase, die heute viel später eintritt als sonst, oder früher, früher am Morgen, lehnen wir gechillt auf unserem Tresen, süffeln Cola, keinen Alk heute, bitte, erhöre das Flehen meines Körpers, da kommt er an, der Boss! Selbst seine Parfumfahne wird heute von Discomuff erstickt, so taucht er ohne Vorwarnung aus dem Dunkeln auf, breit, edel, die Manschettenknöpfe blinken durch die trübe Suppe, er schwitzt wie ein Schwein in seinem Einreiher mit voguereifem Krawattenknoten und dünstet zum Muff Zufriedenheit aus jeder Pore. Palaver palaver, Sauf, Müller, Balázs, Teambuilding, Shareholder value, oh boy, klasse gemacht, ganz großes Kino! Dann wird er vertraulicher, lehnt sich nah zu uns rüber, Stimme gedimmt.

„Du, Praktikant,", meine Namensgebung hat die Runde gemacht, „du hast mir echt den Arsch gerettet! Hätten wir die Papiere da nicht rausgebracht, aber Ende Gelände, könnten die Steuernazis eine Zeitreihenanalyse machen, dann könnte der Letzte das Licht ausmachen und ich säße im richtigen Loch." Tresenklopfer, schallendes Lachen, argh, mein Ohr! Dass diese Rettung im Grunde gar nicht Praktikant zuzuschreiben ist, war ja nicht des Gehilfen Idee dubiose Geschäftspapiere durch die Gegend zu schleppen, wusste ja nicht mal was von der Location, scheint Boss nicht so zu sehen. Und hätte Müller nicht die Bullen gerufen, wäre auch dieser Akten-Abtransport ohne nennenswerte Folgen gewesen, aber hey, wer will schon mit Luzifer argumentieren, kannst ja nur verlieren, also einfach zuhören, lächeln, Ja und Amen. Was aus Müller geworden ist, trauten wir uns gewiss nicht zu fragen, aus den Augen, aus dem Sinn, Karma ist kein Wunschkonzert, du kriegst was du verdienst, gute Nacht Tuntenarsch! Sollte da beizeiten mal selber eine Bilanz erstellen, gulp!

„Aber, Praktikant." Boss lehnt sich etwas zurück, setzt seine Geschäftsmiene auf, zupft sich die Hemdsärmel in Position. „Ich habe da ein Angebot, hör zu. Ich muss mich jetzt erst einmal um die Kiste kümmern, weißt ja, da ist erstmal Schicht im Schacht."

`Gelb und braun das sind die Farben,`
`wer darauf steht, muss erstmal darben!`

„Muss die Gemüter besänftigen, da ist die Kacke am Dampfen, muss die Kunden pampern,", genial Boss, statt Marketingmysterien arschreine Wortspielerein, aber bevor ich noch lachen kann, stößt Praktikant mir in die Rippen, jaja, schon gut, „die Behörden abwickeln, kann ich gleich ein bisschen renovieren, Tonality, Gewerbe anmelden, legal machen und so. Da brauche ich jemanden, der hier den Laden schmeißt, einen Geschäftsführer, ist das ne Hausnummer für dich?" Anabolikaschrank guckt Schlacksikant erwartungsvoll an.

Mein Freund errät, was unser Boss Model meinen könnte.

„Ja, klar!" Klingt etwas ungläubig.

„Also, ich bin ja noch da, keine Panik Titanic, bin ja nicht aus der Welt, kann vorbeikommen, aber muss jetzt meine Strategien bündeln, verstehste Junge?!"

„Ja, klar!", wiederholt Praktikant, zuversichtlicher.

„Kriegst einen Vertrag, ist ja klar, alles offiziell, alles legal, angestellt, Versicherung und so, bist ein Teamleader, das ist die Kernfrage."

„Ja, klar!" Praktikant auf repeat, Zuversicht auch.
Boss grinst zufrieden. Streckt Praktikant seine Pranke über den Tresen, Praktikant schlägt mit seinen vier Fingern ein. Deal! Pranken-Finger-Deal, lernt dieses Datum, ihr Schulkinder!

„Und für dich Vogel,", sagt Boss, während er Praktikants Hand weiterschüttelt, „habe ich auch noch was!"
Weiß nicht, ob ich mich freuen oder fürchten soll. Erst einmal fürchten, sicher ist sicher. Er nimmt seine Schüttelpranke, ich meine auf Praktikants Simpsonhand Abdrücke sehen zu können, fingert in seinem Jackett herum und angelt eine kleine Scheibe aus neonorangefarbenen Plastik hervor, dreht sie um, „Garderobe 2,50 EUR" ist akkurat eingraviert.
„Damit,", er pocht mit seinem Zeigefinger auf die Stelle des Tresens, unter der mein heimliches Pappschild lagert und guckt mir ernst in die Augen, „damit ist jetzt Schluss."
Ich laufe feuerrot an, Rotkehlchen ist nichts dagegen, Glühpilz, Standheizung, Streichholz, Vogel beim Wichsen erwischt, nackt in der Oper, Blut rauscht in meinen Ohren. Schon mehrmals, in schlaflosen Nächten, hatte ich mir diesen Moment versucht vorzustellen, was würde ich tun, was würde ich sagen, wie könnte ich mich rausreden, wie könnte ich fliehen, aber war in keinem Szenario zu einem zufriedenstellenden Ergebnis gekommen, zu einem, in dem ich unbeschadet davon komme, nicht mal in meiner Phantasie konnte ich für mich einstehen, geschweige denn überleben. Der Blick von Boss nagelt mich fest. Ich kann nur stumm dumm nicken, kann nicht hören, nicht denken, nicht atmen.
„Okay!", strahlt er, drück mir das Schild in die Hand, schüttelt noch mal Praktikant die Hand. „Morgen kommste, setzen wir Vertrag auf." und quetscht sich davon.
Praktikant strahlt, Vogel ist well done.
„Tjaaa,", sagt Praktikant genüsslich und lehnt sich extra lässig mit dem Ellenbogen auf den Tresen, was wegen der unterschiedlichen Höhenverteilung allerdings eher ulkig denn ungezwungen aussiehst, „dann ist mein Name wohl aufgebraucht, Praktikum beendet!"
Puls und Rauschen fahren in mir nur langsam runter, aber ganz nah am Abgrund vorbeigeschrammt, Atem tief und bebend. Wälze wabbelig auf den Wackelhocker.
„Nunfort nenne er mich Herr Geschäftsführer von und zu Pohl.", stelzt er einen auf, wusste gar nicht, dass er so arrogant gucken kann!
Ich lächele mitgenommen.

„Oder Hellmut,", wobei der die erste Silbe wie das englische Wort *hell* betont, „passt bestens zu Lüzifer."

Fürwahr! Hätte von mir kommen können, sollen, müssen! Vogel, du lässt nach. Ich versuche mir Zeit zu kaufen, schüttele meinen Kopf, wieder klar werden.

„Nicht so schnell mit den jungen Pferden!", schwafele ich los. „Noch ist nicht aller Tage Morgen, noch ist er mein Praktikant. Und bis morgen komme ich dann mit einem passenden Gegenangebot zur Namensfindung!"

Zeitticket gelöst.

„Aber jetzt komm' her, lass dir gratulieren!"

Fette, feste Umarmung, schließe ihn in meine Flügel.

KAPITEL 18

Der Koffer steht vor der Tür. Klein, braun, alt. Darauf ein kleiner Zettel. „Danke"
Sonst nichts. Ein Wort. Das so vieles bedeuten kann. Das so vieles beinhalten kann. Es kann eine Floskel sein. Einen ganzer Roman. Ein ganzes Leben.
Ich trage den leichten Koffer am seinem Ledergriff in meine Wohnung. Fopp, Schuhe ab, schäl, Jeans ab und hocke mich mit dem Reisemöbel auf die Matratze, lege ihn vor mich, meine Handfläche darauf. Danke. Gern geschehen. Wofür auch immer. Lebt sie noch? Ich lasse die Verschlüsse aufschnappen, aufruckeln, klappe den Deckel hoch. Innen ist der Koffer mit einer Art Geschenkpapier ausgekleidet oder so ein Papier, was Omas früher in den Geschirrschränken liegen hatten, keine Ahnung, wie so etwas heißt, gibt es so was noch, ein florales Muster in senfgelb und olivegrün, staubgrau in den Kanten, bröselbraun in den Ecken. Und wie eine Zeitreise ist auch der Duft, der sich entfaltet, alte Luft, im Koffer eingepackt, heimelige Luft zum Mitnehmen, das riecht nach Heimat, nach früherer Heimat, Vergangenheit in Luft aufgelöst, Duftnote Dazumal, die Luft einer anderen Zeit, Zeit in Gas gebunden. Ich wische durch die Fotos, blättere durch Alben, viele Gesichter, dir mir nichts sagen. Das ist wie alte Fotos bei Oma angucken, „Und guck mal, das hier ist der Onkel Siegbert, den kennst du doch auch noch, da neben der Dicken, wer ist das denn noch mal... weiß ich jetzt nicht... Aber das hier, das ist Hilke, Hilke Frohbein, die wohnten da neben uns, in der Rotwandstraße, mit den Jungen hast du doch auch immer gespielt, wie hießen die noch mal... der eine ist dann nach Flensburg." und weitere interessante Fakten. Nur marginal spannender finde ich Fotos von Familienmitgliedern, die ich kenne, Mama als Mädchen, Eltern bei Hochzeit, au Backe, sahen die aus! Aber mir sagen sie nichts, ich war nicht dabei, ich kenne diese Menschen nicht, nicht die Menschen, die sie damals waren, zeigen mir höchstens, dass auch meine Eltern mal jünger waren, etwas schwer Vorstellbares als Kind, aber sonst, was soll *ich* damit. Das sind die Erinnerungen meiner Eltern, Fotos sind für

die eigene Erinnerung, andere haben daran keine Erinnerungen. Für andere sind es nur Raterreien, vielleicht charmant, nett nostalgisch, kann einladen zum Wie war wohl ihr Leben, aber letzten Endes war das eben ihr Leben, nicht unseres, nicht meines. Keine Ahnung, was Alex Witte darin gesehen hat. Vielleicht kann ich sie das noch mal fragen. Vielleicht auch nicht. Aber es hat sie zu einem Danke bewegt, hat ihr scheinbar etwas gegeben, etwas, was ich nicht zu sehen vermag. Die Erinnerungen des Herrn Arndt. Für ihn ist das, das sind seine Bilder, seine Erinnerungen, seine Familie, und er ist jetzt ebenso nur noch eine Erinnerung, wie seine Verwandtschaft im Koffer. Vielleicht sollte ich den Koffer Tochter Raffzahn übergeben? Nein, wahrlich nicht! Das geht der doch am Arsch vorbei. Die kann damit noch weniger anfangen, als ich. Läge ihr was dran, wäre sie ja mal auf die Idee gekommen nach so etwas zu suchen. Aber Tischchen und Herd waren ihr wertvoller. Bringt mehr auf Ebay.

Wie von der Tarantel gestochen springe ich auf, wen will ich hier eigentlich was vormachen, kann ich auch gleich jetzt hinter mich bringen, lasse Schuhe, lasse Jeans, lasse die Wohnungstür auf, die Stufen hinter mir. Ihre Tür ist nur angelehnt. Schlagartig japse ich wie ein unbegabter Apneutaucher. Mit der Spitze meines Zeigefingers stoße ich das gelbe Türblatt behutsam auf. Biege meinen Kopf hinein.

„Hallo?", flüstere ich.

Sollte eigentlich kein Flüstern sein, ging nicht lauter. Geht auch nicht noch mal. Ich halte die Luft an. Schleiche auf Zehnspitzen durch die Tür, sehe die Ecke der Matratze. Noch ein Schritt, sehe ein menschliches Bein. Noch ein kleiner Schritt und da liegt sie. Sieht aus, als würde sie schlafen. Ruhig. Entspannt. Wage nicht zu atmen. Mein Blick ist auf ihre Brust geheftet, bewegt sich da was, Odem, Heben, Senken? Lächerlich lange stehe ich so und wusste es doch schon in dem Moment, als ich die Tür aufstupste.

> Müde ist sie, geht zur Ruh'
> macht für immer Äuglein zu.
> Ich halt sie fest und lass' sie geh'n,
> jetzt wird sie der Wind verweh'n.

Gib mir noch einen Tag. Einen Tag.

Ich greife einen Briefumschlag, auf dem ein Feldpost Stempel prangt. Schiebe den Koffer vom Bett, strecke mich aus. Adressat Irmgard Arndt, Straße, Stadt, Absender *Dein Sohn*. Ziehe behutsam ein kleines, gelbliches Blatt aus dem Umschlag. Beginne im Morgenlicht die kinderliche Handschrift, Sütterlin, Latein, Mischmasch zu entziffern. Rußland donnert wie Kanonen. Beginne meine Reise an die Front.

KAPITEL 19

Ich bin zu früh im Corleone. Das war mir bewusst. Habe sogar etwas zum Lesen mitgenommen. Wollte raus, unter Leute. Mme Pompadour schläft schon. Odo hat für mich gesungen. Jetzt muss Camus herhalten. Griechische Schildkröte, deutsche Kinderlieder, französische Literatur, italienische Pizza, Euro-Münzen aus ganz Euro-Währungsgebiet, Europa is me. Mein Tisch ist besetzt. Geht gar nicht. No good.
    Stammplatz blockiert
    Name notiert
    Mord arrangiert
Die sind auch schon fertig mit essen, leere Teller, Neige im Glas, satt im Magen, Portemonnaie aufm Tisch, aber laber laber. Haut ab! Kscht! Weg hier! Das ist mein Platz! Das war nicht eingeplant. Ich versuche sie wegzugucken. Wegzustarren! Ohne Erfolg. Ich eiere etwas nervös vor ihrem Tisch auf und ab. Auch kein Erfolg. Kippt es? Kippt es in mir? Ich sehe mich hilflos um. Ah, Pasta-Paule am Start! Er schaufelt Nudeln in sich rein. Alles wieder gut, Vogel hat den Nordstern entdeckt, Sextant ausgerichtet, das Magnetfeld der Erde führt mich sicher ans Ziel. Kipplaster gewendet, alles in Waage, alles im Wasser. Der neue Vogel hält wacker auf den Nudelfresser zu, strecke die Hand aus.
    „Hallo, ich bin Vogel. Wie der Vogel."
Er blickt träge auf, Überraschung zeichnet sich in den pastapausigen Backen ab, die Gabel pausiert in der Luft. Er guckt auf mein Gesicht, auf meine Hand. Dann legt er flink die Gabel nieder, tupft sich den Mund mit der Serviette ab und ergreift meine Hand.
    „Werner, Wolfgang Werner! Angenehm!"
Wolfgang! Wolfgang! Wer hätte das gedacht?! Sorry, dazu fällt mir kein Pastaname ein.
    „Sorry, dazu fällt mir kein Pastaname ein."
Wolfgang guckt mich verdutzt an und beginnt dann schallend zu lachen, hält sich den Bauch und lacht und lacht.
    Ich lächele schief, wie jemand, der den Witz verpasst hat. Hab ich ja

auch.

„Eine hervorragende Kreativleistung, deine Namensschöpfungen. Ich war schon immer gespannt, womit du als nächstes aufwartest!"

Wolfgang wischte sich Tränen aus den Augenwinkeln. Das freut mich irgendwie. Es ist schön, wenn jemand meine Kunst zu schätzen weiß. Auch wenn es nur Pasta-Kunst ist. Oder gar keine. Auch wenn es nur Pasta-Paule ist. Oder Wolfgang.

„Sag mal,", frage ich, „weißt du eigentlich, was aus Schowanni geworden ist?"

Würde mich jetzt ja doch mal interessieren. Igor kneif ich mir mühsam, schlucks runter.

„Der wollte meines Wissens nach Rothenburg ob der Tauber ziehen, zu einem Vetter mütterlicherseits, der dort ein Restaurant betreibt. Aber letzten Endes bleibt es ungewiss, du musst wissen, Giovanni hatte immer zahlreiche Einfälle, die kühnsten Ideen!", schwärmte er fast.

Und dann hing er im Cozze ab? Welche Idee bringt einen darauf?! Und woher weiß Pasta-Paule-Wolfgang das alles? Die haben doch nie miteinander gesprochen? Oder verstummten sie schlagartig, sobald ich mich in die Tür hing? Haben da vermutlich Pläne zur Eroberung der Erde geschmiedet, and what are we going to do today, Brain? Doch die Antworten auf diese, meine Fragen müssen noch warten, denn:

„Oh, Wolfgang, mein Tisch ist frei!", hektike ich los, „Ich muss gehen. Hat mich gefreut!"

Wir schütteln noch einmal die Hände.

„Mich auch, Herr Vogel! Dann bis zum nächsten Mal!"

Hehe, für Wolfgang bin ich also ein Mann, Ted: 75% Mann, 25% Frau. Mit Make-Up ließe sich das Ergebnis manipulieren, traue keiner Umfrage, die du nicht selbst gefälscht hast. Irgendwo muss ich doch noch einen Kajal haben, oder? Mein Tisch ist frei war etwas voreilig, aber die Schnarchkapseln dort hatten endlich den Zahlvorgang oder ihr Dumpflabern beendet und der Knilch greift nach seiner Jacke. Dem Adler entgeht nichts, wie ein Falke schieße ich zum Tisch, drängele die Tischbesetzer förmlich raus, Weibsbild empört „Heyyyy!", hilft aber nix, habe die Bürzeldrüse ausgequetscht, an mir perlt alles ab, teflonbeschichtet, Anti-Haft, versiegelt, da bleiben keine Rückstände! Und Arsch auf Stuhl gepflanzt. Nestbau completed. Camus ist eher eine Attrappe. Eigentlich will ich nämlich alles noch mal Revue passieren lassen. Das Gestern, das Heute. Ich bin als ein anderer Vogel aufgewacht, als ich eingeschlafen war. Will dem auf die Spur kommen, was mir da in den Traum geraunt wurde, dieser Veränderung, diesem Schritt,

Metamorphose. Es wurde irgendwas ausgebrütet, ist geschlüpft, hat sich gesetzt, es hat sich verankert, ist ausgegoren, bereit für die Umsetzung, für die Anwendung, ready for use.
```
Wandel, Wechsel, Wachstum, Wende
Alles geht durch Vogelhände!
```
Der Vogel ist mutiert, die Evolution pulsiert. Odo kann einpacken, hier bin ich der Formwandler. Okay, wie fühl ich mich, Echtzeitanalyse. Oder, Nebenquest, was fühlt sich in mir anders an, als vorher. Konzentration, Körperscanner eingeschaltet, scanning in process. Ich lehne mich bequem an, stelle meine Füße platt auf den Boden, lege meine Hände auf die Oberschenkel, schließe die Augen. Einatmen, dicker Bauch, ausatmen, dünner Bauch. Ein und aus. Okay, was fühle ich. Bodenhaftung vorhanden, fest, sicher, Freiraum im Brustkorb, kann leichter atmen, was ist das. Mut, glaube ich, ich fühle mich mutiger. Nur Mut, mein Herz! Pluspunkt. Es ist mal wieder Zeit für einen Mutausbruch! Ich kann, denke ich, mehr für das einstehen, was ich will. Ich kann jetzt auch nur vermuten, was ich damit meine, was das denn nun ist, was ich will, aber dazu komme ich später, erst einmal die Emotionen. Mut validieren im imaginativen Muttertest: „Mama, ich mache jetzt XY!" – „Kind, denk doch mal nach! Was soll denn dann aus dir werden?" – „Ein glücklicher Mensch!" – „Aber du wolltest doch ABC werden, das ist doch was Sicheres! Das hat der Sohn von Müller doch auch gemacht!" – „Das möchte ich nicht mehr. Ich habe meine Meinung geändert. Ich habe jetzt andere Prioritäten." – „Na, (mit diesem Tonfall, den Mütter in geheimen Mütterkursen lernen, wo eine ganze Haltung, eine ganze Lebensanschauung in dieser einen Silbe transportiert wird – eine Lebensanschauung, die natürlich mit der eigenen aufs Schärfste divergiert) du musst es ja wissen. Aber sag später nicht, ich hätte dich nicht gewarnt." Gefühlswelt: Okay! Ha! Teflon wirkt auch hier. You have no power here! Test bestanden. Weiter. Ein und aus. Fühlen. Ein kleines, gelbes Licht. Irgendwie in meinem Kopf, hinter meinen Augen. Leuchtet, sanft, wie ein Glorienschein. Erreicht mein Herz. Ich glaube, das heißt Zuversicht. Das ist so etwas wie Hoffnung. Positiv in die Zukunft gucken, statt Scheiße! *Schöne Scheiße!* denken, wird schon werden, das Leben geht weiter, auch wenn es humpelt, sunshine after rain! Hm, nicht schlecht, nicht schlecht. Oder anders: gut! Weiterer Pluspunkt! Und noch etwas Neues lungert da rum. Etwas Juckendes, Kribbelndes vielmehr, Prickelndes, Puffbrause, Ahoi-Brause, schäumt in meinem Mund: Es ist Zeit, weiterzuziehen! Diese emotionale Fortentwicklung will auch räumlich gebührlich gefeiert werden. Der Adler verlässt seinen

Horst. Es ist an der Zeit, das Namensschildchen Arndt hinter mir zu lassen und irgendwo meinen eigenen Namen anzuschlagen. Meinen illegalen Underground Lifestyle aufzugeben und zurück ins Leben zu treten. Ich lief etwas neben der Spur, war schön da, aber jetzt sehne ich mich wieder nach einer gewissen Struktur. Ich hoffe spießig ist das neue cool, denn während andere mit drei Cent in der Tasche um die Welt trampen, in Neuseeland Kiwis und in Kolumbien Drogen ernten, will ich Struktur und Ordnung. Deutsch bis in die DNA, Deutscher Norm Arier, naja, weder blond noch blauäugig, noch mal Glück gehabt. Apropos Glück, habe das Vermieter-Glücksrad jetzt auch lang genug herausgefordert. Lass ihn anrücken. Nicht nur offen für Veränderung, Drang nach Veränderung! Dem Zugvogel juckt es in den Kielen. Ich zähle das als Pluspunkt. Es geht voran! Schaumkekse, wähnt euch erst einmal in Sicherheit. Aufs höchste zufrieden mit meiner internen Prozess Studie, den drei ermittelten Pluspunkten, atme ich tief aus, öffne die Augen wieder, fläze mich bequem hin, bestelle mit meinem Finger ein Spezi und harre der Praktikanten, die da kommen.

Ausgelassen mit Papieren winkend, eingeklemmt zwischen Zeige- und Mittelfinger, betritt der Praktikant, Entschuldigung, Ex-Praktikant die Lokalität.

„Dein Vertrag?!"

„Da kannste deinen Arsch drauf verwetten!"

Er knallt den Vertrag auf den Tisch, streicht ihn glatt, betrachtet ihn wie den heiligen Gral. Ich habe ihn noch nie so fröhlich gesehen, gestern arrogant wie nie, heute gut gelaunt wie nie, geht bergauf!

„Verzeih mir meine Fäkalsprache,", ergötzt er sich weiter, „aber ich freue mir ein zweites Loch in den Arsch!"

Er langt mit allen acht einhalb Fingern über den Tisch und rüttelt mich an den Schultern.

„Damit wärst du *die* Attraktion in der Pisskiste!"

„Auf die Pisskiste!", ruft er laut durch den Laden, hebt mein Glas und schaut sich applausheischend um.

Pasta-Wolfgang hebt sein Glas zum Gruße, ich winke ihm zurück. Schwer in Ordnung, der schwere Wolfgang!

Praktikant kommt zur Ruhe, wir bestellen Kulinarisches, Spaghetti für den Spaghetti, fettige Pizza für den Pizzafanatika. Als il mio nome Giuseppe, er hat sich nie mehr getraut Angebote des Tages vorzutragen, die heißen Teller serviert, zückt der Praktikant sein Handy und fuhrwerkt damit über dem Teller herum, was im Grunde sehr lustig aussieht, Daumenloses Smartphonehandling, doch bin ich viel zu sehr von dem Fakt an sich abgelenkt, ich glaub ich guck nicht richtig, kenne ich diesen Menschen überhaupt, wer ist dieser Fremde, hat Camus ihn geschickt, oder ist es in Wirklichkeit der Kanzler der Wiedervereinigung in abgeschlackter Version oder wurde er von Aliens geklont und soll die Menschheit infiltrieren, I want to beleive, They are among us, wo sind Molder und Scully, wenn man sie braucht, in fassungslosem Entsetzen hört das Unbekannte mich fragen: „Du - fotografierst - dein - Essen?" Twitter, Blog, Facebook, Instagram und Pinterest, schaut her, ich existiere, wer ist dieser Hashtag?

„Ja, aber, keine Panik,", hantier mit Handy, „ich habe mir damals geschworen, wenn ich je wieder einen richtigen Job bekomme,", halt höher, halt tiefer, „mein eigenes Geld verdiene, dann geh ich so richtig geil essen.", schieb links, schieb rechts, „Nicht ganz, wie geplant, aber das hier ist es jetzt, mein erstes Essen in finanzieller Freiheit, das will ich mir festhalten.", versuch Handschatten auf Teller zu vermeiden, „Für Schaumkeks Momente, weißt schon." Künstliches Klicken, Food-Foto fertig, er zeigt es mir.

Hm, da kann ich jetzt ja nun mal nichts gegen sagen. Schaumkeks ist ein valides Argument, ist Trumpf und Ober in einem, das sticht alles, auch hipsterhafte Ausrutscher, ist ja für einen guten Zweck. I am not even mad, that's amazing! Erleichterung durchströmt mich. Ich habe ihn nicht verloren, er lebt!

    Der Praktikant
    ist mir bekannt.
Und ich bin stolz auf ihn!
Unterm Kauen schildert er detailliert sein Treffen mit Boss, das Highlight:

„Nachdem wir beide unterschrieben haben, sagt er: „Dann ist das jetzt der Point of no return!" Ich schon so gulp, oha, was kommt jetzt, Seele dem Teufel verkauft und so, Faust und so, aber Boss so grinz, ganz happy, kam gar nichts mehr, nur so grinz, da raff ich erst, dass der mal wieder nicht kapiert, was er da sagt, denkt no return sei was Gutes, unter Brief und Siegel oder so und wir schütteln uns nur die Hände! Puh, war ich erleichtert, kann ich dir sagen!" und fordert alsbald meine Bringschuld von gestern ein.

„So, Vögelchen, wie steht es um einen Namensvorschlag, es hat sich auspraktikantet, hier steht es,", tapp auf Vertrag „schwarz auf weiß!"

„Allerdings, das kannst du getrost nach Hause tragen!"

„Der Faust!", erkennt er meine Anspielung.

„Der Faust!", bestätige ich. Bisschen Bildung, bitteschön!

Wir machen Brofaust, bei der Vorlage!

„Apropos Bildung!", unterbricht er das eigentliche Thema und greift auf unheimliche Weise meinen Gedanken auf, „Hast du das Graffiti da draußen gesehen, das mit der Ottographie?"

Ich zwinkere ihm vielsagend zu.

Rafft er erstmal nicht.

Zwinkere noch mal, grinse schief, hitchhike mit meinem Daumen auf mich.

Verstehen erhellt seine Miene, er hebt die Hand zum High Four. Respekt im Blick. Abschlag!

„Zurück zu Lück. Name bitte!", fordert der Namenlose.

Lehne mich entspannt zurück, strecke die Arme lang und breit auf den Tisch. „Poss!", exklamiere ich. Der Gentlebird genießt und schweigt!

„Poss?!"

Er guckt, als hätte ich *Hitler* vorgeschlagen.

„Poss!", bestätige ich siegessicher.

„Was um Himmels Willen soll *Poss* sein?!"

Er spuckt das Wort geradezu aus.

Er fragt nach, nanu? Na, lass ich gelten, ist in der Tat erklärungsbedürftig.

„Poss ist Frankensteins Monster von Boss und PPPraktikant. Klingt besser als Braktikant, oder?!"

„Poss? Liepes Volk von Jerusalem, Rom ist euer Pruter?"

„Genau das!",

„Na, was Monty Python recht ist, soll mir nur billig sein!"

Er prostet mir zu, lasst die Gläser klingen!

„Auf dich, Poss!"

„Auf mich, Poss!"

Gluck, gluck.

„Sag mal, Poss, Mr. Newly wed Geschäftsführer, weißt du eigentlich, was du da tun musst?"

„Nö. Aber ich überrasche mich gerne selber." Er kichert. „Spaß bei Seite. Der Boss schickt mich in Kurse, bei der IHK, da lerne ich son Boss-Zeug, vielleicht verstehe ich dann sein Gefasel."

„Eher unwahrscheinlich."

„Eher unwahrscheinlich. Haben wir heute schon zwei gebucht, der ist da echt ernst mit der Sache, hätte ich ja nicht gedacht. Und wir sind ein tolles Team, Vati, Rambo und Balázs und du natürlich, wir ziehen an einem

Strang, denke, wir werden das Kind schon schaukeln."
Er hebt sein Glas.
„Das Loch schon schaukeln!"
Hebe mein Glas, kling!
„Das Loch!"
Gluck.
„Wie schaukelt man ein Loch?" Er wischt sich Bierschaum vom Mund.
„Keine Ahnung. Twerken?", schlage ich vor.
Poss erwägt die Antwort, würdigt sie mit Unterlippe-hoch-Kinn-kraus-Nicken-Geste.
„So, Vogel, genug von mir. Was gibt es Neues in der Ornithologie?"
Eine tote Nachbarin. Einen Feldpostbrief eines verzweifelten, verängstigten Kindes, vom Führer zum Soldaten befördert, an seine Mama, frische Witwe. Bis ich das in Worte zu kleiden vermag, in eigene, in meinige, das wird noch Zeit brauchen, ist noch nicht spruchreif. Aber auf der Habenseite stehen die drei Pluspunkte und ein neuer beschlossener Beschluss.
„Ich werde ausziehen.", verkünde ich. Präsentiere einen Fakt. Einfach mal vorpreschen. Mich selbst überraschen. Wenn Poss das kann, dann kann ich das auch!
„Echt? Cool! Wohin?"
Er erkennt den positiven Wechsel sofort, kennt mich der Poss!
„Keine Ahnung!", verkünde ich gleichermaßen stolz, wie verzweifelt.
„Zieh doch erstmal zu mir!" Begeisterung! „Das Amt macht mir eh die Hölle heiß, weil meine Wohnung eigentlich zu groß ist. Ha, das Amt, das war mal!"
Tapp auf Vertrag, grinz in der Fresse!
„Die können mich jetzt mal! Poss Pohl, der Steuerzahler!"
„Echt man?" Das wäre doch was!
„Ja, klar! Sowohl Steuerzahler als auch Wohnungsanbieter. Vielleicht finde ich dann endlich mal raus, ob du Männlein oder Weiblein bist.", schmunzelt er und zwinkert.
„Ist da auch Platz für eine Schildkröte?" Nicht die Untermieterin vergessen.
„Aber hallo! Kriegst das Zimmer mit dem Balkon, da kann se raus, gibt Sonne, wird ihr gefallen!" Ein Krötenparadies!
„Hast du ein Restaurant im Haus?" Ist das weiterhin überhaupt wichtig?
„Nein. Aber ja eine Küche!"
„Eine Küüüche!", schwärmerisches Tagträumen, verzückt lasse ich die

Augen zur Decke gleiten und verschränke die Fingerchen.

„Eine handfeste Küche! Mit Herd, Kühlschrank, Mikrowelle, sogar zwei Stühlen. Nicht immer ganz sauber, aber immer betriebsbereit!", führt er prahlerisch aus.

Eine Küche! Mit Möbeln! Und einem Herd und einem funktionsfähigen Kühlschrank, mit verschiedenen Kühlzonen, zwischen 7-12 Grad Celsius. Es ist so einfach, mir eine Freude zu machen!

„Überzeugt! Wir kommen morgen Abend!"

Fakten schaffen, Nägel mit Köpfen, Butter bei die Fische, jetzt ran an den Speck!

„Für eine Frau bist du einfach zu unkompliziert!", beschwert sich Poss.

„Kompliment oder Beleidigung?"

„Was wär dir lieber?"

Ich wäge ab.

„Der alte Vogel hätte wohl die Beleidigung auf sich bezogen. Aber ich wähle das Kompliment!" Kannste nichts gegen sagen!

„That's my boy!", lobt er mich im doggy style.

„Hast du irgendwelche Macken, auf die ich mich gefasst machen sollte?"

Vogel Nachtigall will nicht gleich wieder ins Fettnäpfchen trapsen. Ich habe immerhin noch nie mit jemanden zusammen gewohnt. Außer mit meinen Eltern. Und dem alten Herrn Arndt. Und Poss ist immerhin auch alt, kicher. Aber noch nie mit einem Freund. Und damit das auch so bleibt, die Freundschaft, will ich alles richtig machen.

„Wie bitte, was soll ich haben?" Poss tut so, als hätte er mich nicht verstanden, hält übertrieben seine beschädigte Hand ans Ohr.

„Hast du irgendwelche Mack... ÄHH... Special Effects! Special Effects meine ich natürlich!" Vokabular muss sich noch festigen.

„Hm."

Er denkt beileibe nach. Das weiß ich wertzuschätzen.

„Ich singe unter der Dusche, nicht gut, aber gerne. Und diskutiere mit dem Fernseher. Also, mit den Leuten darin."

„Verstehe. Ich verspreche mich nicht in die Streitkultur einzumischen."

„Und wenn ich gut drauf bin,", schiebt er nach, „meditiere ich im Bett."

„Du - meditierst?" Was? Mein Praktikant...

„Klar, man!"

„... ein Eso?!"

Setz dich doch auf die Bastmatte, und lass uns das gewaltfrei verbal würdigen, ich mach' uns eine Seelenliebe-Tee und du bekommst auch als erster den Redestab.

„Quatsch! Das ist wie Nachdenken. Nur ohne Nachdenken."

Hmm, echt? Nachdenken weiß ich wohl zu honorieren.

„Eine der nützlichen Sachen, die ich von der Daumen-Therapeutin mitgenommen habe.", strahlt Poss überzeugt und wackelt mit dem Stumpen.

„Nachdenken ohne Nachdenken.", erwidere ich grüblerisch. „Okay." Gedankenvoll. „Da hab ich wohl noch viel zu lernen." Verzagt.

Poss ist wirklich voller Überraschungen. Hatte ja auch zwanzig Jahre mehr Zeit, Überraschungen anzusammeln. Wie werde ich wohl in zwanzig Jahren sein? Tilt!

„Keine Panik, das Leben ist noch lang!" Er lacht erfrischend.

„Live long and prosper!", halte ich mein Glas zum Prosit und meine es so. Auf Spock und die Reisende Witte.

Noch nie so viel mit Spezi angestoßen!

Nach der Münzgeldübergabe, beim Rausgehen, mache ich noch mal einen Abstecher zu Pasta-Wolfgang, der sich schon wieder, immer noch, man weiß es nicht, an einem Teller Pasta verlustiert.

„Wollte Tschüss sagen, ich zieh' weg. Also, aus dem Haus, nicht aus der Stadt oder so."

„Dann werden wir uns mit Sicherheit wieder sehen, spätestens, wenn dir eine passende Zeichenfolge für Pasta und Wolfgang eingefallen sein wird." Kleines Prustschnorcheln.

„Dann weiterhin guten Hunger! Und vergiss nicht die Worte von Luther: Warum rülpest und furzet ihr nicht, hat es euch nicht geschmecket!"

Passende Abschiedsworte in diesen Wänden, weise gewählt, eloquenter Vogel, ein Gedenken an den alten Herrn Arndt.

„Da muss ich dich korrigieren, junger Freund. Dieses Zitat wird Luther mutmaßlich fälschlicherweise zugeschrieben. Die Quellen sind da nicht eindeutig. Es gibt keine Belege, die das bestätigen würden, meines Wissens. Ein oft gemachter Fehler, aber ich rate dir, deine Recherche sorgfältiger zu machen. Und nie die Fußnoten vergessen! Hat schon so manchen den Doktor gekostet!"

„Prof?", frage ich aus einer Ahnung heraus.

„Europäische Literatur", nickt er.

„Danke. Für den Tipp. Und bis bald dann."

Er steckt sich schon wieder eine volle Gabel in den Mund, winkt mit der anderen Hand ein Adieu.

Wir labern noch eine Weile vor dem Haustor, kichern gemeinsam über Herrn Otto Grafie, schon wieder Aufbruchsgelaber, Aufbruchsgekicher, fühle mich nicht als alter Loser, als Spack, Depp, Hipsterhopster, denn diesmal Aufbruch in einen neuen Lebensabschnitt, der will eingeleitet und begleitet werden. Zwei Stufen auf einmal, morgen geht's los, da gibt's zuvor noch viel zu tun. Aber erst einmal Mme Ziehbaldum die guten Neuigkeiten ins Membranohr flüstern.

    Pack den Panzer, kleine Kröte,
    vorbei ist's mit uns Tieren Nöte!

KAPITEL 20

Montag. Erst eine Woche her, dass ich im Waschsalon und so war. Ich habe das Gefühl, dass die Hälfte meines Lebens in der letzten Woche passiert ist. Ist es ja vielleicht auch, wer weiß, Zeit ist relativ, sollte die Auserwählte Oma aus dem St. Leonhard fragen. Auf den relativen Zeitbonus hoffe ich auch heute, denn bei meinem Tagesprogramm könnte ich ein paar extra Stunden gebrauchen. Ich hatte mir gestern Abend vorgenommen, mir heute zum letzten Mal das Schienbein gepflegt im lila Schlauch anzuhauen, aber mit Vorsatz macht es nur halb so viel Spaß, so saß ich zwar blessiert, doch etwas enttäuscht auf dem Klo und ging im Kopf den für meine Verhältnisse ausnehmend üppigen Tagesplan durch. Der Natalie-Wecker war sogar heute für's Aufstehen zu früh gewesen, ganz so maso bin ich auch nicht, für's Müslimilchabtauen hingegen zu spät, ohne Frühstück, Müsli mit Wasser schmeckt echt nach Birkenstock mit Korkbett, da kann nur Adrenalin zum Wachwerden helfen, Crank ich komme, könnte mir von Natalies Mutter die Pumpe hochschreien lassen, besser nicht, Infarktgefahr, muss so gehen. Ich werde den unfreiwilligen Kinderschänder Weckdienst nicht vermissen. Vielleicht sollte ich die arme, arme Natalie mitnehmen, Kidnapping, Kindesraub, Kindesrettung, brauche ich auch noch Super-Nanny-Literatur, na da taste ich mich lieber erst einmal mit der Schildkröte langsam an.

Genug gesponnen, des Vogels Daywalker Qualitäten sind gefragt, Klingen geschliffen, Ammo geladen, jetzt allerhöchste Eisenbahn! Wie auf Gleisen rase ich auf dem Kanzler-Frosch durch die geschäftigen Straßen. Vogel Uhu, lateinischer Name Bubo Bubo, staunt mal wieder nicht schlecht, dass so viele Menschen um diese Uhrzeit schon wach sind, mit mir wäre Romeo zum Zuge gekommen, ich bin definitiv eher die Nachtigall und nicht die Lerche. Wer weiß, wie es dann gekommen wäre, Julia: „Wie, das war's schon?"- Romeo: „Ja, sorry, du bist einfach so geil!" - Julia: „Das hat Mercutio aber nicht gestört!" - Romeo: „WAS?" - Julia: „Oops!" - Romeo: „Du Schlampe, du kannst mir gestohlen bleiben!" - Julia: „Liebend gern, du Schnellschuss!", zwei Leben gerettet. Hoffentlich

war Präserhannes vorher im Gemach, sonst: zwei Leben gerettet, eines geschaffen. Ich übergebe das Mikro an Britt: „Heute treffen wir die Patchworkfamilien Montague und Capulet, die junge Julia hat mich gebeten herauszufinden, wer der Vater ihres kleinen il mio nome Luca ist."
Erster Halt: Flohmarktladen. Bin direkt um zehn da, als er öffnet. Naja, fast direkt, wenn wir etwas runden, dann passt das ungefähr. Sunshine Thekla ist wieder da und wieder strahlend und wieder liebenswert und wieder ein Zaubertrank für meine Mundwinkel! Sie würde sogar Grumpy Cat kurieren, die Verschiebung in der Macht zum Guten verursachen, da kann Darth Vader fernwürgen, so viel er mag, Thekla fernsmilet dagegen!

„Hallo Vogel! Das ist ja toll, dass du wieder vorbeikommst! Ist das das Fahrrad?"

Sie tritt auf den Trottoir, um mein grünes Zweirad zu bestaunen.

„Ach ja, das kennst du ja nur indirekt. Ja, das ist Kanzler Kermit! Kanzler Kermit, das ist die fröhliche Thekla." Ich bin ein perfekter Gastgeber.

„Freut mich sehr, Herr Kanzler!"

Sie schüttelt einen Griff und macht einen kleinen Diener, hat Etikette die Frau.

„Die Klingel passt ja perfekt dazu!", freut sie sich.

„Ja, finde ich auch!", und lasse sie ein paar Mal ringeln.

„Was kann ich denn heute für dich tun?"

Wir bummeln in den vollbestückten Laden, von Thekla geht ein sanfter fruchtiger Geruch aus, in Kombo mit staubigen Buchduft. Sie zeigt auf diverse Dinge.

„Teigrolle? Filz-Mobile? Kunstrosen?"

„Nein danke, heute gerade nicht, ich bastele gerade an meinem eigenen Mobile aus Filz-Teigrollen!"

„Tja, dann!", gluckerndes Lachen, einfach ansteckend, das lässt selbst geküerte Häupter wie Nelson Mandela und Kofi Annan als Friedensstifter alt aussehen.

> Krempel Schnick und Krempel Schnack
> Ein Lachen gegen Hick und Hack

„Ich hab ein Frage, vielleicht kannst du mir da helfen.", leite ich ein, setze meine geschäftigste Miene auf. Business Vogel, Occupy Camper, sammelt eure Heringe zusammen!

„Klar, schieß los!"

„Ich muss einen alten Kühlschrank los werden. Ein riesengroßes, riesenschweres, riesenaltes Teil, das auch nicht mehr wirklich funktioniert."

„Wertstoffhof!", schießt sie los.

„Ja, das denke ich auch, aber ich weiß nicht, wie ich das Ding dahin kriegen soll! Der ist so groß, kann ich kaum bewegen, geschweige denn die Treppen runterbringen, ohne wie eine Mücke an der Wand zerquetscht zu werden. Und ich fürchte der passt auch nicht auf meinen Gepäckträger."
Ich deute vermeintlich die Maße abschätzend auf den Kanzler. Thekla gluckert.
„Das heißt, du brauchst jemanden zum Schleppen und Wegkarren, Entrümpeln?"
„Ja, genau!", das ist das Wort, einfach jemanden fragen, der sich damit auskennt.
„Klar, da kenn ich Leute, brauchen wir öfter mal, ich such dir die Nummer raus."
„Meinst du, die haben heute noch Zeit?" Vogel im engen Zeitplan, keinen Moment zu vergeuden.
„Puh, keine Ahnung, kommt immer drauf an, ob die gerade Arbeit haben oder nicht. Je früher du anrufst desto besser! Warte, ich mach das selber, ich kenn die ja, kriegen wir schon hin!"
Sie geht sofort zum Telefon, blättert in Blättern, findet die Nummer und legt los. Ein paar Minuten später habe ich für Nachmittags eine Verabredung mit einem Igor, der heißt dieses Mal komischerweise wirklich so, seines Zeichens Schleppmann. Perfekt!
„Was hast du denn überhaupt vor, Vogel?" Vergnügtes Lächeln.
„Ich ziehe um! In eine neue Wohnung. Heute ist viel zu tun!"
Ich bin ein geschäftiger Mensch, kein Rumhänger, kein Gammler, kein Harzer, kein Peter-Hartz-Pinten-Penner, ich schaffe, schaffe, Häusle baue, ein Macher, ein Kracher! Ich klatsche und reibe geschäftig meine Hände.
„Ja, toll!"
Hatte nichts anderes von ihr erwartet. Tut trotzdem gut meinen Aufbruch unterstützt zu hören.
„Darf ich dich noch um ein paar Dinge bitten?" Ich lege gerade erst los.
„Ja, natürlich! Wenn ich helfen kann!" Thekla, der Engel!
Ich nehme auf Theklas Kassenstuhl hinter dem Verkaufstresen Platz. Als erstes rufe ich Britta an. Sie hat mir ihre Nummer gegeben. Heißt das was? Ach, keine Ahnung, darum mache ich mir nächste Woche Gedanken. Das Telefonat klingt ungefähr so: „Hallo Britta, hier ist Vogel! - Ach ja, woher das denn? - Lustig! Du, ich dachte, du hast mir doch angeboten... - Ja, ganz richtig. - Probearbeiten? Echt? - Mhm. Ja, ja! - Ok, mach ich. - Ja, bin ich da, acht Uhr." Acht? In Zeichen A C H T! 8! Natalie, ich muss mir deine Mutter ausleihen!

„Ja. – Danke Dir! Das ist echt super! – Ja, danke nochmal! – Bis dann!" Vogel gleitet im Rückenwind!

Warum ich im Flohmarktladen telefoniere? Das fragst du zurecht, da du ja weißt, dass es in meiner Wohnung zum einen ein Festnetztelefon gibt, das sogar fest an der Wand vernetzt ist, und ich zudem auch noch über meinen Nokia Knochen verfüge. Zum Wandfon, ich will das nicht benutzen, es hat auch nie wieder geklingelt, will keine Kosten damit verursachen, lieber den Ball flach und die Kopf niedrig halten, bei meinem fragwürdigen Hausbesetzerstatus, keine schlafenden Verwalter, Telekommunikationsunternehmen oder sonst jemanden wecken, bin ja nicht Natalies Mutter. Alexandra kann niemand mehr wecken, nicht mal die. Mein Handy, ja, das war verschollen, hab ich halt irgendwo in meinen dekorativen Stapeln verstapelt, nicht gebraucht, nicht gesucht, nicht bemerkt, nicht vermisst, kein Ping, kein Pong.

Früher hätte ich mir nie vorstellen können, auch nur einen Tag ohne Handy auszukommen, so altertümlich, wie es ist, mein Fossil, aber trotzdem, Handy ist Handy, auch für Mr. Old School, war schon ein Statussymbol, eher Charaktersymbol, Lifestylesymbol, das ist mein Handy, das bin ich. Aber früher hätte ich mir so einiges nicht vorstellen können! Kein widerrechtliches Hausen, keine Kokelpizza, kein Schwarzes Loch, keine Pisskiste. Keine Schildkröte, kein Altenheim, keinen daumenlosen Praktikanten, keine tote Nachbarin. Kein Leben ohne Schule, kein Leben ohne Uni, kein Leben ohne Internet, ohne Eltern, kein Leben nur mit mir. Als ich mein Mobilofon dann heute Morgen hinter den Sagen der griechischen Antike fand, war es leer, der Akku meine ich, kein Wunder, habe gar kein Ladekabel mehr, habe letztes Mal, tja, wann war das, keine Ahnung. Jetzt entweder eine Ladeleitung besorgen oder doch mal die Hardware upgraden. Ich will nicht für den Mord weiterer Smileystriche verantwortlich gemacht werden. Also, kurz und gut, der Vogel ist fernsprechlos. Telefonzellen gibt es nicht mehr. Oder nur mit so Karten. Hab ich nicht. Kleingeld hätte ich, etwas, woran es einem Garderobenmenschen nie mangelt, klimper, klimper, schwer die Taschen. Ergo keine Möglichkeit zur Fernkommunikation, da verbinde ich doch das Nützliche mit dem Angenehmen, Vogel ist nicht auf den Kopf gefallen! Büromarktladen, Büroladen, Flohmarktbüro, alle für einen, einer für alle!

Und während Thekla Frau Dingsbums in Sachen Nippes berät, „Gucken Sie mal, wir haben am Wochenende diese kleinen Kristallhasen bekommen!", wälze, nein blättere ich mal wieder die jährlich abnehmenden und unweigerlich aussterbenden Gelben Seiten, da können die so viel gegen-appen, wie sie wollen, auf der Suche nach einem zentral gelegenen Baumarkt. Ich verabschiede mich gebührend dankend.

„Und versprich mir, dass du bald wieder kommst!"

„Klar, brauche demnächst so einiges, vielleicht sogar ein Filz-Mobile!"

Und mache radl, radl, Baumarkt, weiße Farbe, Farbrolle, Abklebeband, Folie, Hammer, Nägel, Schwerlastbeutel, Katsching, Baumarkt-Tüten, eine Premiere, schwank, eier, zuhause. Puh! Doch keine Müdigkeit vorschützen Vöglein, das ging damals im Verwalterstress schon in die Hose, aaand it's dawn, falls ich dich erinnern darf! Ich nehme den Koffer, den alten Arndt Koffer, der immer noch neben meiner Matratze liegt, halte den Deckel zu, trage ihn zum Zimmerchen. Vor lauter schwarzem Zimmerchentürloch finde ich den Eingang kaum, hehe, Reise zum Mittelpunkt des Schwarzen Lochs, Jules Verne feat. Steven Hawking! Wird ein Kassenerfolg, Buchmesse, Leipzig, Frankfurt, Buchpreis, halte deine Augen auf die Bestsellerliste! Quetsche mich ins Zimmerchen, fädele Koffer hinterher, arbeite mich zur Raummitte vor, ist ja nicht weit. Riecht hier tatsächlich etwas nach dem alten Herrn Arndt. Und nach Sonne. Zimmerchen ist wohlig aufgewärmt, Mikrowelle, bing. Das erste Mal hier drin, seit, fühlt sich trotzdem vertraut an, als sei ich nie fort gewesen, als sei Herr Arndt gestern noch hier gewesen, Trompeter, Luther, Erbsensuppe. Lege den Koffer auf Regalkrams ab, öffne den Deckel, lasse senfgelb und olivegrün an die Sonne und drapiere die zierlichen Photographien, mit Verrenkungen, Gekrieche, Gestrecke, Zimmerchenyoga, Twister, stelle auf, lehne an, dekoriere, garniere,

    Ich breite seine Lieben aus
    Schicken ins Jenseits ihm Applaus

Bilder des Arndt auf Möbeln des Arndt, führe die Zeiten zusammen, schaffe Ruhe im Universum, Asche zu Asche, Staub zu Staub. Bald betrachten mich viele Augen, sehen mich, wie ich immer wieder einen Schritt zurücktrete, den Kopf schief lege, einschätze, die Symmetrie verfolge, es wirken lasse, die Formen und die Emotionen, die Erinnerungen, meine und seine und seinemitmeinen, hier, wo alles begann, im Zimmerchen, meine Gebärmutter, bin ihr entschlüpft, traumatisiert, habe mich geheilt, bin gewachsen, dem Zimmerchen entwachsen, er ist ihm entflohen, ist weiter gereist, in eine Welt ohne Zimmer oder Zimmerchen, ohne Zeit und Zeitchen. Hier baue ich den Altar zu seinem Gedanken, lasse den alten Herrn Arndt auferleben, schaffe ihm ein Mausoleum, ein Refugium, etwas, was nur ihm gehört, sein Raum, seine Sicherheit, seine Zeit, sein Leben, bis dass der Tod ihn schied. Zufrieden mit meinem

Werk, hier ein bisschen rückel, da ein bisschen zippel, hole ich den Danke Zettel der Alexandra Witte. Liebevoll, zart und voller Ehrfurcht drapiere ich ihn auf dem Altar. Gerne hätte ich sie gefragt, wie es sich anfühlt, etwas zum letzten Male zu sehen, zu berühren, zu fühlen, eines Tages werde ich es wohl selber herausfinden, hoffe, ich passe dann auf. Jetzt vereine ich beiderlei Dankbarkeiten. Können sich im Jenseits umarmen. Sind nicht alleine. Geben sich Halt. In der Ewigkeit. Amen. Ich verlasse Zimmerchen, drehe mich um, blicke zurück. Perfekt! Tür. Wird. Geschlossen.

Als nächstes geht's in den Keller, wieder hinab in die Tiefen des alten Gemäuers, auf den Spuren berühmter Forscher, auf den Spuren der Geschichte, ja, meiner Geschichte, war erst am Donnerstag, dass ich, dass wir, dort gewesen waren. Eine Ewigkeit in vier Tagen. Einstein, du schlauer Fuchs! Doch biege ich diese Mal nicht zum Grab des Arndtaos ab, sondern peile das Gemülle am anderen Ende der Kellergänge an, die Renovierungsrampe, der Wertstoffhof des Corleone, Bauschrottdepot. Eigentlich müssten die Mafiosi mir noch Geld zahlen, dass ich ihre Reste entsorge, oder zumindest diverse Gratispizzen, jedoch fürchte ich, dass die das etwas anders sehen, daher: Wer viel fragt, kriegt viele Antworten! Spruch von Mutter. Also lieber gar nicht fragen. Unter körperlichen Strapazen schleppt eine diebische Elster zwei unverständnismäßig unhandliche Leichtbauwandtrockenplatten, wie immer die heißen mögen, in den zweiten Stock. Das Treppenhaus kennt ja schon meine Schimpftiraden, kann nicht mehr rot werden, wändliche Schrammen zeugen von ehemaligen Verwünschungen. Verfluchte Scheiße, ist das ein Akt! Aber noch ist nicht die Zeit zum Entspannen gekommen, lass mich die Etappe noch beenden. Also weiter. Ich reiße die widerspenstige Plastikschachtel der Nägel auf, deren offizielle Bezeichnung ebenso widerspenstig ist, wie die Umverpackung, Edelstahlstifte, bloß nicht Nagel sagen, könnte ja noch jemand verstehen, stecke mir ein paar - Edelstahlstifte - zwischen die Lippen, stopfe mir den Hammer in die Hose, haha, nicht was du jetzt denkst, du dreckige Sau, und da sage noch einer, von Dementen lernt man nichts, schiebe Wandplatte Nummer eins vor das geschlossene schwarze Loch und klopfe behände und behämmert drauf los. Hier wäre der praktikantische Daumenmangel günstig, hihi, hau drauf Vogel, ein Vogel braucht keine Daumen, eiei, auau, klopfklopf. Nach munterem Handgewerkere und Daumenbläuerei sind beide Platten sauber an der Wand, vor der Tür, flurverkleinernd. Mit stolzgeschwellter Brust blickt Bob der Baumeister auf sein Werk. Sieht fast aus, wie gewollt. Die Anziehungskraft des Schwarzen Loches ist gebannt, sein

Schlund verborgen, saugt jetzt munter hinter Platten, seine nicht auslotbare Tiefe samt Zimmerchen schlummernd hinter wortschluckenden Mauern, lochschluckenden Platten, still, schweigend, stillschweigend, pssst. Es folgt ein Kampf mit statisch aufgeladener Dünnfolie, klebebereitem Klebeband, das gerne dort klebt, wo es nicht kleben soll, aber das brauche ich nicht weiter auszuführen, ist alles in Murphys Law abgefackelt. Aber ich bin der Buddha, Buddha bei die Fische, lasse mich davon nicht unterkriegen, habe alle Flüche schon im Treppenhaus aufgebraucht, für den Monat ist mein Guthaben erschöpft, keine Flatrate gebucht, Pech gehabt, statt *Scheiße* gibt's nur *dumm gelaufen.* Tiefenentspannt wälze ich die Farbrolle in der weißen Tunke, rolle die Reinheit an die neugeschaffene Wand, ah, sehr befriedigend, Besserung sofort sichtbar, ich schöpfe Neues, kreiere, bin der Gott dieser Welt.

Das Loch ist schwarz, die Wand ist weiß
Versteckt Herrn Arndt, was keiner weiß

Nach vollbrachter Weißelung der jungen Wand stelle ich zu meiner Bestürzung fest, dass sie jetzt noch sichtbarer ist, als zuvor, nicht unsichtbarer, wie geplant. Die anderen Wände sind plötzlich so dermaßen graubraundunkel, als hätte jemand am Farbfilter rumgeschraubt. Also weiter geklebt, gerollt, nur nicht das Telefon vollschmieren, bis der ganze, kleine Flur in strahlenden Weiß leuchtet, ein Entrée ins Licht, willkommen im ewigen Weiß! Bombe! Weißbombe, boum! Das hätte Herr Arndt mal früher machen sollen! Aber der kannte Herrn Weiß wohl nicht, hehe. Ich spiele kurz mit der Idee, auch das große Zimmer zu streichen, aber nur kurz. Nicht übertreiben. Aufhören, wenn es am Schönsten ist. Der Buddha ist jederzeit fertig, kein Beginn, kein Anfang, no coming, no going. Und der Flur mit neuer Wand sieht echt so aus, als sei das immer so gewesen! Wenn man nicht ganz genau guckt. Ist ein bisschen komisch geschnitten, Grundriss, weißt schon, aber das ist hier im Haus ja nichts außergewöhnliches, wie ich lernte. Ob es CSI Verwalter besteht, keine Ahnung, aber ich habe mein Bestes getan. Wirklich. Keine Floskel.

Hach, jetzt hätte ich fast vergessen, dir von Schleppigor zu erzählen, war auch nur ein kurzes Intermezzo, während ich mit Farbrolle und Folie hantierte, mich beschmierte und garnierte. Der rückte mit Schleppartjom an, der was vom Techno Viking hatte, äußerlich eigentlich nicht so sehr, aber das Irre im Blick, Gänsehaut.

„Igor, Artjom", stellte Igor sie mit Daumenzeichen vor.

Ich mag Menschen, die sich nicht mit Smalltalk aufhalten, da weiß man gleich, woran man ist. Die sahen aus, wie die menschgewordenen Brüder von Rußland, groß wie ein Schrank, breit wie ein Schrank, schwer wie ein Schrank, grummelig wie ein russischer Bär. Hallo, wir sind gekommen unseren Bruder abzuholen.

„Ja gerne, kommt rein, da lang.", raschel, raschel Folie, Achtung, frisch gestrichen und als sei es ein Schuhkarton, klemmten sie sich Rußland unter den Arm, gefühlt, beim Raustragen stierte mir Artjom von Nahem in die Augen, Stille, dann:

„Ist kapuht?"

„Äh ja, der friert alles ein, ist zu kalt."

„Nichcht kapuht! Gut für Vvvodka!", korrigierte er mich erbost und grinste dann, ein gefährliches Gebiss entblößend.

Wie hatte ich das übersehen können, naheliegender Verwendungsbereich, was will ich da Kaubares reintun, wo es doch dem Allheilmittel Vodka die optimalen Lebensumstände bietet! Ich lächelte eingeschüchtert dumm, blätterte schnell die Löserubel in die russische Pranke und sie spazierten munter von dannen, die drei Stooges, Schweinchen, Musketiere, doswidanja Rußland. Hat höchstens eine Minute gedauert. So kann ich arbeiten! Ich bin mit der Gesamtsituation sehr zufrieden! Jetzt ist Rußland unter seinesgleichen, noch eine Rückführung, Heimführung, Familienzusammenführung, Wiedervereinigung, was für ein glücklicher Tag!

Entsorgung der Renovierungsrückstände, ganz einfach, zurück in den Keller, Platten genommen, Farben gegeben. Und Folie und Rolle und Klebeband und so, bin ja nicht kleinlich. Hammer und Edelstahlstifte, wie wir Profis sagen, wandern hingegen in einen der Schwerlastsäcke, einfach ein Müllsack aus dickem Plastik, so müssen die sein, da reißt nichts ab, auf, durch, wenn man stinkenden Gammelmüll durch den Hausflur chauffiert, warum gibt es so ein nützliches Utensil des täglichen Bedarfs nur im Baumarkt, ein Rätsel der Konsumgesellschaft. Darauf landen Bücher, CDs, Klamotten, im nächsten Klamotten, LPs, mein Glas, dann in weiteren Decke, Kissen, lila Handtücher und ach, die lila Badeteppiche auch, vielleicht müssen wir auch bei Poss mal einen Kühlschrank abtauen, bewährte Qualität. Alte Männer Seife landet in der Mülltüte, so wie dies und das und jenes. Ich reise mit leichtem Gepäck. Gekommen mit Tüten, gegangen mit Tüten. Und Sushi-Futon. Mit dicker Schwester. Denn die Arndt Matratze hat mich mit ihrem weichen Bäuchlein dem schlichten, japanischen Lebensstil entwöhnt, bin halt doch ein Weichei. Ich schubse sie die Treppe runter, ist nur etwas weiße Farbe dran gekommen, hätte ich vielleicht vor dem Streichen machen solle, aber hey, wer will denn zu perfekt sein?! Keine Wandkratzer diesmal, der Vogel hinterlässt keine Spuren, schleiche raus, schwebe, nur meine Flügelspitzen streifen sanft die Wände, seelenvoll, zartfühlend, ein behutsames Adieu.

Ich helfe dem Taxifahrer meine Habseligkeiten in sein Großraumtaxi zu stopfen, Odo wird achtsam platziert, extra Trinkgeld inkludiert und ab zum Poss. Beschwingt sehe ich dem Kleinbus hinterher, wie er hinten um die Ecke biegt. Bis gleich Gerümpel, die Nachhut folgt. Ich schwinge mich auf Kanzler Kermit, Mme Pompadour pfleglich gepolstert im Arm. Lasse meinen Blick noch einmal schweifen, zum Haus gegenüber, dem Heim des Natalie Weckers, du wirst mir nicht fehlen, halt die Ohren steif, kleine Natalie, es kommen andere Zeiten.

Jetzt blicke zu den Fenstern in den dritten Stock meiner bisherigen Heimat hoch. Dahinter harrt die Hülle Alexandras der Polizisten, die da kommen. Sollten hier bald aufschlagen. Jetzt verbleibt nur noch der Beschluss Krieger zu hören. Ein guter Abschluss. Ein guter Übergang. Da weiß ich ja, was Poss und ich heute Abend tun werden.

Jetzt blicke zu den Fenstern in den zweiten Stock meiner bisherigen Heimat hoch. Von hier aus unscheinbar, Fenster, wie alle anderen in den Nachbarhäusern auch, stumme Fenster blicken aus den Häusern, wahren die Geheimnisse ihrer Insassen. Was mag sich hinter den anderen Fenstern wohl abspielen? Viele kleine Leben, vieler kleiner Welten. Jedes Fenster eine Welt für sich. Komm rein, kannst raus gucken. Hinter meinem war auf jeden Fall viel los, vom Absturz bis zu des Vogels ersten Flugversuche. Jetzt kann ich den Ast verlassen, wage meinen ersten Flug, I believe I can fly, spread my wings and touch the sky.

Es ist nicht das Leben, was ich mir vorgestellt habe.

Aber es fühlt sich an wie ein gutes Leben.

Tschau Ottografie.

Ciao Pizzeria, ich verlasse die y-Achse und ziehe in eine Wohnung mit warmer Küche!

Ein Vogel, eine Schildkröte und ein Frosch reiten in den Sonnenuntergang, einem neuen Morgen entgegen.